LEONE ALFANO G.

CORAJE

I0609284

Bola
PUBLISHING
INTERNACIONAL

Hola Publishing Internacional
Eugenio Sue 79, int. 4, Col. Polanco
Miguel Hidalgo, C.P. 11550
Ciudad de México, México

Primera edición, Junio 2024
ISBN: 978-1-63765-643-3
Número de control de la Biblioteca del Congreso: 2024911754

La información contenida en este libro es estrictamente para propósitos informativos. A menos que se indique otra situación, todos los nombres, personajes, negocios, lugares, eventos e incidentes en este libro son producto de la imaginación del autor o usados de manera ficticia. Cualquier parecido con personas reales, vivas o muertas, o eventos actuales, es pura coincidencia.

Hola Publishing Internacional es una empresa de autopublicación que publica ficción y no ficción para adultos, literatura infantil, autoayuda, espiritual y libros religiosos. Continuamente nos esmeramos para ayudar a que los autores alcancen sus metas de publicación y proveer muchos servicios distintos que los ayuden a lograrlo. No publicamos libros que sean considerados política, religiosa o socialmente irrespetuosos, o libros que sean sexualmente provocativos, incluyendo erótica. Hola se reserva el derecho de rechazar la publicación de cualquier manuscrito si se considera que no se alinea con nuestros principios. ¿Tiene una idea para un libro que quisiera que consideremos para publicación? Por favor visite www.holapublishing.com para más información.

Cuando se escribe, la única compañía es la del universo y la del amor por las personas queridas.

Este libro va dedicado a los amores de mi universo: a Joe, a mi madre y a mi familia; con una mención especial para Sabina y Mary Guerriero por la valiosa ayuda en la realización de la parte histórica y técnica.

ÍNDICE

Febrero 1943
Aeropuerto de Pisa, Italia   15

Abril 1943
Isla de Cerdeña   38

Mayo 1943
Región de Calabria, Italia   42

Septiembre 1943   50

De norte a sur   55

Noviembre 1943
Foggia   123

Enero/febrero 1944   167

Marzo/abril 1944   171

Mayo/junio 1944   182

Julio 1944   184

Agosto/septiembre 1944   225

Octubre/noviembre/diciembre 1944   228

Enero/febrero/marzo 1945   241

Abril/mayo 1945   243

Junio 1945   253

Julio 1945
Roma   256

Agosto 1945
Roma   260

Octubre 1945   266

Diciembre 1945   270

Junio 1946   275

Agosto 1946   283

Septiembre 1946   289

Octubre 1947
Egipto   293

Enero 1949
Pensacola, Estados Unidos de América   303

Mayo 1949
Apulia   314

Noviembre 1949
Ferrara   316

Febrero 1950
Calabria   325

Octubre 1950   329

Diciembre 1955
Nápoles   **332**

Mayo 1962
Caracas   **335**

Septiembre 1963
Caracas   **340**

Febrero 1967
Caracas   **343**

Noviembre 1970
Pensacola   **345**

Junio 1970
Nápoles   **348**

Octubre 1977
Caracas   **351**

Marzo 1982
Caracas   **355**

Julio 1995
Sibari, Antigua Magna Grecia   **357**

Diciembre 1998
Caracas   **359**

Octubre 2007
Calabria   **363**

Acerca de Leone Alfano G.   **371**

Faltó la suerte, mas nunca faltó el coraje.

De las memorias de Joe

Gianni, Nando, Joe, Cesco, Michael

FEBRERO 1943
AEROPUERTO DE PISA, ITALIA

Una fría mañana de invierno, con el campo cubierto de blanco por la nieve recién caída, los imberbes servidores de las baterías antiaéreas, mientras contemplaban el despegue de una escuadrilla de cazas con entristecidas caras, se preguntaban cuándo acabaría esa larga agonía llamada guerra.

El aeropuerto de Pisa, ubicado al oeste de la bella Florencia, se utilizaba mucho desde el inicio de la guerra, y de ese campo aéreo despegaban frecuentemente las escuadrillas de caza de la Regia Aeronautica para defender las ciudades del industrial norte de Italia de los ataques de los bombarderos Aliados. En ese campo, para ese mismo día, estaba destacada también una escuadrilla de la Luftwaffe alemana con todo su grupo operativo para proporcionar apoyo a sus aliados italianos.

En el lado oeste del campo, en la zona de hangares, la actividad era febril. Los mecánicos daban los últimos toques a unos pocos flamantes nuevos Macchi Veltro 205 apenas recibidos por la escuadrilla de caza mientras los armeros procedían a armarlos. Delante de ellos, cinco pilotos llenos de juventud, con sus chaquetas marrones de vuelo de elegante cuello en piel de oveja, sonreían y bromeaban. Por fin, la Regia Aeronautica disponía de un potente avión de caza y ataque capaz de medirse y derrotar a cualquier caza aliado.

El Veltro era un avión formidable, fue uno de los mejores cazas del conflicto, aunque llegó muy tarde para ser determinante. Su poderoso motor Alfa Romeo Tifón de 1475 HP le concedía un excelente régimen de aceleración y trepada en cualquier condición de vuelo; su aerodinámica, al puro estilo italiano, le confería una agilidad total; la instrumentación era de vanguardia y el armamento era potente y letal, todo se conjugaba para que fuera una temible arma de guerra capaz de interceptar y destruir cualquier tipo de blanco aéreo en cualquier condición meteorológica. Era capaz de enfrentarse, con éxito, a los P51 Mustang y a los P38 Lightning americanos. Hasta la llegada del Veltro, los pilotos italianos tenían que hacer lo que podían con los aviones en dotación. Los varios Fiat CR42, Fiat G50, Macchi 200 y Macchi 202, eran buenos aviones, pero no disponían de una planta motriz y de un armamento adecuado para hacer frente a sus adversarios, y esas deficiencias muchas veces tuvieron que ser cubiertas por la audacia, preparación y valentía de los pilotos.

Frente a sus máquinas, los cinco pilotos llamaban la atención de uno que estaba sentado dentro de su avión, lustrando los cristales del parabrisas delantero. Lo frotaba tanto, una y otra vez, hasta el punto en que sus amigos *tenían* que hacerle bromas. Su nombre era Pino, de grado capitán, muy joven, pero curtido ya de experiencia. Había combatido sobre los cielos de Grecia, del norte de África y de su amada península. Nacido en el profundo sur italiano, hijo de una extensa familia, tenía catorce hermanos: uno estaba desaparecido en Rusia desde la batalla del Rio Don en Stalingrado, otro había muerto sobre los cielos de Grecia y otro en ese momento estaba en África, precisamente en Túnez. Este último era un sobreviviente del Alamein, la famosa batalla que inmortalizó el valor de los soldados italianos que con sus acciones y sacrificios asombraron al general inglés Montgomery y al famoso zorro del desierto alemán Rommel, quien se atrevió a decir que el soldado alemán había asombrado al mundo, y el soldado italiano en África había asombrado al soldado alemán.

Pino, cariñosamente llamado Joe por sus amigos, era amable, fácil de tratar, siempre sonriente, buen amigo, pero muy callado. Demasiado callado, diríase. Sus hombres lo respetaban por su dedicación, entrega y seriedad. Era todo un oficial y un caballero, en el aire y en el suelo. En el aire era tenaz, no daba tregua, pero a la vez era inmensamente humano, para él lo primordial era destruir la máquina, no al hombre. En el suelo era un caballero, un apuesto caballero que perseguía ideales, que deseaba que la guerra terminara, que deseaba volver a ver a su familia, encontrar una esposa para partir hacia nuevas tierras y construir nuevos horizontes. Antes de cada misión, era el primero en revisar su avión porque sabía que cada día podía ser su ultimo. Había visto morir a muchos compañeros, conocía la muerte y, en consecuencia, siempre trataba de optimizarse. Esa noche a su grupo de vuelo le tocaría la misión de defender la ciudad de Génova y su puerto de uno más de los frecuentes ataques Aliados conducidos usualmente por bombarderos Lancaster británicos y B17 americanos. Particularmente, esa noche sería otra noche de acción intensa por el número de los enemigos y por las condiciones atmosféricas que empeoraban con el pasar de las horas.

Terminada la puesta a punto de sus cabalgaduras, los pilotos se retiraron a un edificio contiguo donde funcionaba una improvisada, pero bien equipada, cafetería, y se sentaron todos alrededor de una gran mesa para disfrutar juntos un ligero desayuno.

Apenas entró, Joe se sentó en un rincón y a su alrededor se acomodaron sus amigos, casi hermanos: Gianni, el Poeta, de grado teniente, siempre con la *Divina Comedia* de Dante en sus manos; Mauro, de grado sargento mayor, con carácter de sargento y corazón de músico; Nicola, de grado teniente, mujeriego hasta la médula; Francesco, llamado Cesco, de grado sargento mayor, nacionalista acérrimo; y Alberto, nacido en el mismo pueblo de Joe, sargento mayor, también llamado Nando. Eran una simbiosis de amistad, amor, honor, integridad, respeto y coraje, conjugado en un inmenso amor por la tierra que los había visto nacer. Se conocían desde la escuela de vuelo y se entendían con tan solo mirarse. Su motto personal era, "Siempre juntos en la vida y en la muerte". Lo repetían antes y después de cada misión, a modo de rito.

Concluido el desayuno, se dirigieron a la sala operativa donde los esperaba su comandante, un corajudo cuarentón nacido en el norte de la península, excelente oficial y amante de la buena cocina que se caracterizaba por hablar de comida antes de cada misión. Sus pilotos lo llamaban afectuosamente "Comandante Polenta" porque era amante de la suculenta norteña mezcla de harina de maíz hervida. Para él, sus hombres eran como sus hijos y los protegía sobremanera, llenándolos siempre con los mejores consejos.

Una vez que todos tomaron asiento en la improvisada sala operativa empapelada en su casi totalidad con una serie de planos, el comandante les dio los buenos días.

—Hijos míos, hoy tenemos la misión de proteger el puerto de Génova. Tenemos que interceptar a nuestros enemigos antes de que lleguen a la ciudad y rechazarlos para mandarlos de vuelta bajo la falda de su reina, pero, como buenos italianos, antes de entrar en los detalles de la misión, y como vamos a volar sobre el mar, vamos a hablar de un delicioso plato de espaguetis a la marinera.

—Sí, Comandante Polenta, como usted ordene —exclamó uno de los pilotos, bromista, cambiando de voz, produciendo que el comandante rebatiera.

—¿Quién me llamó polenta? Si descubro quién fue, lo mando a pan y agua por una semana.

Concluida la relajante y divertida parodia culinaria se entró en los detalles técnicos de la misión y en ese momento las caras de los presentes se enseriaron, quedando la sala inundada de silencio. Las expectativas eran alarmantes, se esperaba que el número de los atacantes fueran alrededor de doscientos, lo cual significaba que poco más de sesenta cazas debían tratar de hacer lo imposible para parar esa inmensa ola de bombarderos. Los pilotos estaban ya acostumbrados a esa desigualdad, pero lucían preocupados también debido al mal tiempo reinante. Básicamente, según las ordenes impartidas, esa noche se había acordado que el grupo de Joe, con sus nuevos aviones, tenía que operar a una altura de unos siete mil metros para que, una vez ubicados los bombarderos, se lanzaran sobre ellos en picada de manera tal que se derribaran el mayor número de aviones para posteriormente hacer tácticas de caza libre en grupos de tres, para así facilitar la labor de los cazas de menores prestaciones.

Una vez terminada la reunión, el comandante rompió filas y todos los presentes salieron en grupos haciendo conjeturas. Sólo Joe y sus amigos se quedaron frente a la pizarra estudiando nuevas fórmulas de enganche para aprovechar al máximo la potencia de fuego de sus nuevos Veltros. Poco después salieron de la sala y se dirigieron a una pequeña capilla donde se arrodillaron frente al buen Jesús para orar por ellos y por sus enemigos también: jóvenes, como ellos, enfrentados por una interminable guerra que hasta ese momento había cobrado ya millones de vidas, llenado de odio los corazones de los hombres en los cuatro puntos cardinales del planeta. Con el paso de las horas, mientras se acercaba la hora del despegue, las voces en el campo se fueron apagando y el silencio se conjugó con el mal tiempo. La nieve seguía cayendo, copiosa, sobre el campo.

A las 18 horas, llegada la hora indicada para el inicio de la misión, los pilotos subieron a sus aviones, prendieron los motores y se alinearon en escuadrillas para prepararse al despegue. Joe, con su grupo, despegaría en una segunda oleada y una vez en el aire todo el escuadrón volaría en formación hacia la zona donde habría que interceptar al enemigo.

Apenas le llegó su turno, después de alinear el morro de su avión con la pista, Joe echó una última ojeada a los instrumentos, sacudió los alerones por la nieve acumulada, se persignó, aceleró el motor, soltó los frenos y el Veltro, luego de recorrer los doscientos ochenta metros necesarios para despegar en menos de un minuto, estaba ya en el aire. El viento era fuerte, la visibilidad escasa, y el pequeño caza parecía un caballo galopando sobre un abrupto terreno.

Al llegar a los mil metros, el viento disminuyó y el avión, seguido de muchos otros, siguió elevándose.

Después del despegue con rumbo norte, giraron al oeste para llegar a la costa y luego tomaron rumbo noroeste para adentrarse en las aguas del golfo de Génova, pasar frente a la ciudad y dirigirse así al encuentro de las formaciones enemigas.

El Veltro era otro cantar. Su régimen de trepada era excelente, en sólo cinco minutos estaba ya a seis mil metros de altitud y Joe, mientras disfrutaba las prestaciones de su nueva máquina, pensaba, *si en 1941, en África, hubiéramos tenido este avión, la guerra aérea se habría ganado fácilmente.*

Pasados unos quince minutos, con Génova ya atrás y con el blanco esplendor de los altos picos nevados de los Alpes que se asomaban a lo lejos entre negros nubarrones, de pronto, debajo, a la izquierda, sobre el mar, aparecieron las primeras oleadas de bombarderos enemigos. Los primeros grupos estaban constituidos por bombarderos Lancaster británicos mientras que detrás de estos, y girando con rumbo noreste, había un grupo de B17 americanos que, a juzgar por su maniobra, indicaban que los atacantes se dividirían en dos grupos.

Resultaba evidente que los Lancaster entrarían sobre Génova desde el oeste mientras las fortalezas volantes americanas lo harían en una segunda oleada desde el norte. Joe y los otros pilotos se dieron cuenta de la maniobra y prontamente se dividieron en dos grupos también.

Unos cuarenta cazas se aprestaron para atacar a los lentos y más fáciles de abatir aviones británicos y otras decenas, incluyendo a varios Messerschmitt BF109 alemanes, se dispusieron en formación para abalanzarse sobre los blindados cuatrimotores americanos.

Joe y sus amigos quedaron integrados en el grupo para atacar a los Lancaster y rápidamente se lanzaron en picada sobre los desprevenidos bombarderos británicos, los cuales no se habían percatado de la presencia de los cazas porque estos salieron de los altos cúmulos muy por encima de ellos.

Inicialmente, la sorpresa fue total. Tanto los Veltros como los otros cazas descargaron sus mortíferos golpes sobre los pesados aviones que no podían maniobrar con facilidad por volar en estrecha formación. Los proyectiles de los cañones de 20 mm y de las ametralladoras de 12.7 mm cayeron como una granizada sobre ellos y a los pocos minutos ya unos diez bombarderos habían sido averiados mientras alrededor de unos cinco se precipitaban, envueltos en llamas, al mar.

El segundo grupo, liderado por los capaces BF109 alemanes, corrió con la misma suerte: sorprendieron a los B17 y derribaron a unos cuantos, averiando a otras decenas que ya giraban para iniciar el penoso regreso a sus bases. Algunos llegarían, otros se perderían en el largo camino.

Esa noche el éxito fue total, los cazadores fueron afortunados. Los atacantes, debido al número de caídos, perdieron los blancos y muchos de ellos tuvieron que soltar sus bombas sobre el mar para aligerar sus aviones al regreso. Al finalizar la misión, la balanza pendía hacia el lado de los italianos, aunque en el llamado de contacto algunos pilotos no respondieron y eso presagiaba pérdidas de antemano lamentadas.

De facto, al aterrizar, en el control final faltaron dos cazas del primer grupo y cuatro cazas del segundo, incluyendo un BF109 alemán. Se habían perdido seis cazas, un alto precio para la Regia Aeronautica por la escasez de pilotos y por la reposición de los preciados aviones que, debido a los continuos bombardeos de las fábricas que los producían, resultaban muy difícil de reponer.

Basta pensar que Italia había producido, desde enero de 1940 hasta febrero de 1943, once mil quinientos aviones mientras los británicos en los mismos años habían producido cincuenta y ocho mil unidades. Esto daba una idea de la situación en la que se encontraron los pilotos italianos en el curso de la primera parte del conflicto en lo que a número de adversarios se refería.

A la mañana siguiente, el mal tiempo había cesado, el viento había barrido todas las nubes y, con un sol que resplandecía en un bellísimo cielo azul, se pudieron apreciar con más detalle los daños y las pérdidas. Varios aviones habían sido averiados, varios pilotos fueron heridos, pero lo más grave fue la pérdida de seis vidas. En las caras de los pilotos se notaba la tristeza y el silencio.

Fue sólo a finales de la mañana, después de una ceremonia religiosa que se efectuó para recordar a los caídos, que las caras se alegraron un poco cuando llegaron informes de que un cazatorpedero de la marina había rescatado con vida, del frío mar, a varias decenas de tripulantes, algunos con hipotermia, pero, en general, todos en buenas condiciones. Entre los rescatados figuraban tres pilotos italianos, uno alemán y el resto americanos y británicos.

Pasadas las doce horas, los pilotos se retiraron para descansar, pues a las 16 horas tenían que estar en sus aviones, listos para despegar en previsión de otros ataques.

Mientras la mayoría de los pilotos se tomaban un merecido descanso, Joe y los cinco fueron a revisar sus Veltros. Estos ya habían sido revisados y armados y estaban listos para entrar en acción nuevamente, pero ellos insistieron en dar una segunda revisión. Terminada la revisión, se dirigieron a la cafetería para tomar un té y repasar todo lo ocurrido en la noche anterior. No dejaban nada al azar, eran tremendamente minuciosos en sus responsabilidades. Antes de las 16 horas estaban ya dentro de sus aviones al borde de la pista, listos para despegar junto a otros catorce MC202, no comparables a los Veltro, y sin embargo muy eficaces.

Para esa hora se tenía noticia de la posible incursión de algunos bombarderos, esta vez escoltados por cazas de largo alcance P38 bimotores de doble fuselaje, avión excelente, poderosamente armado, duro de roer, temido por la potencia de sus cañones instalados en el morro.

Otra vez en la soledad de su estrecha cabina, Joe, con una mano sobre el acelerador y la otra sobre el mando central, cerró los ojos y pensó en su infancia. Trató de recordar los pocos momentos vividos junto a su madre, quien lo había abandonado cuando tenía apenas cuatro años. Conservaba sólo vanos recuerdos de ella, le era difícil imaginarla. Lo que no podía olvidar era el duro sacrificio de su padre, solo y al cuidado de todos sus hijos. Su mente se paseaba también por los años de su primera juventud en su pequeño pueblo natal con su neblina en las mañanas, con sus bellas montañas, con la fragancia del ambiente después de la lluvia, con el alegre trinar de los pájaros, con sus verdes colinas llenas de viñedos, de olivos y de cítricas frutas. Y después, una vez estallada la guerra, las nevadas montañas de Grecia, los inmensos desiertos de África del Norte, las frías noches, los calurosos días, las furiosas tormentas de arena, los espejismos que aparecían y como vapor se esfumaban; los verdes y frescos oasis con sus palmas que invitaban al descanso, las blancas ciudades, la belleza de las mujeres que asomaban sus penetrantes miradas a través de las negras túnicas. Esta belleza se conjugaba con la guerra, con la destrucción, con el olor a muerte, con las moscas, con las aves de rapiña sobre los cuerpos destrozados. El hombre estaba encerrado dentro de una forma de violencia tal que llenaba los corazones de odio, de rencor, de revancha, de esos vicios del alma que hacían olvidar todas las maravillas de la Creación. Joe se encontraba sumido en ese limbo hasta que el ruido de la radio lo sacudió. Era el operador del control aéreo informando sobre el inminente despegue para interceptar unos bombarderos B25 Mitchell, escoltados por los ya citados P38 que se dirigían a atacar la estación ferroviaria de la ciudad de Bolonia.

La voz ronca del operador inmediatamente lo arrancó a la realidad. Abrió los ojos, aceleró, y una vez en la cabecera de la pista inició el carreteo de despegue, seguido de sus amigos y el resto de los aviones.

Una vez en el aire, tomaron rumbo al noroeste y se dirigieron a la vertical para interceptar al enemigo. La tarde era tremendamente clara, pocas nubecillas, suspendidas sobre los mil metros de altitud, tapizaban los colores de la geografía del suelo debajo de ellos. Abajo, al este, se apreciaban los nevados picos de los Apeninos, ese gran sistema montañoso que constituye la columna vertebral de la península itálica. Al norte estaba la inmensa llanura de la productiva Padania que se extendía hasta las faldas de los majestuosos Alpes mientras en el frente se divisaba la costa norte del mar Adriático con el delta del río Po y al fondo la laguna de Venecia.

Al llegar a los siete mil quinientos metros de altitud, Joe inmediatamente vio, abajo, a las 22 horas, a dos decenas de B25 escoltados por los temibles P38, volando unos mil metros por debajo de su formación. Después de evaluar la situación, se comunicó con los MC202 y dio instrucciones para que estos mantuvieran su curso mientras él y sus gregarios describieron un amplio giro a la izquierda y luego a la derecha para colocarse en la cola de los atacantes. La idea de Joe era lanzarse en picada sobre los P38 para dispersarlos, mientras los MC202 atravesaban la formación de bombarderos para tratar de impactar el mayor número posible de aparatos.

Seguidamente, los MC202 hicieron lo suyo, se lanzaron frontalmente contra los Mitchel, descargando sobre ellos el fuego de sus ametralladoras Breda Safat de 12.7 mm. Tres fueron impactados y estallaron en llamas.

Joe y su grupo, casi al mismo tiempo, se abalanzaron sobre los P38 que volaban en formación, pero los pilotos enemigos los vieron al iniciar la picada sobre ellos e inmediatamente se dispersaron iniciando maniobras de caza libre para entablar combate. El primer P38 que Joe se encontró en el camino intentó virar, pero recibió una andanada de proyectiles de un cañón de 20 mm que impactó sobre las alas. Se vio obligado a retirarse.

Otro P38 comprimario efectuó una rápida maniobra evasiva, ganó altura, se colocó detrás de él y disparó sus armas. El poderoso P38 parecía un tigre siguiendo a una liebre y Joe, por más de un minuto, hizo todo tipo de maniobras para sacárselo de encima, sin éxito, hasta que, aprovechando la mayor maniobrabilidad de su Veltro, desaceleró de improviso, giró a la izquierda y provocó que el pesado Lightning siguiera de largo. Ahora la liebre perseguía al tigre.

Joe no dio tregua, serpenteó de derecha a izquierda a la vez que disparaba ráfagas de sus ametralladoras de 12.7 mm mientras el P38 trataba de suplir la maniobrabilidad con la mayor potencia de sus motores, que desaceleraban y aceleraban según los requerimientos de su piloto. El robusto P38 recibió varias descargas de proyectiles sobre su empenaje trasero y las alas, pero justo en el momento en que Joe estaba a punto de asestar el golpe definitivo, sintió impactos en la parte superior del avión, seguidos de una fuerte vibración. Su Veltro había sido impactado justo en la parte curva del empenaje vertical trasero que afortunadamente no le impedía maniobrar. Los proyectiles provenían de un P38 que había llegado en ayuda de su compañero que estaba bajo tiro.

A continuación, Joe, recuperado del susto inicial, estabilizó su avión y se dispuso a abatir a su presa, pero para su sorpresa esta ya no estaba frente a él. Como por instinto, volteó para mirar detrás, hacia arriba, y vió al P38 abalanzarse sobre él. Pensó lo peor. Pero arriba de él apareció improvisamente Cesco, como un relámpago, y con una hábil maniobra envolvente se colocó en la cola del atacante y lo acribilló con dos largas ráfagas que impactaron sobre uno de los motores y la cabina. Entonces Joe individuó nuevamente al P38 que había averiado minutos antes y se volvió a colocar en su cola para encuadrarlo en su mira y abatirlo.

El P38 era un purasangre. Desde atrás se apreciaba su estilizada aerodinámica, su cabina central, su doble fuselaje con los dos timones unidos por un travesaño trasero y los vórtices de sus poderosos motores. Joe tenía a su preciosa presa en la mira, lista para ser abatida, un trofeo único, imposible de despreciar, pero antes de apretar el gatillo se dio cuenta de que algo andaba mal, ya que el pesado Lightining se balanceaba de derecha a izquierda, un motor despedía humo y su piloto no evadía. Al deducir que el piloto estaba herido, retiró su dedo del gatillo y aceleró su Veltro para colocarse al lado del maltrecho avión enemigo.

Una vez a su lado, observó una serie de impactos en la parte trasera de la cabina y luego al piloto que lo seguía con los ojos, recostado sobre la parte derecha de los mandos. En ese momento, sin pensarlo dos veces, levantó el brazo derecho y le hizo una señal de avanzar con los dedos. Llevó la mano a la sien y le hizo un saludo militar.

El piloto americano, sorprendido, le devolvió el saludo y siguió su camino.

Joe desaceleró su avión, alabeó las alas e inició un giro de trescientos sesenta grados sobre el azul del cielo, lleno en ese momento de inmensos cúmulos blancos que acababan de ser mudos testigos de un acto de paz y de humanidad.

Esa tarde había sido intensa, otra vez. Afortunadamente, la balanza pendía del lado italiano, otra vez, ya que no tenían que lamentar ninguna perdida, sólo tres aviones averiados. Los Aliados perdieron un P38 y dos B25, y resultaron averiados otros dos P38.

Una media hora después, Joe llegó a la base y los mecánicos repararon rápidamente su avión, dejándolo a punto para otra misión.

Al día siguiente, en el acostumbrado desayuno mañanero con el delicioso olor a café espresso, Joe abrazó a Cesco, en agradecimiento por haber salvado su vida. Su intervención había sido providencial, de lo contrario el P38 habría derribado a su capitán y amigo.

—Lo tenías a tiro. Otra vez dejaste ir a un enemigo.

—Ya sabes que yo no le dispararía a un hermano rendido. Espero que haya llegado a su base, como nosotros.

—Y si yo fuera tu enemigo, te bendeciría por ello, pero la guerra no se gana con compasión. En algún momento tendrás que elegir entre ellos o nosotros —dijo Cesco con un dejo de resentimiento en la voz.

Incluso en el campo de batalla, el amor
y la compasión encuentran su camino.

Esa mañana, los seis inseparables amigos lucían cansados, estaban cansados, pero por fin había llegado el momento de disfrutar de un merecido reposo. Se les había concedido una licencia de dos días y por ende se disponían a ir a la preciosa Florencia, ubicada a unos ochenta kilómetros de distancia.

Desde que había estallado la guerra, en Junio de 1940, no habían tenido reposo alguno aparte de algunos días al mes. Cuando Italia entró en la guerra estuvieron destacados en un aeropuerto en las afueras de Roma para la defensa de la capital equipados con los avezados Fiat G50, luego habían participado en la campaña de Grecia, luego estuvieron en Sicilia para la protección de los bombarderos que operaban sobre Malta, posteriormente, al norte de África con los modernos Macchi 202, y después regresaron a la Italia peninsular, precisamente al aeropuerto de Pisa. Durante esos veintisiete largos meses tuvieron que enfrentar muchos peligros, la mayoría de las veces equipados con aviones inferiores en prestaciones y armamento a los de sus enemigos. Pero demostraron siempre, con su habilidad y valentía que eran también unos auténticos caballeros del aire.

Los Aliados muchas veces trataron de negar los sucesos de los pilotos italianos durante esos años, especialmente los presuntuosos británicos, quienes los despreciaban y temían. Basta sólo recordar a un piloto de la 412 escuadrilla de caza que, en África Oriental, a bordo de un anticuado pero maniobrable biplano Fiat CR42 obtuvo dieciséis victorias en el aire y destruyó otros treintaidós aviones en tierra para un total de cuarenta y ocho unidades británicas destruidas.

A final de la mañana los amigos salieron de la cafetería y tomaron el tren, partieron alegres para Florencia. Al llegar, se vieron obligados a bajar en una estación secundaria, ya que la que servía al centro de la ciudad estaba fuera de servicio por reparaciones.

Era sábado y en la calle había personas que, temerosas, trataban de relajarse caminando por las riberas del río Arno, que en su recorrido sur conducía a la famosa Piazza de la Signoria, donde estaba una de las copias de la estatua del bíblico David. Se habían prometido, dieciocho meses antes, en la ciudad de Bengasi en Libia, encontrarse en una pequeña *trattoria* aledaña a la famosa estatua para celebrar que estaban vivos y comerse la famosa *bistecca a la fiorentina*, uno de los platos típicos de la renacentista Florencia. Jóvenes y apuestos, eran el blanco de chicas que les dirigían las miradas, pero ellos se sentían extraños, abstractos, fuera de lugar. Eran los efectos de la larga guerra que, por la soledad, la tristeza y las amarguras, les había cambiado el carácter.

Una vez dentro del pequeño pero acogedor restaurant, se sentaron en una mesa frente a una caliente chimenea y pidieron una botella de un vino producido en las colinas de Chianti. El local estaba casi vacío, pocas mesas estaban ocupadas porque a la mayoría les era sumamente difícil disfrutar de momentos agradables en las circunstancias que se vivían. Muchas personas preferían quedarse en casa para no estar expuestos a los bombardeos Aliados, aunque los blancos eran casi siempre las estaciones ferroviarias y las áreas de interés militar. Pasado unos largos minutos, llenaron a medias las seis copas, agradecieron a Dios por haberles permitido celebrar una vez más y, copa en mano, se levantaron, brindaron y se prometieron encontrarse de nuevo, si sobrevivían para ver la guerra terminada, en una famosa *trattoria* ubicada en la zona de Trastevere, en Roma, para comerse unos deliciosos espaguetis a la *matriciana*. El ritual encuentro ya había sucedido anteriormente en otras tantas *trattorias* en los lugares donde habían estado destacados.

Concluido el brindis, comieron varios platos típicos de la cocina florentina y por fin llegó el gran ansiado corte de carne al carbón perfectamente marinado con finas hierbas. De la tristeza y los recuerdos se pasó a la alegría, que se convirtió en bromas, canciones y lágrimas de nuevo. Gianni se sentía poeta entre poetas por estar en la cuna de los grandes maestros florentinos; Mauro deleitaba entonando canciones típicas de las varias regiones italianas; Nicola contaba sus amorosas aventuras; Cesco repetía hasta el hastío sus duelos aéreos; Nando pedía consejos para conquistar a una mujer; y Joe, por su lado, escuchaba sin pronunciar una sola palabra.

Gianni, bromeando, le dijo:

—Joe, ¿qué diablos te pasa? Di algo, por favor.

—Yo sólo escucho porque me gusta escuchar. Y a ustedes los escucharía toda la vida.

—Por favor, no empieces con tu filosofía. Anda: di algo.

—Sí, Joe, por lo menos dinos cuándo vas a preparar tus famosas berenjenas rellenas. Tenemos cinco años esperando —intervino Mauro. A lo que Joe, con una pícara sonrisa, respondió:

—Les prometo que las prepararé en cuanto regresemos a la base.

Terminada la cena, entrada ya la noche, se fueron a una pequeña posada cercana, donde pernoctaron. La siguiente mañana la dedicaron a visitar varias plazas y monumentos hasta que fue hora de regresar a la base.

Al día siguiente, como aún les quedaba un día más de licencia, Joe cumplió su promesa. Ayudado por Nando, se dio a la tarea de preparar las famosas berenjenas rellenas para todos los miembros de la escuadrilla.

Joe era un excelente cocinero. Esa mañana tuvo que trabajar muy duro porque los invitados eran más de dos docenas e incluían al mismo comandante del campo y a varios pilotos alemanes capitaneados por un joven oficial de nombre Otto. A media tarde, la degustación de las suculentas berenjenas dejaron sorprendidos a todos los invitados por su delicioso sabor. La gran mayoría de los presentes, después de congratularse con Joe, se retiraron.

En la sala quedaron sólo Joe, sus amigos, y Otto con su grupo, bromeando y conversando sobre situaciones vividas entre ellos durante los tres primeros años de guerra acompañados del mágico violín de Mauro que interpretaba estrofas de grandes maestros de la música.

La conversación fluyó, armoniosa y relajada, por varias horas, hasta que Otto, algo pasado de tragos por haber estado ingiriendo una bebida hecha de jugo de manzana fermentada, se dirigió a Joe:

—Camarada, yo no entiendo a los italianos. ¿Cómo pueden hacer la guerra y a la vez cantar, hablar de amor, hablar de cocina, pensar en mujeres y más? Cuando se hace la guerra hay que olvidar todo, hay que olvidarse de madres, de padres, de familias, hay que pensar sólo en destruir al enemigo desde las raíces, al enemigo hay que aplastarlo sin compasión. Hacer la guerra, para nosotros, significa la destrucción total del enemigo.

Joe escuchó con atención, y luego de unos segundos, previendo a dónde quería llegar el alemán, con voz calmada respondió:

—Amigo, eso que dices no es guerra, eso es barbarie. Nosotros no somos barbaros, nosotros somos poetas, navegantes, genios, guerreros también. Pero para nosotros hacer la guerra no significa destruir y erradicar desde las raíces, para nosotros hacer la guerra significa luego construir e integrar como hacían los antiguos romanos. Hacer la guerra no significa llenar campos de concentración para exterminar a seres humanos, hacer la guerra no significa destruir todo lo que se encuentre en el camino. Yo y mis amigos no estamos de acuerdo con eso.

—No comparto la forma en que ustedes hacen la guerra y no permito que se nos llame bárbaros.

—No he dicho que ustedes son bárbaros, Otto, he dicho "barbarie". Somos seres humanos, todos somos seres humanos, iguales, hijos de un mismo Dios.

Otto soltó un bufido de desprecio:

—¿Iguales? Hay de seres humanos a seres humanos. La guerra tiene una razón, ya has escuchado al Fuhrer.

—Otto, amigo, cálmate, cada país tiene una idiosincrasia propia y las idiosincrasias hay que respetarlas. Se pueden no compartir, pero hay que respetarlas. Ahora bien, cuando hay diferencias hay que usar la concertación.

—Yo la única concertación que conozco es la guerra.

—Las guerras se hacen sólo por intereses, colonialismo y adoctrinamiento. Ustedes… algunos de ustedes le agregan una devoción sacrificada que no es otra cosa que un fanatismo desenfrenado.

—¿Por qué no abatiste al piloto americano? ¿Por qué la compasión? Yo lo hubiera destruido como a un gusano — replicó Otto cambiando de tema para molestar a Joe, que antes de responder pensó por unos segundos.

—Otto, yo, antes que soldado, soy humano, y la compasión en las guerras es sinónimo de humanidad. La compasión es la que nos aleja de la barbarie.

—Ustedes los italianos deberían dedicarse a la poesía, a cocinar y a cuidar niños.

Cesco, que había seguido atentamente la conversación, apenas oyó esas palabras se levantó, colocó la mano derecha sobre su puñal, y dijo:

—Ahora mato a este hijo de puta.

De igual manera Nicola, al ver la reacción de Cesco, se levantó y gritó:

—Voy a hacer salchichas con estos pedazos de papa y se las voy a mandar al Fuhrer.

Joe no reaccionó, hizo señas a Cesco y a Nicola para que se calmaran.

—Mira, Otto, admiro al soldado alemán por su valor y disciplina, pero no permito que nadie ofenda a mi país y menos en mi tierra. Espero tus disculpas.

Otto se rio con sorna, parecía que estaba a punto de escupir.

Se estaba a punto de desencadenar una riña entre el grupo de Joe y el grupo de Otto, pero el calmado Mauro, que había dejado de tocar el violín y se había mantenido al margen de la pelea, intervino:

—Amigos, amigos, cálmense. Para dirimir esta situación, propongo dos cosas: primero, un brindis, y segundo, jugar un partido de futbol en fecha a definir, así definiremos esta controversia sanamente. Recuerden que somos profesionales y, además, camaradas en armas.

Los dos bandos se miraron a las caras por unos largos segundos, como pensando que esa discusión estaba fuera de lógica. Al rato, Otto levantó su copa y aprobando dijo:

—Estoy de acuerdo. Brindemos, ¡por Hitler!

—¡Por Beethoven y Rossini! —dijo Mauro.

Ambos bandos soltaron una carcajada que los volvió a sumergir dentro de un espíritu de camaradería.

Esa era la realidad: los alemanes y los italianos eran aliados, se respetaban, no compartían los mismos ideales. Los primeros eran unos maquiavélicos fanáticos y los segundos eran unos maquiavélicos poetas.

En el caso de Joe y sus amigos, estos simpatizaban con los americanos porque admiraban su disciplina y su organización, admiraban su forma desinteresada de vida, pero en ese momento estaban en guerra y tenían que combatirlos. Con quienes no simpatizaban era con los británicos y con los rusos. A los británicos los veían como unos soberbios explotadores, les molestaba sobremanera que en el frente de batalla mandaran siempre en primera línea a combatientes de las colonias y luego aparecieran ellos muy frescos a celebrar las victorias. En el caso de los rusos, estos no les gustaban porque representaban al comunismo, y el comunismo para ellos no era otra cosa que una maquinaria de miseria.

ABRIL 1943
ISLA DE CERDEÑA

Con la entrada de la primavera, Joe y su grupo, para alegría de Cesco, fueron destacados en un aeropuerto cerca de la gran base naval de La Maddalena, en previsión de una invasión aliada al continente, utilizando como puente a la bellísima isla.

Una vez instalados, durante los primeros días de permanencia efectuaron vuelos de reconocimiento para familiarizarse con la topografía del suelo. Apreciaron así las paradisiacas playas de arena blanca y el maravilloso azul esmeralda del mar mientras en los recorridos por tierra conocieron los milenarios pueblos y las cualidades de sus habitantes, gente fuerte, tremendamente nacionalistas, pero siempre hospitalaria. También degustaron exquisitos platos de cocina autóctona, especialmente cuando fueron invitados por los padres de Cesco a pasar el día con ellos.

Ese día el padre de Cesco, Luigi, les contó infinidad de historias mientras tomaban un vino de producción propia. Luigi había combatido en la Primera Guerra Mundial con la famosa Brigada Sassari, integrada en su totalidad por soldados nacidos en la isla que se destacaron en las cruentas batallas que se escenificaron en los Alpes contra los austriacos. Al iniciar la guerra, los integrantes del ejército nacidos en la isla fueron maltratados por los peninsulares, hasta que un día se formó una tremenda pelea en un cuartel y quinientos insulares redujeron a golpes y puñaladas a más de cinco mil peninsulares.

Cuando el general a cargo de la división se enteró del incidente, en un primer momento pensó que los insulares se habían insubordinado y los mandó a encerrar, pero luego de unos días, al conocerse la verdad, reunió a su alto mando y les dijo:

—Si quinientos insulares pusieron fuera de combate a todo un regimiento, con un regimiento de ellos ganaremos la guerra.

Y así fue que nació la famosa brigada que poco después fue bautizada con el nombre "Demonios" por sus mismos enemigos, quienes les temían por su alta prestancia bélica, especialmente en el cuerpo a cuerpo. De hecho, estos soldados eran conocidos por su lealtad y su ferocidad. Su arma preferida era la *pattada*, un filoso puñal con la punta curva con el cual degollaban a sus enemigos al asaltar las trincheras. Cesco era un fiel exponente en su uso, no se desprendía nunca de ella, inclusive cuando volaba, y podía hacer con ella cualquier cosa, hasta lanzarla y acertar en un blanco con precisión milimétrica.

La permanencia del grupo en la isla por más de treinta días pasó casi desapercibida, ya que no hubo enfrentamientos, sólo se requirieron algunas salidas sobre el mar por falsas alarmas. Esos días fueron como unas vacaciones para los pilotos. Disfrutaron de bellísimos días de sol y hasta en algunos momentos se olvidaron de la guerra.

Pero en la Italia peninsular el panorama era otro.

El país estaba en ruinas, las industrias destrozadas, y la moral de la población, por el suelo. La guerra en África estaba perdida y pronto la bella península sería el escenario de feroces combates. En Roma, el Duce no las tenía todas consigo, tenía profundas diferencias con su gabinete, que ya no lo apoyaba, y además con el rey.

Se presagiaba lo peor y los seis amigos lo sabían. Respetaban al Duce por todas las cosas buenas que había hecho por el bienestar de los italianos en la parte inicial del periodo fascista, tales como prestaciones sociales para los trabajadores y los desocupados, asistencia médica gratuita, pensiones de vejez, atención prenatal y posnatal para las madres, asistencia a los desempleados, asistencia hospitalaria para los pobres y decenas y decenas de beneficios más, sin contar con la construcción de las primeras autopistas en el mundo y otra gran cantidad de obras de infraestructura que hicieron que Italia fuera la invidia a nivel mundial. De hecho, el fascismo italiano inicialmente era venerado en todo occidente. El propio presidente de los Estados Unidos de América, Franklin Delano Roosevelt, definió a Mussolini como un admirable caballero italiano y manifestaba estar interesado en todas las cosas que había hecho en los primeros diez años de su gobierno. También el primer ministro británico Winston Churchill admiraba a Mussolini a tal punto que llegó a decir que si hubiera sido italiano de seguro se hubiese unido desde el principio hasta el fin en la lucha triunfante del fascismo contra los apetitos y las pasiones bestiales del Leninismo.

Por otro lado, el fascismo no era antisemita. Notoriamente el 25% de los miembros del partido fascista eran hebreos italianos y, además, cuando los alemanes hicieron presión sobre

Mussolini para que los expulsara de su partido, este declaró que el fascismo tenía muchos problemas para crearse otros. Sin embargo, con el pasar del tiempo, después del primer decenio de excelencia en el poder, el fascismo se atornilló en una serie de espirales dictatoriales que dieron como fruto la asfixia en la propia esencia de su grandeza.

Una de esas espirales se produjo en el año 1935, cuando Mussolini, que desde que había tomado el poder en 1922 con la triunfante marcha sobre Roma no había hecho nada controversial a nivel internacional, decidió invadir Etiopia para adicionarla a su vasto imperio y, además, intervino en la Guerra Civil Española a favor del bando nacionalista liderizado por el general Francisco Franco, en 1936. A este último lo apoyó con ingentes cantidades de armas y tropas. Ya después cometió el gravísimo error estratégico de aliarse con los nacionalistas alemanes en lo que fue como un matrimonio entre una nación civil con los bárbaros representantes del Tercer Reich, alianza no compartida mínimamente por Joe y sus amigos, quienes no aceptaban a Hitler. Un fanático, loco, asesino.

MAYO 1943
REGIÓN DE CALABRIA, ITALIA

El curso de la guerra en el Mediterráneo cambió tras la victoria aliada en el Alamein, en Egipto. Los Aliados a continuación desembarcaron en Marruecos y Argelia para acorralar a italianos y alemanes en Túnez, siendo evidente que el próximo paso sería la invasión al sur de Europa. La gran incógnita era por Sicilia, por Cerdeña o por Grecia. Los italianos pensaban que sería por Sicilia o Calabria; los alemanes manifestaban dudas, pensaban que sería por Grecia.

A sabiendas de esas discrepancias, los Aliados se valieron de una artimaña y abandonaron el cadáver de un falso piloto británico en las playas de Huelva, en España, con una serie de documentos en un portafolio encadenado en la mano del infortunado joven que indicaban que la esperada invasión sería a través de Grecia. Los alemanes mordieron el anzuelo y movieron una gran cantidad de tropas a Grecia mientras los Aliados ya tenían lista la operación Husky, la invasión por Sicilia.

Terminada la permanencia en Cerdeña, el escuadrón de Joe se dividió: unas escuadrillas fueron mandadas a Sicilia y otras regresaron a Pisa. Él y su grupo fueron destacados en un improvisado y precario campo aéreo en el norte de Calabria, ubicado en la falda suroeste del bellísimo monte

Pollino de los Apeninos meridionales. El campo estaba completamente mimetizado en medio de seculares árboles de olivos y viñedos, no disponía de hangares, los aviones parqueaban bajo los árboles y los pilotos y el personal operativo se alojaba en unas casas de campo cercanas, lo que los hacía prácticamente imposibles de localizar desde el aire. Esta vez, la suerte corrió a favor de Joe, ya que el campo estaba a sólo quince kilómetros de su pueblo natal y tuvo la oportunidad de visitar a su padre y a sus hermanos.

Una fría brisa soplaba fuerte desde levante cuando Joe, a media mañana, se presentó en su casa natal. Una de sus hermanas, el día antes, había informado que Joe los visitaría y su padre lo esperaba impaciente, sentado sobre un tronco frente a la gran casa rural.

—Padre, estoy aquí —gritó Joe apenas lo vio, corriendo a abrazarlo.

—Hijo mío, hijo mío, qué alegría. No lo puedo creer, gracias, Dios, gracias —respondió el compungido padre y ambos se confundieron en un enternecedor abrazo que lo dijo todo.

La alegría de Joe era incalculable, no había visto a su familia desde hace cuatro largos años y entre sollozos no alcanzó a pronunciar palabra alguna. Sus amigos lo observaron sonrientes y conmovidos, especialmente Nando, quien ese mismo día vería a sus padres también, que estaban invitados al almuerzo para compartir la alegría por la llegada de Joe.

Ya para el medio día, las diligentes hermanas de Joe habían preparado una precaria mesa en el exterior de la casa con un bien surtido almuerzo en el que destacaban dos tiernos cabritos a las brasas, rodeados de papas y pimientos. Llegado el momento, Joe se sentó junto a su padre y conversó largo y tendido: tenían mucho que contarse. El tiempo había trascurrido lento tanto para los dos. Joe sumergido en una guerra que parecía no tener fin, y su padre sumergido en el dolor por la reciente pérdida de un hijo y por las angustias que le causaba tener a otros dos en guerra, sin contar el inmenso sacrificio de estar solo, a cargo de su numerosa familia. Con el pasar de las horas, a pesar de las caras tristes, el resto de la tarde trascurrió alegre; se le agradeció a Dios, respetando la memoria de los que habían partido y sin regresar.

Llegaron las altas horas de la noche y fue apenas entonces cuando Joe y sus amigos se retiraron, ya que el deber los esperaba al día siguiente. Al despedirse, el abrazo con su padre fue nuevamente largo y conmovedor, como si fuera el último, un abrazo que lo decía todo, nutrido ante todo de la esperanza de un regreso.

Con el nuevo día, Joe y sus amigos se sumergieron una vez más en las responsabilidades individuales, ya que el precario campo aéreo donde se encontraban destacados requería de técnicas especiales para el despegue y el aterrizaje a cause de una pista demasiado corta y la presencia de fuertes vientos que provenían de las montañas. Se despegaba de oeste a este volando sobre suaves colinas llenas de viñedos para luego sobrevolar la bella llanura de Sibari, otrora magna Grecia, e inmediatamente aparecía el cándido azul del mar Ionio. Si se tomaba rumbo suroeste, después de pocos minutos se divisaba el azul profundo del mar Tirreno.

El campo era perfecto, por su ubicación, para defender toda la parte sur del extremo de la península incluido el golfo de Tarento y las estaciones subterráneas secretas ubicadas en la montaña de la Sila que producían energía eléctrica para el centro y el norte del país. Joe estaba alegre por haber visto a su familia y se preparaba para ser determinante a la hora de entrar en acción. Pero luego de una semana, mientras se alistaba para un despegue de entrenamiento, recibió la visita de su hermano mayor. Él le informó que su padre había fallecido en la noche. Un infarto.

Joe soportó con estoicismo la inesperada noticia, pero el silencio imperaba en su cara, su cálida sonrisa había desaparecido, no hablaba y por ello no había forma alguna de consolarlo. Sus amigos se prodigaron para hacerlo sentir mejor, pero no lo lograron. Nando, amigo del alma, lloraba por y con él. No soportaba ver a su amigo triste y sentía la imperiosa necesidad de volver a ver esa silenciosa sonrisa en sus labios. Eran como hermanos, habían crecido juntos, habían jugado juntos, no se habían separado desde la infancia, eran el uno para el otro. Sólo después de varios días, Joe poco a poco fue volviendo a la normalidad. Empezó de nuevo a escuchar al viento, su amigo, y entendió una vez más que la muerte no es el fin, la muerte es el comienzo de una nueva vida, un encuentro definitivo con Dios.

Lo que quedaba del mes de mayo y el mes de junio transcurrió sin ninguna novedad. Hubo unas cuantas escaramuzas sobre el mar Mediterráneo con aviones británicos, y algunas intervenciones de rutina, sin pérdidas que lamentar, sobre el mar Ionio y el Tirreno. Hasta que a principios del mes de julio los Aliados se lanzaron a la conquista de Sicilia con ochenta mil hombres del séptimo ejército americano y del octavo ejército británico. La isla era defendida por diez divisiones italianas, frescas, pero mal preparadas porque las mejores tropas habían acabado de ser derrotadas en Túnez y por otras tantas divisiones alemanas muy bien equipadas y con una moral excelente. La resistencia por parte de los italianos fue tenaz, desmintiendo lo que los británicos como siempre quisieron hacer creer. Pero el poder aéreo y naval desplegado era demoledor, lo que produjo que, después de varios días de intensa lucha, las posiciones fueran cediendo.

Durante los primeros días de la invasión, el grupo de Joe fue llamado en muchas oportunidades para intervenir desde el improvisado aeropuerto y los pilotos hicieron todo lo posible para contrarrestar la abismal diferencia en número. Causaron muchas bajas a los Aliados, especialmente a los británicos, ya que estos, al no conocer la ubicación del campo aéreo, no sabían desde dónde despegaban los cazas que los atacaban. El efecto sorpresa jugó un papel preponderante.

En esos días los duelos aéreos con la fuerza aérea británica se repitieron. Los británicos disponían de los confiables Hurricanes, Spitfires y los pesados P40 de la fuerza aérea americana. En la etapa inicial de la invasión, los aeropuertos de Sicilia fueron duramente bombardeados, quedando las tropas terrestres a merced de los británicos, que avanzaban desde el sur hacia la ciudad de Messina, y de los americanos que lo hacían desde el oeste para cerrar el estrecho de mar que comunica con el sur de la península itálica. Para el 10 de agosto, un mes después de iniciada la invasión, la suerte estaba ya echada para los Aliados. El fin se acercaba.

Los alemanes ya habían previsto la derrota y empezaron a retirarse desde los primeros días del mes. Dejaron a los italianos solos. Tal como habían hecho en julio de 1942, en el Alamein.

Ese 10 de agosto, casi al final de la tarde, Joe y su escuadrilla fueron requeridos para un ataque a las tropas británicas que se disponían a cercar Messina desde el sur. Siete Veltros 205 y cinco Mc 202 armados con dos bombas bajo las alas despegaron y tomaron rumbo suroeste, siguiendo la costa este de Calabria. Los aviones volaban a muy baja altura, sobre el mar, utilizando como escudo las altas montañas que dividen esa región por la mitad. Las patrullas británicas operaban sobre la parte tirrenita mientras los italianos volaban en sentido contrario, sobre aguas iónicas. Antes de llegar al estrecho que separa Sicilia de la península, ascendieron a mil metros de altura y luego se lanzaron en picada sobre las tropas enemigas que avanzaban hacia el estrecho por la costa este de la isla. La sorpresa fue total, los cazas, con Joe a la cabeza, lanzaron sus bombas con mortal precisión, causaron un gran número de bajas, dañaron seriamente la carretera costera y cortaron el avance de las tropas británicas.

Joe, Cesco, Gianni, Mauro, seguidos de Nando y Nicola lanzaron sus bombas, ascendieron y efectuaron un tonel para iniciar acciones de ametrallamiento individual, pero justo en el momento en que el avión de Mauro iniciaba el tonel, este fue impactado en la parte posterior de la cabina por un proyectil de alto calibre. El caza siguió volando después de la terrible explosión, pero había perdido el control y se dirigía al norte. Cayó al agua y estalló.

Nando y Nicola lo seguían y quedaron petrificados al verlo caer. Lo único que alcanzaron a hacer fue gritar su nombre.

Joe siguió la estela del humo que había dejado el avión, pero, al llegar sobre el punto de impacto, observó nada más que parte de los esparcidos y humeantes restos del aparato flotando sobre el oscuro mar. Dio varias vueltas sobre el área sin encontrar rastro alguno de Mauro y, minutos después, corto de combustible y con los ojos llenos de lágrimas, se vio obligado a tomar rumbo noreste para volver a la base.

De camino, el silencio radio fue sepulcral. Los amigos estaban devastados. El violín de Mauro dejó de sonar y los recuerdos de las dulces melodías que interpretaba se convirtieron en una fría marcha fúnebre. Ninguno de ellos habló hasta aterrizar. Una vez en tierra se unieron todos en un abrazo, sin pronunciar palabra alguna.

Ya en la noche, Joe, de camino a una improvisada barraca que fungía de sala comando, dirigió su mirada al cielo y vio estrellas fugaces caer. Se detuvo y recordó que era la noche de San Lorenzo, noche de estrellas fugaces que el gran poeta italiano Giovanni Pascoli inmortalizo en su poema "X de Agosto", escrito después del oscuro asesinato de su padre mientras regresaba a casa precisamente una noche del x de agosto de 1867.

El poeta interpretó en su obra la caída de esas estrellas como el llanto del cielo por la maldad de los hombres. Ese día, Joe y su grupo habían causado muerte y la habían recibido de regreso, por igual.

San Lorenzo, yo sé por qué tantas estrellas en el aire
tranquilo arden y caen. Es el llanto del cielo que desde
lo alto de los mundos serenos, infinitos, inmortales,
inundan ese átomo opaco del mal.

SEPTIEMBRE 1943

Una semana después del enfrentamiento, los Aliados completaron la toma de Sicilia y se aprestaron a invadir la Italia peninsular. El campo aéreo fue abandonado a causa de la cercanía y supremacía del enemigo y los aviones fueron destacados en otros aeropuertos de la península mientras el grupo de Joe regresó a Pisa en previsión del próximo desembarco, del cual aún no se conocía la locación.

Los Aliados, completada la ocupación de Sicilia, pensaban que los alemanes se retirarían al norte de la península, pero estos, después de una muy organizada retirada a través del sur italiano, construyeron fuertes al norte de Nápoles y formaron una férrea línea defensiva que se extendía desde el mar Tirreno hasta el mar Adriático, teniendo como centro el monasterio de Montecassino.

Los italianos movieron el grueso de sus fuerzas aéreas al norte y a la mayor parte de las unidades de la Regia Marina a la gran base naval de La Spezia, en el golfo de Génova, para atacar a la flota aliada en cuanto se supiera la zona del nuevo desembarco. La fuerza aliada temía a la Regia Marina por la potencia y modernidad de sus barcos, sabía que, si esta los atacaba durante el desembarco, tendrían muchas pérdidas que lamentar, porque tanto el personal de la marina como el de la Regia Aeronautica estaban dispuestos a sacrificar sus vidas con tal de obstaculizar el esperado desembarco aliado.

Joe y sus amigos estaban consciente también de la gravedad de la situación y estaban dispuestos a combatir hasta el último respiro. Pero, mientras la moral de las tropas era alta, la moral de la población, cansada de la guerra, estaba por el piso ya desde la primavera, de hecho, desde casi un mes antes. El 25 de julio Mussolini había sido destituido y arrestado por órdenes del rey Víctor Manuel, quien a la vez inició conversaciones secretas con los Aliados para firmar un armisticio que supuestamente pondría fin a la guerra. El armisticio se firmó el día 8 de septiembre y se mantuvo en secreto hasta el último momento, exactamente hasta las primeras horas del día siguiente, aunque, debido al sigilo con el que se había firmado, no se tomaron las previsiones necesarias para informar con anterioridad a los comandos supremos de las fuerzas armadas porque se pensaba que los alemanes se retirarían una vez que se conociera la noticia. Estos, al conocer la noticia del armisticio incondicional, se sintieron traicionados y atacaron a las unidades italianas que no estaban dispuesta a seguir la guerra. Muchas unidades, al recibir la orden del cese de hostilidades inmediato contra los Aliados, cayeron en poder de los alemanes. Otras, en cambio, fieles al rey, se negaron a entregar sus armas, como la división destacada en la isla griega de Cefalonia, que fue aniquilada después de una tenaz resistencia por más de quince días, donde tuvieron que luchar contra una desproporción altísima sin apoyo aéreo o naval.

La Regia Marina obedeció también a las disposiciones del armisticio que acotaban que todos sus barcos se debían internar en el puerto de la isla de Malta, no sin antes perder al modernísimo acorazado Roma, hundido por la primera bomba radio guiada lanzada por un avión alemán al norte de la isla de Cerdeña. Murieron mil quinientas personas.

Este barco, al momento de ser atacado, se encontraba navegando hacia Malta junto a otros tantos. El ataque surgió fuera de todo orden lógico, pues el armisticio ya había sido firmado. Este fue un claro acto de venganza que demostraba la falta de honorabilidad de los mandos alemanes, sumidos en su mayoría en un fanatismo ciego. La Regia Aeronautica igualmente obedeció, pero, por la confusión reinante, muchos aviones quedaron en manos alemanas y posteriormente en manos de la aviación de la Republica Social Italiana, constituida por Mussolini, quien fue liberado el 12 de septiembre mediante un cinematográfico golpe de mano de comandos alemanes al mando del coronel Otto Skorzeny, en un hotel de alta montaña ubicado en las montañas de la región de Abruzos, en el centro de Italia, donde se le mantenía cautivo.

En cuanto al grupo de Joe, se enteraron de la firma del armisticio en las primeras horas del 9 de septiembre por voz de su comandante, quien esa mañana, en un breve e improvisado discurso a compungida voz, les informó:

—Hijos míos, quien está en este momento delante de ustedes es un hombre avergonzado. Este día será recordado siempre como una mancha negra en nuestra historia. El rey ha firmado un armisticio secreto con los Aliados, que equivale a una rendición incondicional. Ha traicionado a nuestro

Duce y a nuestros aliados alemanes. Ustedes son profesionales y yo no quiero forzar sus voluntades, son como mis hijos. Entiendo que muchos de ustedes son fieles al rey, el comandante supremo de todas las fuerzas, así que los que quieran quedarse y continuar la guerra al lado de los alemanes, pueden quedarse; los que quieran irse... váyanse rápido. Traten de llegar a sus comandos originales y honoren su uniformes y a sus creencias. Nuestro país sobrevivirá y resurgirá; espero que un día no muy lejano podamos todos concertar y, cuando cesen los partidos, ser nuevamente una sola masa homogénea que luche por hacer grande a nuestra patria. ¡Viva Italia, Dios los bendiga!

Concluido el discurso, la mayoría de los presentes se aprestaron a dejar la base. Los pilotos eran profesionales, habían jurado delante de la bandera del Reyno de Italia y respetaban ese juramento, para ellos la bandera representaba su querida tierra y su tierra era su madre. En cuanto a Joe, inmediatamente se reunió con sus amigos para decidir cómo llegar a su comando original, que estaba en una base cerca de la ciudad de Lecce, en el sur de la península, ubicada a casi mil kilómetros de distancia de donde estaban.

En un primer momento pensaron en llevarse sus aviones al sur, a cualquier aeropuerto ocupado por los Aliados, pero al dirigir sus miradas a los hangares se dieron cuenta que los alemanes habían colocado ya vehículos blindados en las entradas, lo cual representaba un suicidio a la hora de intentar un golpe de mano para hacerse de sus máquinas. Así que, poco después, en unión de un fornido joven armero amigo de Joe de nombre Salvatore, se apoderaron de un pequeño todo-terreno, cargaron sus mochilas con pocos artículos personales, fueron al depósito de armas y tomaron seis subfusiles Berettas MAB38, un fusil Carcano M91 con mira telescópica, suficientes recargas y, con pistolas al cinto, se dirigieron rápidamente a la salida sur de la base, la cual aún no había sido tomada por los alemanes.

DE NORTE A SUR

En el campo todo era confusión. Los soldados encargados de la vigilancia no sabían qué hacer. Los que el día anterior eran amigos, ahora eran enemigos.

Los alemanes habían llegado en las primeras horas de la mañana y trataban de ocupar todas las instalaciones de la base para hacerse con los valiosos equipos. Se oían disparos en diferentes direcciones; la gran mayoría se resistían a ser desarmados y dentro de ese caos generalizado los seis amigos se abrieron paso en medio de la tremenda confusión y atravesaron velozmente la base en sentido norte a sur. Mas, apenas un centenar de metros antes de llegar a la salida, un vehículo semioruga alemán con ocho soldados a bordo les cortó el camino.

Joe lo vio venir e hizo señas a Gianni para que parara. Descendió del todo-terreno mientras Cesco, Nicola, Nando y Salvatore se parapetearon detrás del vehículo con sus armas listas para abrir fuego. Después de levantar su brazo y hacer señas con un pañuelo blanco, se dirigió a paso veloz hacia el blindado con su subfusil colgado al hombro. En cuanto llegó frente del vehículo, para su sorpresa, se dio cuenta de que la persona al mando era nada más y nada menos que Otto, quien, al ver a Joe, se acercó.

—Camarada y amigo, no vamos a permitir que salgan del campo. Depongan sus armas y síganme. Si deciden continuar la guerra a nuestro lado y bajo nuestro mando, todo estará bien, pero, de no ser así, serán arrestados y mandados a un campo de concentración en Alemania.

—No vamos a deponer nuestras armas. Tú eres el que está en territorio italiano. Déjenos pasar, de lo contrario ni ustedes ni nosotros continuaremos la guerra. ¿Entiendes, Otto? Tú serás el primero —respondió Joe con tono enérgico, levantando su MAB. Lo apuntó contra el pecho de Otto, agregando, después de unos largos segundos—. Entonces, amigo, ¿morimos todos… o vivimos todos?

Al ver la boca del cañón del potente subfusil apuntando a su pecho, Otto sintió un escalofrío. Conocía a Joe, sabía que era hombre de pocas palabras y no dudo que dispararía, así que levantó el brazo y ordenó a los suyos:

—Déjenlos pasar—. Luego se dirigió nuevamente a Joe—. Buena suerte. Espero no volver a verlos, pues seríamos enemigos y no habría miramientos.

—No creo que haya otra oportunidad. Si la hubiera… que sea en el aire —afirmó Joe. Después se dirigió a sus amigos mientras le daba la espalda a su enemigo—. No dejen de apuntar hasta que se retiren.

Abordaron el todo-terreno y se alejaron de la base. A lo lejos se oían tableteos de ametralladoras y explosiones.

El plan era alejarse lo más posible con el todo-terreno para luego abandonarlo y adentrarse en las montañas, era muy arriesgado continuar por los caminos regulares que estaban llenos de todo tipo de vehículos alemanes que se dirigían igualmente al sur. Pasada una media hora, para su suerte, se encontraron en un cruce con un pequeño convoy alemán, al cual siguieron, logrando pasar desapercibidos por unas tres horas hasta que, cortos de combustible, a finales de la tarde, se vieron obligados a detenerse, abandonaron el todo-terreno y se adentraron en el bosque, siguiendo a pie el borde de la carretera.

Llegada la noche se sentaron sobre unas rocas a descansar y comieron un poco de pan. Llovía incesantemente. Necesitaban conseguir un sitio donde guarecerse, pero al final decidieron seguir adelante hasta que, exhaustos, al amanecer, llegaron a las ruinas de una gran casa rural abandonada, a cuyo lado fluía un bello riachuelo de aguas cristalinas que desembocaba en un pequeño lago. El sitio parecía seguro y así, después de decidir los turnos de guardias, se propusieron a descansar.

El cansancio era tal que durmieron todo el día en turnos de cuatro horas hasta que, a las 17, Joe, Gianni, Nicola y Nando fueron despertados por un olor a pescado asándose.

Sorprendidos, vieron a Cesco frente a la chimenea. Asaba unas truchas sobre una improvisada rejilla hecha de alambre.

—Hora de comer.

—¿De dónde sacaste esas truchas, Cesco? —preguntó Joe aún medio dormido.

—Supervivencia, Joe, supervivencia. Aproveché el turno de mi guardia y fui a pescar al lago. Está lleno de truchas, no me llevó mucho tiempo pescar más de media docena con mi puñal y esta vara— Cesco retiró la comida de la lumbre—. Vengan,están deliciosas.

Concluida la improvisada pero apetitosa cena, llenaron sus cantimploras en el arroyo y se aprestaron a seguir. Caminaron por dos noches seguidas, descansando durante el día, hasta que, llegado el ocaso del tercer día, se encontraron frente a un solitario camino de tierra que bordeaba un frondoso bosque. Siguieron el camino por más de una hora y divisaron a lo lejos a una cabaña construida al borde del camino, con ventanas que emanaban luz y una chimenea despidiendo humo. Parecía tranquilo, no se oía ruido alguno, se escuchaba sólo el silbido del viento que soplaba desde poniente. Pensaron en seguir avanzando hacia la cabaña, pero Joe tuvo un extraño presentimiento y ordenó parar.

—Escondámonos dentro de la maleza.

Luego tomó su binoculares y, a pesar de la obscuridad reinante, logró divisar, al lado de la cabaña, un vehículo todo-terreno de color negro. Con cuidado de no salir de entre los arbustos, se movió a una posición más favorable y divisó un hombre armado con una MP40 parado en la puerta de la cabaña; fumaba. Al dirigir sus binoculares nuevamente sobre el todo-terreno, vio una cruz gamada sobre el flanco derecho del vehículo: eran alemanes, no quedaba duda.

—Cesco, es un vehículo alemán, seguramente hay otros hombres adentro. Tenemos que irnos rápido, avisa a los demás.

Justo en el momento en que ambos se disponían a dar la vuelta para retirarse, se oyeron los gritos ahogados de una mujer pidiendo ayuda, seguidos de sollozos.

—Es una mujer, no podemos irnos, debemos averiguar qué pasa. Y cuántos son.

Cesco no se lo pensó dos veces y con una maliciosa sonrisa dejó su rifle, empuñó su cuchillo y sigilosamente se dirigió a la cabaña.

Los gritos de la mujer cesaron, pero se oía un continuo y desgarrador llanto que aumentaba el ansia de Joe mientras esperaba a Cesco, que tardó más de diez minutos en aparecerse entre las sombras.

—Son SS. Será un placer despacharlos. ¿Tú sabías que a mí los SS me caen muy mal? —dijo Cesco, jugando con su desprecio—. Aparte del soldado en el frente, hay otro sentado en la parte derecha de la cabaña, dentro hay un oficial que está torturando a una mujer, amarrada al jergón de una cama. Hay otro soldado sentado frente a la chimenea con una MP40 en sus manos.

Joe se quedó pensando por unos minutos sin emitir palabra alguna.

—¿Joe? No podemos irnos, tenemos que hacer algo, pero nos superan en número —señaló Nando, inquieto, al ver que Joe no respondía.

—No nos iremos. Cesco, encárgate tú del soldado que está sentado en la derecha. Sin ruidos —respondió Joe. Desenfundó su pistola Beretta M34 y le enroscó un silenciador en la boca.

—Salvatore, toma, encárgate tú del que está en el frente.

—No necesito la pistola, lo haré a mi modo —respondió el musculoso joven.

Joe se dirigió entonces a Gianni y a Nicola.

—Ustedes dos, una vez que estén eliminados los guardias en el exterior, tomen posiciones en las ventanas. Cesco y Salvatore me esperarán a mí y nosotros entraremos a la cabaña. Nando, tú te quedas aquí para cubrirnos las espaldas.

—Ni lo pienses, Joe, yo voy contigo. Voy contigo y punto —enfatizó Nando.

Joe asintió.

—Bien, amigos, vamos y buena suerte.

Cesco fue el primero en actuar, se deslizó primero entre los arbustos como un felino al acecho, luego se colocó detrás del SS, sentado en el tronco, y en un abrir y cerrar de ojos insertó su puñal en el cuello del alemán que quedó en la misma posición en la que estaba: sentado pero ahora con el cuello borboteando sangre.

Segundos después, Salvatore, aprovechando su descomunal fuerza, apareció de la nada y tomó por la cabeza al segundo soldado. En fracciones de segundos le partió el cuello.

Como previsto, a continuación Gianni y Nicola tomaron posiciones en las ventanas con sus MAB38 listos para disparar al mismo momento en que Joe, Salvatore y Nando se dirigían a la puerta. Salvatore iba en la delantera y abrió la puerta con un tremendo espaldarazo, pero el soldado, sentado de espalda a la chimenea, alcanzó a disparar una ráfaga en el mismo momento en que recibía la ráfaga mortal de Gianni. La ráfaga impactó a Salvatore en sentido ascendente, desde la parte baja del estómago hasta el corazón. El gigante cayó al piso con los ojos desorbitados.

Contemporáneamente, el oficial que blandía una filosa bayoneta con la punta enrojecida y estaba a punto de clavarla en la pierna de la mujer intentó desenfundar su Luger, pero Joe, con la velocidad de un tigre, le propinó un certero culatazo en la cara con su MAB que lo dejó sin sentido.

Nando entró el último y, al ver a Salvatore en el piso, se lanzó sobre él para intentar revivirlo, pero era ya tarde, la ráfaga lo había prácticamente partido en dos. Gianni y Nicola, al ver lo ocurrido, entraron a la cabaña, desesperados también, y se arrodillaron al lado del cuerpo inerme de su amigo mientras Joe desataba a la mujer y la cubría con una manta.

—Nando, Cesco, amarren a este bastardo en el jergón y amordácenlo.

—Joe, déjame matarlo, será un placer mandar al infierno a un SS.

—No, le daremos su misma medicina, imagínate la vergüenza que va a pasar cuando lo encuentren amarrado. Nunca lo olvidará —respondió Joe.

La mujer, adolorida y recién desamarrada, tomó la bayoneta y gritó:

—Lo voy a matar yo misma en cuanto despierte. ¡Miren las quemaduras en mis brazos y en mis piernas!

—No lo vas a matar— dijo Joe, tendiéndole la mano para que le diera la bayoneta—. Dime quién eres.

—Soy una combatiente comunista. Me torturaron, querían saber dónde estaba mi marido que escapo hace unos días a las montañas.

—Vaya, vaya. ¿Comunista? De haberlo sabido antes hubiéramos dejado que te siguieran torturando —señaló Cesco con sarcasmo.

La mujer se lanzó sobre él.

—¡Fascista de mierda, te voy a matar!

El sardo, sin inmutarse, con un ligero movimiento de la mano izquierda tomó la muñeca que empuñaba la bayoneta, con la mano derecha le puso su puñal en el cuello y le dijo:

—Despídete del mundo, puta comunista.

—Cesco, basta. Es comunista… y es italiana —gritó Joe al ver la reacción desproporcionada de su amigo.

—Nosotros sólo combatimos a los fascistas y a los alemanes —replicó la mujer con atemorizada voz mientras sentía el frío de la hoja del puñal de Cesco sobre la garganta.

—A quienes deberían combatir es a sus líderes buenos para nada. Y a la rata inmunda de Stalin que ha asesinado a millones de personas —luego se dirigió a Joe como pidiendo permiso—. Joe, la voy a matar. Cuando veo un comunista me dan ganas de vomitar.

—Cálmate, hermano. No vas a matar a una compatriota —. Y luego, con voz más dura— Basta. Tenemos que irnos. Otros SS pueden estar cerca, guarda tu puñal —agregó Joe en tono conciliador, dirigiéndose luego a Gianni—. Saca tu botiquín de primeros auxilios y cura sus heridas—. Segundos después, agregó— Nando, Cesco, Nicola consigan unas tablas para hacer un ataúd, tenemos que enterrar a Salvatore. Rápido, no tenemos tiempo.

A esto, la mujer agregó:

—En el granero hay tablones clavos y herramientas —ya estaba más calmada.

Joe se arrodilló delante del gigante caído y, con lágrimas en los ojos, lo besó en la frente. Le hizo la señal de la cruz y en voz baja musitó:

—Que la tierra te sea ligera, amigo mío.

—Lamento profundamente la muerte de su amigo. Yo sé lo que se siente, acabo de perder a mi hijo de once años y a mi hijita de cinco. Esta guerra me quitó a mis dos únicos tesoros.

Joe miró a la mujer a los ojos, se levantó y la abrazó.

—Lo siento mucho. No tengo palabras, es terrible. Este odio tiene que terminar, entiendo tu rabia. Disculpa a mi amigo, él es buena persona.

Una vez que el improvisado ataúd estuvo listo, colocaron al infortunado Salvatore dentro, lo enterraron debajo de unos árboles, detrás de la cabaña. Colocaron sobre el cúmulo de tierra una cruz con su nombre, grado y fecha de muerte, y se dispusieron a partir.

La mujer cargó con las armas de los alemanes caídos y, antes de tomar rumbo a las montañas, se volteó y les dijo:

—Gracias, compatriotas. Buena suerte.

Entre dientes, Cesco suspiró irónicamente:

—¿Amigos? Amigo es el ratón del queso, y se lo come.

En cuanto al oficial de la SS, este acababa de despertar y hacía vanos movimientos para soltarse de las ataduras, pero le resultó imposible. Joe, antes de partir, entró a la casa y, viendo que este quería decirle algo, le quitó la mordaza y le preguntó:

—¿Qué?

—Mátenme.

—Nosotros no matamos a gente inconsciente, nosotros no somos barbaros. Váyanse de nuestra tierra y que Dios te perdone —respondió Joe con voz firme antes de cerrar la puerta y salir de la cabaña.

Incendiaron el terreno y partieron. Cesco iba a la cabeza junto con Joe, seguido de Gianni, Nando y Nicola, que cubrían la retaguardia con un marcado nerviosismo. Cesco lucía un semblante lleno de odio y, queriendo desahogarse, le dijo a Joe:

—Por culpa de esa mujer perdimos a Salvatore. Debería haberla matado.

—Esa mujer está herida por dentro, su corazón está lleno de odio.

—¿Y tú cómo lo sabes?

—Llorando me confesó que perdió a sus dos pequeños hijos hace unos días. ¿Sabes lo que eso significa? El odio genera odio, la violencia genera violencia, la venganza genera venganza como las guerras generan guerras. Le pido a Dios que todo esto termine para que el mundo pueda vivir en Su Paz.

Cesco apenas oyó las palabras de Joe. No respondió. Se encerró en un mudo silencio y sólo después de casi una hora manifestó en voz alta:

—Lo siento, Joe, lo siento. Que Dios me perdone. Ahora me alegro de que la salváramos.

Esa noche caminaron sin parar por temor a que los estuvieran siguiendo, hasta que en la madrugada, por el cansancio, se vieron obligados a refugiarse debajo de unos arbustos para mimetizarse y así poder dormir unas horas. La zona estaba infestada de alemanes, a lo lejos se oían ruidos de tanques y camiones y la quietud del cielo era frecuentemente interrumpida por el ruido ensordecedor de decenas de aviones. Desde que salieron de la base hacía ya cinco día, habían cubierto menos de doscientos kilómetros, porcentaje ínfimo de la que aún debían recorrer para llegar al destino.

Horas después, apenas asomó el sol sus amarillentos rayos, se despertaron y comieron algo de pan con unos pedazos de quesos que habían tomado la noche anterior de la cabaña. Cesco efectuó un reconocimiento por la zona y se dio cuenta de que la zona boscosa se abría en un bellísimo valle rodeado de verdes colinas, atravesado por una gran carretera de doble sentido, abarrotada de camiones, vehículos blindados y tanques alemanes que se dirigían al sur mientras al este, a lo lejos, se divisaban las altas montañas de los Apeninos con sus vertientes llenas de árboles que asomaban los rojizos colores del entrante otoño.

Con su mente de piloto al sardo se ubicó en pocos segundos y entendió que por el frente no tenían salida para dirigirse al sur. La única opción era por las montañas del este, por donde el camino se haría más lento y más largo, pero estarían lejos de los alemanes. Informó esto a detalle apenas regresó al improvisado refugio donde habían descansado.

—Pues sí, Joe, esa es la realidad. Por el frente no hay nada que hacer, no tenemos otra opción que dirigirnos a las montañas. Además, alcancé a ver unos pueblos en sus faldas donde podremos conseguir algo de comida.

—Perfecto, en cuanto se oculte el sol, partimos.

Así que al caer las primeras sombras de la noche reanudaron su camino.

Caminaron sin parar por otros dos días hasta que, al amanecer de la lluviosa y fría tercera mañana, se encontraron frente a una casa rural de piedra con un establo adosado, ubicado a pocos metros de la entrada de un pequeño pueblo construido sobre la ladera de una alta montaña que se asomaba entre copos de una espesa neblina. El pueblo parecía abandonado, pero con las primeras luces del alba se empezó a oír el rebuznar de varios asnos que salían por un angosto camino, acompañados por campesinos que se dirigían a sus faenas cotidianas.

—Vamos a entrar al establo para esperar a que se disipe la niebla y escampe un poco, aún es temprano —dijo Joe.

—Muy buena idea. Ya eché un vistazo, hay sólo unas cuantas vacas y unas cabras. Podremos descansar en el granero, está lleno de pacas de heno —respondió Cesco desde la entrada de la rústica construcción.

Entraron y se acostaron sobre las pacas de heno. Era tanto el cansancio que en pocos minutos se quedaron dormidos. Esas pacas eran como una cálida cama para ellos. Durmieron unas horas hasta que a media mañana Nicola, en alerta por su turno de guardia, oyó las pisadas de un asno que se acercaba. Cuando el ruido de las pisadas se hizo más fuerte, dirigió su mirada sobre el empedrado camino y vio a un anciano que, acompañando el armonioso andar del asno, se dirigía hacia el establo. Despertó a sus amigos y segundos después todos estaban ya corriendo al encuentro del animalito y el anciano.

El anciano, al ver que estaban armados, se asustó, pero Joe con amistosa voz le dijo:

—Buenos días, buen hombre, disculpe si lo asustamos. No se preocupe, somos pilotos, nos dirigimos al sur, estamos cansados, vimos este establo y nos refugiamos de la lluvia. Tenemos hambre, ¿puede darnos algo de comer? Le pagaremos. Llevamos caminando desde hace una semana.

—Hijos míos, pueden quedarse el tiempo que quieran. En la habitación tengo comida. Encenderé el fuego. Me llamo Luigi.

—No encienda el fuego, el humo podría alertar a los alemanes.

—Por aquí no hay alemanes. Vamos, entren, sus ropas están mojadas, las podrán secar y se podrán calentar un poco.

Ya dentro de la habitación, frente al calor de una humeante chimenea, mientras secaban sus empapadas chaquetas de vuelo, el buen Luigi abrió una gran caja de madera, tomó una hogaza de pan crujiente, un pedazo de jamón serrano, varios quesos de cabra, y los puso sobre la mesa.

—Amigos, coman lo que quieran. El pan está fresco, lo hice ayer. Mientras, voy al establo.

Regresó con una jarra llena de leche recién ordeñada y se sentó junto a Joe, con intenciones de conversar.

—Beban, será un placer compartir con ustedes. Yo vivo solo, mi hijo se fue a la guerra hace tres años y no ha regresado. En la última carta que recibí escribió que estaba en Trípoli. Lo espero todos los días, rezo todos los días, pero nunca llega.

—Luigi, amigo, la guerra terminará pronto y su hijo regresará. No pierda las esperanzas —respondió Joe, apoyándole una mano sobre el hombro.

—Sí, capitán, la esperanza es lo último que se pierde. Yo tengo la certeza de que un día él regresará—. El anciano se levantó de la mesa—. A propósito, ustedes lucen demacrados. Voy a preparar una buena sopa de gallina, así se recuperarán.

Una vez que la suculenta sopa estuvo lista, Joe y sus amigos se sentaron de nuevo alrededor de la mesa y comieron el delicioso caldo, acompañado de unos pocos vegetales y de un vino casero, mientras el buen Luigi los ponía al corriente de los acontecimientos ocurridos desde el día que habían salido de Pisa. Eran noticias oídas en las radios mediante comunicados emitidos por el rey y por el mismo Mussolini, quien ya se había instalado en la ciudad de Como con su nuevo gobierno.

Llegada la noche, antes de partir, Joe puso en la mano de Luigi unos cuantos billetes de la otrora poderosa lira que tenía un valor superior al dólar, pero el anciano los devolvió diciendo:

—Me han hecho sentir que estoy vivo. Fue un placer haberlos tenido conmigo, por favor, vayan, tomen esta botella de *grappa*, los ayudará a mitigar el frío y que Dios los acompañe.

—Luigi, amigo, no tenemos palabras para agradecerle. Estábamos hambrientos y usted sació nuestra hambre; hoy usted fue como un padre para nosotros. Dios los bendiga y permita que su hijo regrese pronto —respondió Joe dándole un abrazo rodeado de los ojos llorosos de sus cuatro amigos que observaban, agradecidos.

Para el anciano había sido una alegría indescriptible compartir con los cinco amigos. Acostumbrado a la soledad, ese día había vuelto a sentir el calor de una familia.

La primera semilla para la abundancia
es el agradecimiento.
Anónimo

Joe y sus amigos se adentraron en las montañas. El camino fue lento y penoso, pues el terreno era abrupto y las condiciones meteorológicas empeoraban cada vez más. Seguían la ruta a media cota por los Apeninos de poniente con las colinas y las llanuras a la diestra, que desembocan mucho más al sur, en el norte de Nápoles. Era la única ruta que podían seguir, esas colinas y llanuras estaban llenas de convoyes alemanes que se dirigían al sur para frenar el desembarco aliado ocurrido en Salerno días atrás.

Los Aliados habían desembarcado en la zona de Salerno el 9 de septiembre, el mismo día del armisticio, y para ese entonces el mariscal alemán Kesserling, que estaba al mando de las fuerzas en Italia, había ordenado el desarme de los soldados italianos y a la vez había replegado sus fuerzas para hacer frente a la invasión. Hitler, a su vez, había ordenado el envío de dieciséis divisiones del frente ruso a la península, lo cual produjo que se aflojara la presión sobre el ejército rojo en las extensas estepas del sur de Rusia, facilitándoles luego el avance hacia el oeste.

La invasión aliada por Salerno, llamada Avalancha, fue realizada por el quinto ejército americano, una división de comandos británicos y las vergonzosas tropas francesas de ultramar, integradas mayormente por soldados marroquíes que se vieron envueltas meses después en violaciones en masa bajo la arenga de su propio comandante, Alphonse Juin, quien antes de la derrota de los alemanes en Montecassino había prometido a sus tropas:

—Si ganamos esta batalla, durante cincuenta horas ustedes serán los dueños absolutos de todo lo que encuentren más allá de las filas enemigas. Nadie los castigará por lo que hagan y nadie les pedirá explicaciones por lo que cojan.

Y vaya que lo hicieron. Sus vergonzosas tropas, llamados "Goumiers", fueron las responsables de más de sesenta mil violaciones en la zona de La Ciociaria, al norte del monasterio de Montecasino, acciones que desprestigiaron al comando del ejército francés.

El desembarco por Salerno, que inicialmente tenía que ser como una avalancha en honor a su nombre, al principio tuvo poco éxito por la falta de experiencia en operaciones anfibias del comando americano, lo que permitió a los alemanes reagruparse y así formar una fuerte línea defensiva al norte de Nápoles, precisamente a la altura del monasterio de Montecasino, línea que se extendía desde el Tirreno hasta el Adriático con el nombre de Línea de Invierno o Línea Gustav. Su motivo: no dejar avanzar a los Aliados hacia Roma.

Mientras el mal tiempo se intensificaba y el camino se hacía más duro, Joe, sin voltear atrás, analizaba los diferentes escenarios para llegar a Salerno y entregarse a los Aliados de manera tal que estos los mandaran a su base original, en Apulia, donde su grupo se reunificaría. Tenía una idea que le parecía la más apropiada, pero era la más arriesgada, ya que para eso tendrían que sortear áreas donde se estaban desarrollando feroces combates. Así que, pasada la medianoche, en cuanto se detuvieron para descansar, le planteó lo que había pensado a sus amigos, y luego de barajear las diferentes opciones, checaron el único mapa que tenían a disposición.

Una vez estudiado el mapa, el resultado no era muy prometedor. En su lado oeste tenían la gran carretera Roma-Nápoles, observada anteriormente repleta de alemanes; más allá, al mismo oeste, estaban las montañas perpendiculares a la costa y esa zona estaba también repleta de alemanes. Si tomaban esa ruta, seguramente se verían obligados a entablar combate para abrirse paso, y había altas posibilidades de que no lograran pasar. La otra opción que tenían era adentrarse más al este y atravesar las altas montañas de los Apeninos para llegar al mar Adriático y luego tomar rumbo sur para llegar a la península de Otranto, donde había una gran cantidad de bases aéreas aliadas. Esa opción era mucho más larga y aparentemente era la más segura, pero implicaba los peligros de atravesar zonas de alta montaña con condiciones atmosféricas no favorables. Por lo tanto, como nunca huían al peligro, determinados como siempre, al final decidieron tomar la primera opción, que era la ruta más corta, y decidieron atravesar la carretera más al sur mucho antes de llegar al monasterio de Montecasino, que era la roca fuerte de los alemanes.

Seguros de su decisión, siguieron caminando por otras tres noches hasta que al alba del cuarto día llegaron a la alta torre de un pequeño castillo en ruinas, desde donde se apreciaba una perfecta vista de la zona por donde pensaban cruzar la carretera. En esa zona había una serie de colinas que cubrían el área y, además, junto a la carretera corrían varios riachuelos bajo unos pequeños puentes. El único problema era un largo convoy de tropas que avanzaba muy lentamente en dirección sur.

—Miren el tercer puente en el frente, ese es el mejor lugar para atravesar porque el riachuelo desemboca en esa área boscosa —acotó Joe después de haber observado con sus binoculares.

—Pero, Joe, ¿cómo vamos a cruzar? Ese convoy tiene varios kilómetros de largo, ¿cómo vamos a rodearlo?

—Esperemos a que anochezca, Cesco. Y veremos. Ahora busquemos un sitio donde descansar.

Por lo largo del convoy, era difícil atravesar la carretera, casi imposible, pero como ellos no conocían la palabra imposible, aprovecharon el día para descansar en un pequeño cobertizo abandonado, con olor a estiércol, al pie de una colina. Y cuando se hicieron las 23 horas, partieron.

A esa hora el convoy había ya pasado, pero la carretera estaba fuertemente vigilada y en la niebla de la noche, típica de esa zona, se observaban fogatas con soldados reunidos a su alrededor cada cien metros. Para ellos era imperativo atravesar la carretera en el punto acordado. Esto les permitiría pasar por debajo del puente, siguiendo el trecho del riachuelo y, una vez del otro lado, inmediatamente se adentrarían en la frondosidad del bosque. Adicionalmente, ese punto no estaba vigilado, así que sigilosamente atravesaron unos sembradíos y a las 01 horas llegaron al riachuelo.

Cesco atravesó primero, siguiendo el recorrido del agua que fluía hacia el oeste, y se escondió debajo de un tronco entre la maleza, en una posición que dominaba la carretera, mientras Joe, Gianni y Nicola cruzaban, con Nando a sus espaldas, cuidando la retaguardia. Apenas pasaron por debajo del puente, se escondieron detrás de unos árboles para esperar a Nando, pero justo en el momento en que este se encontraba a mitad del camino, oyeron un sonido seco y agudo de motores. El sonido se volvió más fuerte y de la niebla aparecieron, como de la nada, dos motocicletas con sidecar, armadas con una ametralladora MG. Las motocicletas entraron en la recta y las potentes luces del manubrio iluminaron el tramo contiguo de la carretera. Vieron a Nando, quien trataba de llegar al bosque para esconderse.

Los soldados, sentados en los sidecar, dispararon sus ametralladoras sobre Nando, pero Cesco, que había seguido desde su posición la aparición de las motos, en fracciones de segundos apuntó su fusil Carcano M91 con mira telescópica al conductor de la primera moto y disparó. El disparo impactó en el pecho del conductor y la moto volcó. El soldado salió desprendido por los cielos.

Al mismo tiempo, los MABs de Joe, Gianni y Nicola vomitaron fuego, también en tres cortas ráfagas, sobre los otros dos ocupantes de la segunda moto, que chocaron de frente contra un árbol quedando ambos fuera de combate. Pasaron unos segundos y, en medio de la niebla, tres cuerpos yacían al borde de la carretera mientras el cuarto soldado quedó tumbado sobre la ametralladora en uno de los sidecar. Los disparos alertaron a los aletargados soldados sentados alrededor de la fogata más cercana, y al poco rato una serie de bengalas iluminaron la tenue neblina de un rosa pálido. Pero era ya tarde: Cesco, seguido de Joe, Gianni, Nicola y Nando, se habían escapado siguiendo el lecho del riachuelo en dirección oeste.

Pensando en que los podían seguir, caminaron sin parar bajo la torrencial lluvia que se había desatado.

Para la madrugada estaban completamente empapados, exhaustos y llenos de frío. No les quedó otro remedio que cortar unas ramas de un árbol para hacer un improvisado refugio con una pequeña lona y así poder descansar. Siempre debajo de la lona, encendieron una fogata, comieron un poco de pan y tomaron unos sorbos de *grappa* que el buen Luigi les había dado. El cansancio hizo mella y se quedaron profundamente dormidos, el cansancio era tan grande que ni los truenos, ni los relámpagos, ni el viento, fiel amigo de Joe, los despertaron.

Al amanecer todavía llovía y la temperatura había bajado más. Una densa niebla lo cubrió todo y en esas condiciones era difícil avanzar, por lo tanto, mejoraron el improvisado refugio, alimentaron con más leña el fuego, calentaron un café que tenían en un termo y se quedaron sumidos en un silencio donde sólo se oía el ruido de la lluvia cayendo como metralleta. La niebla confería un carácter espectral al ambiente y Gianni, haciendo honor a su instinto poético, pensando en los versos de la *Divina Comedia* del gran Dante, dijo:

—Amigos, estamos en las puertas del infierno. "Oh vosotros que entráis, abandonad toda esperanza" —pero antes de poder seguir recitando los versos de ese primer canto del Infierno dantesco, Cesco, casi dormido, le gritó:

—Cállate, Aprendiz de Dante, estamos en el purgatorio. Lo peor ya pasó; vamos hacia el paraíso.

—Tiene razón Gianni, estamos solos a las puertas del infierno, aún falta mucho para el paraíso, para la ansiada paz. Espero que podamos llegar a ese paraíso y que se acabe esta miserable guerra, pero para lograrlo tenemos que continuar luchando —respondió Joe, interviniendo en la conversación, mientras en la soledad del entorno pensaba también acerca de la interminable guerra, fruto de las humanas codicias y odios acérrimos. *Que Dios guarde a nuestro hijos de las guerras, no sólo a los hijos de nuestros seres queridos, sino a todos los hijos de la humanidad. Las guerras son una locura, son una distorsión, una calamidad. Ningún padre puede estar conforme con traer un hijo al mundo, criarlo y sacrificarse por el para que luego, por los egoísmos, malentendidos o ansias de poder de una nación en contra de otra, se lo arrebaten y lo lancen a infernales matanzas. Si los gobernantes y los estadistas que fraguan las guerras tuvieran ellos mismos que lucharlas, todo sería distinto.*

—Sí, necesitamos paz. ¿Se imaginan si llega Atila y sus bárbaros? —agregó Cesco con sus aires de anticomunismo.

—Cesco, ¿qué carajos estás diciendo? ¿De qué Atila hablas?

—Los atilas, los comunistas, Nando. ¿Recuerdas a Atila, el rey de los hunos? Él decía que "por donde pasa mi caballo no crece más la hierba". Así, por donde pasan los comunistas no crece nada tampoco. Por eso hay que destruirlos.

—Por favor, siempre lo mismo, deja de pensar en los comunistas. Cuando esto termine necesitaremos mucha concertación, mucha plausibilidad, mucho entendimiento, pero lo que más necesitaremos será perdonar y pedir perdón. Mucho perdón.

—En eso tienes razón, Joe, por eso es bueno que haya comunistas, porque así los seguiré combatiendo. Yo no sé hacer otra cosa que la guerra, no puedo vivir sin ella. Estoy casado con la guerra.

—Entonces espero que te divorcies pronto, Cesco. Ese matrimonio trae al mundo malos hijos —rebatió Joe con firmeza, mirando los ojos azules de Cesco.

—Mejor cambiemos de tema, olvidémonos de la violencia por un momento. Dime, Nicola, ¿qué piensas hacer cuando la guerra termine? ¿Vas a seguir corriendo detrás de cada falda que veas? —preguntó Gianni, cansado de los arranques anticomunistas de Cesco.

—No, mi hermano, ya me cansé de correr detrás de cada mujer que veo. En cuanto lleguemos a nuestra base busco a Laura, mi primera novia, y le pido que nos casemos. La conocí cuando estaba en la escuela de vuelo, nos enamoramos, pero luego la guerra nos separó. Sé que me está esperando, me escribió hace dos meses. Quiero formar una familia y olvidar todo esto, quiero que Joe me la entregue en el altar, ella es huérfana de padre. Y tú, Gianni, serás el padrino —Nicola sonreía como bobo.

—No puedo creer que el zorro perdió el vicio de comer gallinas. Pero yo con mucho gusto seré tu padrino, Nicola —señaló el aludido Gianni antes de que Joe interviniera.

—Y para mí será un placer entregarte a Laura en el altar, mi hermano. ¿Y tú, Gianni, que harás?

—Yo escribiré libros sobre las guerras para que las generaciones futuras sepan lo que significan, para que entiendan que las guerras son bellas sólo en los libros de historia.

Las guerras son absurdas, son crueles, son terribles, son sólo una ofensa a la libertad de los pueblos, pensó Joe. Eso es lo que él escribiría si fuese Gianni.

—Y tú, Joe, dinos qué vas a hacer. ¿Piensas casarte también? —preguntó Nicola.

—Claro que pienso casarme, pero aún no tengo novia.

—Joe, Joe, Joe, ¡si claro que la tienes! Vi las miradas que te dirigía una bellísima jovencita de cabellos negros cuando estuvimos en casa de tu padre —replicó Cesco con picardía

—Concetta. Demasiado joven, pero tiene un gran corazón. Es hija de una familia amiga. El problema es que tiene siempre una gran escolta, más escoltas que Hitler.

—¿Escoltas?

—Cuatro hermanas, un hermano, el papá y la mamá que no la dejan un solo segundo. Es imposible abordarla, pero al terminar la guerra veré.

—Y tú, Nando, dinos cómo vas a hacer para pescar a alguien, porque tú lo único que pescas son refriados —Cesco gustaba de molestar al pobre Nando, conocido por todos por su incomodidad a la hora de abordar a una mujer.

—No me molestes. Tú sabes lo mucho que me cuesta: nunca encuentro las palabras. Cuando alguien me guste mucho, estoy seguro de que Joe me ayudará. ¿Verdad, Joe?

—Cuenta conmigo, Nando. Con tal de que después no se enamore de mí, como ha pasado otras veces…

Mientras los amigos charlaban, sonriendo como niños por primera vez en mucho tiempo, los alemanes ya habían mandado tras ellos una patrulla de soldados expertos en operaciones de alta montaña, pero ellos también se vieron imposibilitados por el mal tiempo. Sin saberlo estaban acampados a unas cuatro horas de distancia. Joe no creía posible que los pudieran estar siguiendo con ese tiempo, pero Cesco, experto montañista, albergaba dudas y se mostraba intranquilo, con su fusil en mano.

Pasado el mediodía, la niebla se disipó un poco y empezaron a moverse nuevamente, no sin antes borrar todo vestigio de su permanencia en el fortuito refugio que habían construido. Caminaron sin parar hasta el amanecer del día siguiente y, cuando con la claridad del alba pudieron ver algo, se encontraron rodeados de montañas y a lo lejos, como pesebres en el fondo de un valle, vieron dos pueblos muy cerca uno del otro. Su brújula indicaba que debían atravesar el primero para seguir con su camino y, a pesar de la luz del día, decidieron seguir. Se adentraron en unos hermosos campos cultivados lleno de árboles de higos de diferentes tipos, un verdadero manjar a disposición de ellos, sólo tenían que extender las manos.

Mientras caminaban, se saciaron hasta más no poder y guardaron otros higos en sus mochilas. A media mañana la intensidad de la lluvia ya había disminuido, y entre las negras nubes se asomó, tímido, el sol, lo cual auspiciaba una mejoría en las condiciones meteorológicas. En medio de ese inmenso campo, Cesco, todavía nervioso, alerta, apuraba a sus amigos. Tenía un extraño presentimiento y se sentía como un blanco fácil en medio de ese valle.

Al medio día, al llegar al primer pueblo, se escondieron en un granero que dominaba el acceso al pueblo mismo y a una pequeña plaza central completamente desierta. La intención era descansar hasta que llegara la noche, sólo entonces retomarían la marcha.

La tarde transcurrió tranquila y apacible hasta que, poco después de las 14 horas, oyeron los sonidos de unos vehículos oruga que se aproximaban. Joe tomó su binoculares y entre los árboles divisó tres blindados con la cruz gamada y una calavera. Eran unos semiorugas alemanes con doce soldados cada uno, más los conductores, y un oficial ataviado completamente en negro.

Los tres vehículos se detuvieron frente a la plaza e inmediatamente los soldados entraron a varias casas de los alrededores. Sacaron a empujones a una gran cantidad de hombres y mujeres de diferente edad. Luego, sin mediar palabras, escogieron a los más jóvenes y los alinearon en dos grupos de a diez cada uno.

La gente no sabía que estaba pasando, algunos lloraban y suplicaban mientras otros, a sabiendas de lo que estaba por ocurrir, miraron al cielo como rogando. Joe y sus amigos suponían también lo que estaba por ocurrir e inmediatamente tomaron posiciones con intención de disparar. Siguieron segundos de gran tensión, los cinco amigos observaron atónitos la escena y se miraron entre ellos como preguntándose qué hacer. El oficial vestido de negro con una pistola Luger en la mano ordenó colocar una ametralladora MG frente a las personas.

—Joe, ¿qué hacemos? Los van a matar —la voz de Nicola sonaba angustiadísima.

Joe no respondió porque sabía que las tenían todas en contra: la plaza estaba llena de niños, mujeres y ancianos, los alemanes eran casi cuarenta y además contaban con tres blindados. Si ellos disparaban primero, ocurriría una masacre, así que se mordió los labios y ordenó:

—No disparen.

Cesco gritó:

—¡Joe, tengo al bastardo vestido de negro en la mira!

—Ya me oíste —ordenó nuevamente Joe, dirigiéndose esta vez a Cesco, que estaba impaciente por apretar el gatillo, pero justo en el momento en que dirigía su vista nuevamente sobre la plaza, escuchó el tableteo ensordecedor de la ametralladora y en segundos vio los cuerpos que caían, uno tras otro, salpicados en sangre.

El mismo oficial que había dado la orden de disparar se dirigió apresuradamente sobre los cuerpos y les dio el tiro de gracia en la cabeza mientras Cesco gritaba:

—Joe, lo voy a matar, déjame disparar, por favor.

—Nosotros estamos listos. Esto no puede quedar así Joe —afirmaron también Gianni, Nicola y Nando desde sus posiciones.

—No disparen. Piensen en los niños, mujeres, ancianos.

Terminado el macabro espectáculo, los alemanes se montaron en las semiorugas y se marcharon. Joe y sus amigos, entre lágrimas de desesperación, partieron también, bordeando el camino que conducía al pueblo, con la sospecha de que el pueblo se llenaría de más alemanes dentro de poco.

Habían asistido, impotentes, a otro episodio de barbarie, de violencia y de venganza contra gente inocente, uno de los tantos episodios de retaliaciones ocurridos en la península durante el periodo de ocupación alemana.

Se internaron en la frondosidad del bosque antes de iniciar el ascenso a la montaña que debían cruzar. Cesco se detuvo inesperadamente.

—Oh, ¡se me olvidó mi cinturón con las recargas en el granero! Espérenme aquí, regreso rápido, no se muevan de acá.

—Cesco, ¿cómo... —la frustración acabó con la pregunta de Joe—. Muévete rápido, los alemanes están paralelos a nosotros, nos esconderemos en esos arbustos.

Joe, Gianni, Nicola y Nando esperaron agazapados. A lo lejos, escucharon el eco de dos secos disparos y, a continuación, el ruido de lo que parecía un vehículo volcándose.

—¡Al suelo! Esos disparos son de un M91. ¿Qué habrá hecho Cesco? —gritó Joe.

Justo en el momento en que los cuatro se disponían a tirarse al suelo, apareció Cesco tranquilamente, como si nada hubiera pasado.

—¿Qué pasó? —le espetó Joe, sorprendido.

—Yo no hice nada, el primer blindado sufrió un accidente, se salieron del camino y se volcaron. Qué pena.

—Sí, y seguro el comandante recibió dos disparos perdidos de un fusil.

—No, Joe, recibió sólo uno. El otro lo recibió el conductor.

—Eres un demente, ¿cómo se te ocurre hacer algo semejante? Apenas lleguemos a la base te hago un reporte por insubordinación.

—Sé que no lo harás, Joe —respondió el sardo, colgándose el fusil a la espalda.

Después de salir del granero, Cesco había seguido, entre los árboles, el camino de los tres blindados y observó que se habían detenido frente a una fuente para que los soldados tomaran agua y llenaran sus cantimploras. En ese momento había dejado adrede su cinturón con las municiones de su rifle al pie de un frondoso árbol con la idea de regresar a los pocos minutos para dispararle al oficial alemán. Hizo exactamente como había planeado: tomó su fusil, ajustó la mira, y en cuanto los blindados iniciaron su marcha le disparó al oficial en la sien, luego al conductor en el costado y el vehículo perdió el control en cuestión de segundos. Fue a parar al fondo de un precipicio; los demás soldados volaron por los aires.

—Cesco, espero que no tengamos a todo el ejército alemán detrás de nosotros, porque de ser así te vamos a dar una golpiza entre todos —así terminó Joe la conversación.

Pero Cesco todavía alcanzó a replicar, dirigiéndose más bien a los otros amigos:

—Discúlpenme. Ese bastardo tenía que morir.

Se movieron para alejarse lo más posible del área y, después de ascender unos centenares de metros, la niebla se apoderó del hermoso valle a sus espaldas. Subía plácidamente hacia ellos, impulsada por una fría brisa.

Esa tarde no pararon, siguieron ascendiendo, descendiendo, descansando y caminando por tres días más. Pasaron a través de pueblos dormidos entre valles y montañas, se encontraron con gente amable, generosa, humilde que los recibió y les ofreció un poco de lo que tenían hasta que al amanecer del tercer día, en una fría y clara mañana barrida por una fuerte brisa, mientras descendían de una suave vertiente, bajo el horizonte, frente a ellos, apareció imponente el azul intenso del mar, iluminado desde el este por los primeros rayos del sol que se asomaban entre las montañas. Era el azul del más Tirreno, habían llegado a una meseta del monte Petrella de mil quinientos metros de altura desde donde se divisaba la ciudad de Gaeta, al norte de Nápoles, con su gran base naval.

Era hermoso. Parecía un lienzo donde las blancas rocas que se asomaban de las suaves vertientes de la montaña se conjugaban con los bellos colores rojizos del otoño y los cálidos colores del amanecer. Observaron por unos minutos esas maravillas de la creación y emprendieron nuevamente el camino entre las rocas, dirigiéndose hacia una serpenteante carreterita llena de fuertes curvas y rectas.

—Vamos, amigos, Nápoles nos espera. Esta zona debe de estar bajo control aliado —señaló Joe mientras apuraba el paso para llegar a la sinuosa carretera.

—Joe, paremos a tomar café y comer algo —pidió Nando.

—Muy bien, vamos detrás de esa roca.

La brisa marina soplaba fresca en ese momento y Joe, después de sentarse, se volteó para sentirla con toda su fuerza sobre la cara, pero al cerrar los ojos para disfrutar esa frescura, sonó un disparo seguido del tableteo de subfusiles.

—¡Al suelo! —alcanzó a gritar apenas y se volteó.

Vio a Nicola caer al mismo tiempo que otro ensordecedor disparo impactaba en la roca donde se cubría Nando.

—Francotirador en acción, no se muevan —gritó nuevamente Joe mientras se dirigía, gateando entre la maleza, hacia donde había caído Nicola.

Al llegar frente a él se quedó mudo. Nicola había recibido un impactó en la nuca con orificio de salida por la garganta. Joe inmediatamente se sacó la franela y se la aplicó a modo de torniquete alrededor del cuello para tratar de frenar la sangre que brotaba a borbotones de la herida. Nicola aún tenía signos vitales, pero no podía hablar, sólo emitía una serie de sollozos y lamentos. En cuanto a Gianni y Nando, estos, dentro de la maleza, a corta distancia de Joe, respondieron al fuego con sus MABs. Cesco no dio señales de vida. Estaban siendo atacados por una patrulla alemana compuesta por unos veinte soldados, entre los cuales evidentemente había un francotirador. Cuando Joe pudo asomarse, vio que los alemanes estaban a unos cien metros de distancia, parapeteados detrás de las mismas blancas rocas por entre las que ellos habían acabado de pasar hacía unos minutos.

Joe pensó en Cesco, *¿en dónde está?*, y buscó una posición idónea para abrir fuego también. Fue sólo después de unos largos minutos que se oyó la voz ilocalizable de Cesco mezclada con el silbido de la fuerte brisa.

—Estoy en una buena posición. Trataré de localizar al francotirador, no asomen sus cabezas, disparen sólo entre la maleza y muévanse constantemente.

El hábil Cesco, al oír el primer disparó, se lanzó al suelo, se abrió paso entre la maleza, se subió a un secular árbol de olivos y después de haberse escondido detrás de una robusta rama con la mira telescópica de su fusil trató de localizar al francotirador. El fusil de Cesco era un arma muy precisa y resultaba letal si era bien disparada, su potente proyectil de 6.67 mm tenía un gran alcance y podía ser usado para eliminar blancos a media distancia.

Recuperados de la sorpresa, tanto Joe como Gianni y Nando respondieron con precisión al ataque de los alemanes, quienes trataban de avanzar pero eran mantenidos a raya por las cortas ráfagas de los MABs. El subfusil MAB tenía dos gatillos, uno para disparo singular y otro para ráfagas, en ambas funciones, si se disparaba con la culata al hombro, era muy preciso, prácticamente no se sentía la reculada al contrario de otros subfusiles de la época, era un arma muy apetecida por los enemigos por su excelente diseño, construcción y fiabilidad.

—Gianni, Nando, disparen sólo a blanco seguro, hay que ahorrar municiones. Los alemanes están jugando al desgaste —gritó Joe desde su posición, después de una larga serie de tableteos de subfusiles, al ver que se estaban desperdiciando municiones, que Nicola estaba agonizando y que el francotirador no daba facilidad de movimientos, ya que cada vez que intentaban moverse los mortíferos disparos del Mauser los martillaban.

Pasaron diez minutos sin avances. Desde la posición de los alemanas se alzó una tímida bandera blanca y, blandiéndola, la mano de un oficial.

Apenas la vio, Joe dio la orden de no disparar y a continuación el oficial alemán se asomó detrás de una roca y en perfecto italiano, con acento teutón, gritó:

—Entreguen sus armas. Ríndanse y serán tratados con respeto.

—Sí, con el mismo respeto con el que trataron a los rendidos de Cefalonia. ¡Váyanse a la mierda, ustedes no conocen el respeto! —rebatió Gianni asomando sigilosamente la cabeza de entre la maleza, a lo que Joe agregó, interviniendo después de levantarse:

—Ustedes están en nuestra tierra, no nos rendiremos nunca, preferimos morir antes de entregar nuestras armas.

—Entonces prepárense a morir —replicó con odiosa voz el oficial alemán antes de agacharse nuevamente detrás de la roca.

Todo era silencio. Se oyó sólo el silbido de la brisa. Tras minutos que se sintieron interminables, los soldados alemanes salieron precipitadamente de sus posiciones y avanzaron serpenteando entre las blancas rocas mientras otros los cubrían.

Joe, Gianni y Nando abrieron fuego inmediato y sus ráfagas abatieron a tres soldados, lo que produjo que los demás desaparecieran nuevamente, esta vez dentro de la maleza. Sin embargo, antes de que cesaran las detonaciones, sonó otro atronador disparo que impactó a Nando.

—Noooooo, Nandooooooo… — gritó Joe, desesperado al ver a su gran amigo caer. Mas, en el mismo momento en que se arrastraba desesperado hacia él, oyó su trabajosa voz que le decía:

—Estoy bien, Joe. Fue sólo el hombro.

El francotirador, al ver a Joe asomar por unos segundos la cabeza fuera de la maleza, volvió a disparar y falló. Como movido por instinto, dirigió su Mauser hacia un reflejo que percibió desde un árbol y justo en ese momento recibió un impacto mortal en la frente y fue proyectado hacia atrás. Ese último disparo de fusil había sido determinante para Cesco, ya que el francotirador, antes de efectuar el disparo, se movió a su derecha unos centímetros y ese ligero movimiento en falso lo delató a la mira telescópica del sardo que, sin pensarlo dos veces, lo encuadró en la cruz del redondo cilindro de aumento y apretó el gatillo.

El resto de los soldados alemanes, al ver al francotirador caído, se lanzaron nuevamente al ataque cuesta abajo, disparando sobre las posiciones de Joe, Gianni y Nando, avanzando varias decenas de metros antes de volver a parapetarse detrás de las rocas. Estos replicaron también, como así Cesco, que ya libre de la preocupación del francotirador, desde el árbol, disparó a discreción, abatiendo a varios soldados. Después de unos minutos de un ensordecedor intercambio de disparos, en el lado de Joe reinó el silencio. Los cuatro amigos habían agotado sus municiones y los alemanes, suponiendo esto, se aprestaron a lanzar el último ataque. Cesco se había reunido con sus tres amigos para morir al lado de ellos, y los cuatro, ya resignados y abandonados a su destino, desenfundaron sus pistolas, se miraron a los ojos, y se gritaron uno al otro:

—Siempre juntos en la vida y en la muerte —y se aprestaron a recibir a los alemanes en un cuerpo a cuerpo con sus pistolas.

Los alemanes se lanzaron una vez más al ataque desde diferentes posiciones mientras Joe, Cesco, Gianni y Nando descargaban los cargadores de sus pistolas sobre ellos. A sabiendas de que los teutones los acribillarían, los cuatro, por unos segundos, sintieron el escalofrió de la muerte, pero faltando sólo pocos metros para que los soldados llegaran, oyeron el estruendo de varios vehículos blindados que se acercaban detrás de ellos por la carretera, los cuales inmediatamente empezaron a disparar contra los alemanes con sus ametralladoras pesadas.

Joe, Cesco, Gianni y Nando siguieron agazapados por unos minutos más hasta que reinó el silencio y, cuando se asomaron, vieron los cuerpos destrozados de varios soldados alemanes mientras otros, con los brazos en alto, se rendían. Era una avanzada de un batallón mixto del quinto ejército americano, comandos británicos y algunos soldados italianos en operación de patrulla. Joe vio a soldados italianos y levantó sus manos.

—Somos pilotos, necesitamos ayuda médica inmediata, tenemos dos heridos, uno muy grave. Por favor... rápido.

La ayuda médica no tardó y todos los esfuerzos fueron para Nicola, que aún tenía signos vitales, pero estaba agonizando. El oficial médico hizo todos los esfuerzos para reanimarlo bajo la mirada atenta de Cesco, Gianni y Nando.

—Nicola, aguanta, no te vayas, por favor. Recuerda que tenemos una cena pendiente en Roma —le dijo Gianni.

Nando, sosteniendo su brazo herido, agregó:

—Amigo, Laura te espera. Ya estamos a salvo, seguiremos volando, no puedes dejarnos, por favor, por favor.

Joe observó en silencio hasta que, dándose cuenta de que no quedaba nada más que hacer, se agachó y se acercó al cuerpo inerte de su amigo. El apuesto rostro de Nicola tenía ya la palidez de la muerte y sus ojos abiertos resplandecían bajo el azul del cielo.

—Es hora de descansar, mi hermano, cierra los ojos y duerme. Mauro te está esperando. Luego estaremos nosotros también contigo para volar nuestra última misión. Duerme tranquilo.

—No quería morir así, Joe, quería morir en el aire... Los amo —alcanzó a balbucear entre sollozos Nicola antes de expirar con la mirada clavada en los ojos de Joe.

Gianni, Cesco y Nando lo abrazaron también, después de que Joe le cerrara los ojos y le hiciera la señal de la cruz en la frente.

Alrededor de ellos se habían reunido soldados americanos, británicos, australianos, sudafricanos, entre otros, y tres soldados alemanes rendidos que asistían todos como mudos testigos a la partida de un valeroso combatiente, de un joven como ellos, lleno de esperanzas, de sueños, al cual la brutal y odiosa guerra le había arrebatado todo.

Joe se levantó y con los ojos llorosos buscó el mar como buscando también una explicación. El capitán americano, al verlo, se le acercó y le ofreció un cigarrillo. Él lo tomó, dio las gracias, lo puso entre sus labios y lo encendió. El americano le tendió la mano.

—Siento mucho lo de su amigo, capitán, estoy seguro de que hoy, en esta ladera, todos los que estamos aquí nos sentimos hermanos. ¿Será acaso necesario que a todos nos hiera una desgracia para que experimentemos la hermandad y sintamos dolorosamente el inconmensurable peso de toda la culpa humana?

—La culpa es de todos, capitán, todos los seres humanos somos responsables de la maldad del hombre hacia el hombre —respondió pesaroso Joe, con la vista todavía fija en la inmensidad del mar.

—Todos necesitamos perdón, estamos pecando contra la luz.

—Sí, capitán, pero no basta con pedir perdón, es necesario que vivamos cada día como hermanos, es necesario que nos unamos todos y aportemos lo mejor de cada uno para construir una mejor sociedad, hay que evitar por todos los medios que los pecados que se llevan escondidos por dentro salgan de vez en cuando en busca de una indefensa persona para convertirla en presa y destruirla.

—Que Dios nos ayude... hermano —asintió en voz baja el americano, dándole una palmada en la espalda a Joe.

Mientras Joe conversaba con el capitán americano, el médico atendió a Nando. Afortunadamente su herida no era grave, el proyectil del Mauser, al atravesarle la parte inferior del hombro izquierdo, le había desgarrado el bíceps, provocándole la pérdida total de la fuerza en ese brazo.

El oficial americano le explicó a Joe que no disponían de ningún medio de trasporte para llevarlos a su base de origen, lo único que podía hacer por ellos era mandarlos a una estación ferroviaria al sur de Salerno para que tomaran un tren y así pudiesen llegar al destino final con una parada previa en Nápoles para dejar el cuerpo de Nicola en el tanatorio local, para que posteriormente lo mandaran a su ciudad natal. Agradecidos por la desinteresada ayuda, Joe y los amigos, con una ambulancia que llevaba el cuerpo de Nicola, partieron. Durante el camino, mientras el vehículo bordeaba la costa, recordaron viejos momentos vividos juntos. Recordaron el violín de Mauro, la fuerza de Salvatore y el apuesto rostro de Nicola, a los cuales esperaban encontrar algún día en la eternidad.

Al llegar a Nápoles, después de entregar el cuerpo de Nicola en una de las tantas morgues repletas de cadáveres de la ciudad, siguieron con la ambulancia hasta la estación ferroviaria de Salerno, unos setenta kilómetros al sur. Apenas llegaron, se enteraron que el tren que cubría la ruta entre el mar Tirreno y el mar Adriático estaba fuera de servicio. Desanimados por la noticias, hicieron todo lo posible para conseguir otro medio de transporte con los Aliados o con las precarias fuerzas italianas cobeligerantes, mas todos los esfuerzos resultaron infructuosos. Reinaba aún el caos y las instituciones del nuevo gobierno italiano se estaban reorganizando.

Como alternativa, el comando local de la policía militar italiana, los Carabinieri, les informaron que la única opción para ellos era llegar a un batallón de suministros del octavo ejército británico, que estaba acampado en una llanura ubicada a unos ciento veinte kilómetros al sur, cerca de un pueblo llamado Montesano. El batallón de suministros funcionaba como campo de aprovisionamiento en retaguardia y disponía de una gran cantidad de vehículos que se dirigían diariamente al abastecimiento de los contingentes Aliados, destacados a orillas del Adriático sur.

—¿Y ahora, Joe? Si seguimos la carretera encontraremos muchas interrupciones. El brigadier de los Carabinieri me dijo que los alemanes dinamitaron todos los puentes antes de retirarse. Demoraremos un mes más para llegar a nuestra base —acotó Cesco con el ceño fruncido.

—Conozco muy bien esa zona, Cesco, pienso que es mejor que sigamos por la carretera de la costa y luego tomemos la carretera que llega al valle de la Lucania. Vamos, descansaremos en el camino, hay muchos pueblos en la vía.

—Muy bien, tú eres el capitán, tú mandas. Esperemos no encontrar algún puente explotado.

Entonces, pasadas las 20 horas, y sin pensarlo dos veces, se pusieron en marcha. Poco antes de llegar a la neolítica ciudad de Agropolis, se encontraron con un tanque americano Sherman averiado que avanzaba muy lentamente por la misma carretera en la misma dirección que ellos.

—Ey, paisanos, se equivocaron de rumbo. La guerra es al norte —les gritó en tono irónico, en un inglés italianizado, el conductor del tanque, asomando la cabeza por la estrecha escotilla delantera al verlos uniformados y armados en la oscuridad de la noche.

—Estamos tratando de llegar a nuestra base en Apulia para reagruparnos, somos pilotos, estábamos en Pisa. Llevamos unos veinte días caminando, pero veo que no sólo nosotros vamos hacia el sur, ustedes también están huyendo de la guerra —respondió Joe, sonriendo, devolviendo la ironía.

—Suban, los puedo dejar a unos sesenta kilómetros al sur. Tengo café y algo más en esta lata de sardinas. Mi nombre es Richard, será un placer compartir con ustedes. Mi papá era siciliano. Él es Steve, pero no habla ni papa del idioma —agregó amablemente el americano, deteniendo el ruidoso tanque.

Joe, Gianni y Nando se subieron prontamente al tanque y se acomodaron dentro del estrecho habitáculo, seguidos del rezagado Cesco, que se había quedado en la torreta junto a Steve.

El andar del tanque era penoso, no lograba mantener la aceleración, despedía humo negro como una locomotora y su motor producía un ruido como si sus piezas mecánicas se estuvieran triturando entre ellas.

—Richard, ¿será que nos invitaste a subir para que te ayudemos a empujar esta cafetera?

—No, paisano, es un buen chico, no se detendrá, es mi fiel compañero. Todo está perfecto, sólo que tiene el motor fundido, já. Me dirijo a un centro de mantenimiento para cambiar esta cafetera por una nueva —respondió Richard, bromeando.

La máquina de guerra avanzaba a duras penas en la oscuridad de la noche. La pesada marcha prosiguió durante unas horas más hasta que, a las 24 horas, a causa del cansancio, se detuvieron para dormir un poco y esperar a que se hiciera de día.

Al amanecer retomaron la marcha sin parar hasta antes del mediodía cuando Richard, sin avisar, detuvo el tanque debajo de un frondoso árbol cerca de un grupo de casas a orillas de la carretera que corrían, sinuosas, paralelas al mar.

—Hora de comer, bájense. Quiero comer unos deliciosos espaguetis. Estoy cansado de comer raciones de pollo plástico. Joe, pregúntales a esos niños si conocen alguna bodega para comprar los espaguetis y algo de pan —pidió Richard al observar a un grupo de niños que jugaban con un desinflado y envejecido balón de futbol.

Los niños vieron el tanque, dejaron de jugar y se acercaron, llenos de curiosidad. Richard inmediatamente fue hacia ellos con unas barras de chocolate en sus manos. Gianni y Nando hicieron lo mismo con unos pocos caramelos que tenían en los bolsillos, bajo la mirada de Joe, quien los observaba con ojos llenos de esperanza: la alegría y la inocencia de los niños para él eran una base esencial para lograr una mejor sociedad y un mundo mejor. *Que la atmosfera contaminada por la malicia y los resentimientos de los humanos se sature con la inocencia de los niños*, pensó Joe.

—Niños, ¿saben ustedes de alguna bodega aquí cerca? —preguntó Joe.

—Sí, capitán, hay una muy cerca de aquí, es de mi mamá —respondió el mayor de ellos, acercándose a Joe.

—Muy bien, ¿me enseñas dónde? A propósito, ¿cómo sabes que soy capitán?

—Mi papá es un oficial del ejército y él me dijo que quienes tienen tres estrellas son capitanes —respondió el alegre niño mientras parloteaba alegremente sobre su padre en el camino a la bodega, que estaba a poca distancia del tanque.

—Mamá, es un piloto. Un piloto quiere comprar espaguetis y pan.—Sí, oficial, adelante. Tengo espaguetis hechos en casa y pan fresco.

—Muy bien, entonces deme espaguetis para seis.

La amable señora le dio a Joe los espaguetis y la mitad de un crujiente pan recién horneado. Joe dejó unas monedas sobre una mesa, luego que la joven señora no quería recibirle el pago, y se volteó hacia Richard, que acababa de entrar a la bodega.

—Aquí tengo los espaguetis y la salsa, ahora vamos a buscar una olla para cocinarlos.

—Paisano, la única olla que tengo es ese tanque —respondió, bromeando como siempre, Richard, haciendo estallar de risas a Gianni y Nando que acababan de entrar también.

—Capitán, si tienen problemas para cocinar los espaguetis, démelos, yo se los cocinaré.

No pasados ni veinte minutos, Joe ya tenía en las manos un gran plato con los humeantes espaguetis. El olor era delicioso, habían sido preparados con salsa al tomate fresco con albahaca y aceite de oliva.

—Espero les gusten, capitán.

—Gracias, señora, en cuanto terminemos le regreso los platos y los tenedores. Estamos hambrientos, no hemos comido algo caliente desde hace muchos días —respondió Joe con una sonrisa antes de dirigirse a Richard y sus amigos—. Vamos, no esperemos a que se enfríen.

De vuelta bajo el frondoso árbol, vieron a Cesco que seguía en la torreta del tanque con Steve, conversando animadamente a fuerza de puros gestos.

—¡Y ustedes cómo se entienden! —preguntó Gianni al observar a Cesco gesticular reiteradamente.

—Sí habla, ya aprendió, soy buen maestro. Anda, Steve, di algo.

El americano respondió prontamente con una de las palabras del dialecto italiano más conocida en el mundo:

—*Vaffanculo amici.*

—Vaya, vaya, definitivamente lo primero que se aprende de un idioma son las malas palabras —replicó Joe muerto de la risa.

Entre bromas y risas todos comieron los suculentos espaguetis con el azul del mar como fondo y como mudo testimonio de unos momentos de paz y reconciliación entre quienes hace menos de un mes eran enemigos. Al terminar de comer, Joe regresó los platos y los cubiertos a la bodega para agradecer a la joven madre y a la vez despedirse.

—¿Puedo saber su nombre, señora?

—Mi nombre es Rosa, capitán.

—Rosa. En nombre de todos, muchas gracias. Cuide a su hijo. Dios la bendiga.

—No tiene por qué agradecerme capitán. Les deseo buena suerte.

—Ah, Rosa, su hijo me dijo que su esposo acababa de regresar de Rusia, usted debe de estar muy orgullosa de él, muchos no han tenido la suerte de regresar. Mi hermano es uno de ellos.

—Gracias, capitán, Dios les permita a ustedes regresar sanos y salvos a sus casas también, cuando esta calamidad termine.

Poco después, emprendieron de nuevo la marcha y apenas pasados unos cuantos minutos de silencio, el conversador Richard manifestó en voz alta:

—Amigos, ahora vamos a brindar por el fin de la guerra, para que así podamos seguir comiendo espaguetis.

—¿Y cómo vamos a brindar, Richard? ¿Será con agua?

—No, Joe, no con agua. Vamos a brindar con algo que los tripulantes de tanques siempre llevamos con nosotros —respondió Richard mientras alargaba su mano para extraer, de una pequeña caja metálica, una botella de un fino whisky americano J&B.

—Con esto vamos a brindar, Joe. Esto nunca debe de faltar, ¿acaso ustedes los pilotos no llevan su licorcito cuando vuelan también? Me han dicho que ustedes los italianos cargan con *grappa* de la buena.

—Bueno, claro que sí, Richard. Aunque yo en realidad cargo con whisky escoces, es más saludable.

—Y además deja pilotear mejor, ¿verdad? Esto a mí me deja conducir a lo grande —Richard había resultado ser todo un personaje. Con él, el tiempo trascurría muy rápido y tanto Joe como Cesco, Gianni y Nando no dejaban de reír por sus bromas y sus ironías.

Así, el tiempo se pasó muy rápido y a las 16 horas ya estaban a menos de un kilómetro de la puerta del improvisado centro de mantenimiento, construido en una de las varias cabezas de puente utilizadas durante la invasión, que se había habilitado para el mantenimiento de la maquinaria bélica aliada. Había llegado el momento de despedirse, pero nadie quería ser el primero. El largo día que habían trascurrido juntos parecía una suma interminable de meses de amistad.

—Bueno, amigos, hasta aquí llegamos. Llegó la hora de despedirnos, tengo que entregar esta cafetera para recibir mi nueva máquina. Partiré para el frente dentro de unas horas. Les deseo mucha suerte y espero volver a verlos algún día.

—Gracias por todo, Richard, los llevaremos siempre en nuestros corazones. Les deseamos toda la suerte del mundo y espero que puedan regresar pronto a casa —respondió Joe, estrechándole la mano mientras sus amigos hacían lo mismo uno por uno con Steve, que al momento de saludar a Cesco le dio un paquete con unas salchichas ahumadas.

—Esto es por si tienen hambre. De mi país, con cariño. Saben a plástico pero quitan el hambre —dijo Steve.

Volvieron a desearse lo mejor y partieron en direcciones contrarias.

Conforme se alejaron, el ruido del tanque se hizo cada vez más tenue hasta que dejó de oírse y, en ese momento, Joe se volteó, sonrió y murmuró para sí:

—Que el viento, mi amigo, los acompañe siempre.

El cruce de vías para dirigirse al suroeste se encontraba a pocos kilómetros del lugar donde se despidieron de Richard. Por ende, fue muy fácil llegar.

Una vez que lo embocaron, siguieron el trazado sinuoso de la carretera que se adentraba en las altas montañas, pero, después de casi dos horas de camino bajo una fuerte lluvia, se encontraron frente a un hondo precipicio. El puente que unía las dos estribaciones de la montaña había sido bombardeado y yacía en el fondo del profundo precipicio, el cual era imposible de rodear por su profundidad y longitud.

—Maravilloso, Joe, ahora nos veremos obligados a adéntranos en las montañas —dijo Gianni.

—Sí, y eso en términos de tiempo significa unos cinco días más de camino con estas condiciones del tiempo —respondió Joe.

Se miraron a las caras y decidieron seguir adelante, total, habían recorrido ya más de ochocientos kilómetros, atravesando líneas alemanas, y ese nuevo reto no los iba a desalentar.

—Muy bien, amigos, iniciaremos el ascenso apenas salga el sol, ahora descansemos. Vamos a hacer un techo con nuestros impermeables, es peligroso que nos internemos en las montañas con esta oscuridad —agregó Joe indicando el muro de la carretera que tenía que servir como apoyo para el improvisado refugio.

A la mañana siguiente, con las primeras luces del alba, después de comer algo de pan, iniciaron el ascenso siguiendo un angosto sendero: ese día y dos días más con sus noches acompañados siempre por las inclemencias del tiempo. La niebla lo envolvía todo por ratos y cuando se despejaba dejaba a la vista unos paisajes espectaculares de bosques inmensos, de montañas rocosas, de verdes colinas y de ria-chuelos de cristalinas aguas.

Al atardecer del tercer día llegaron a orilla de un cauda-loso río, crecido a consecuencia de las fuertes lluvias, y se sentaron sobre unas grandes piedras a contemplar las aguas que corrían rápidas mientras un fuerte viento de poniente agitaba las copas de los altos pinos. Estaban agotados y sen-tían la imperiosa necesidad de descansar, pero, después de tan solos unos minutos, el cielo se llenó de repente de negros nubarrones que presagiaban tormenta y al rato se desato una torrencial lluvia acompañada de relámpagos y truenos. Inmediatamente recogieron sus mochilas y corrieron para guarecerse bajo unos árboles, mas, al llegar bajo los altos pinos, Nando tocó su cinturón y vio que el pequeño maletín con los binoculares, la brújula y el mapa no estaban. Deses-perado, recordó que los había apoyados sobre una piedra y se volteó con intenciones de regresar a buscarlo. Apenas dio unos pasos, un gran torrente de agua que bajaba del crecido río se llevó el maletín río abajo.

—Bravo, Nando. Ahora nos tendremos que orientar por las estrellas. Como los fenicios —señaló Gianni al ver la cara de desesperación de Nando, a quien le dolían, más que nada, la brújula y el mapa.

En cuanto la lluvia amainó, siguieron ascendiendo envueltos en una densa llovizna que se convirtió en una fría y copiosa aguanieve que les impedía ver. Caminaron sólo una hora más, casi a ciegas, hasta que se toparon con una gran piedra en saliente que formaba una especie de cueva donde decidieron pasar la noche.

—Aquí podremos guarecernos del frío, la temperatura está descendiendo rápidamente. Vamos a colocarle unas ramas en la parte de adelante y encendamos una fogata —señaló Joe dirigiéndose a sus amigos, quienes ya se frotaban las manos tratando de entrar en calor.

Una vez instalados dentro de la especie de cueva, colocaron unas mantas en el suelo y se sentaron alrededor de la fogata a descansar mientras afuera la copiosa aguanieve se convertía en una insistente nevada.

—Cesco, vamos a probar esas salchichas que te dio Steve.

—Las voy a calentar, pronto tendremos un banquete.

Las supuestas salchichas sabor a plástico, con el hambre, eran más bien un delicioso manjar al calor de la fogata. Era tanta el hambre que tenían que entre los cuatro se comieron más de veinte.

—Guarda las que quedan, Cesco, no sabemos cuándo conseguiremos más comida. Nos faltan unos tres días para llegar al campamento británico, pero sin brújula, y con este mal tiempo, posiblemente sean más.

—Sí, jefe —respondió Cesco. Luego se quedó en silencio, como pensando. Agregó —Joe, hay mucho viento afuera, ¿por qué no le preguntas cuánto nos falta para llegar al campamento?

—Duérmete, no molestes a Joe —replicó Nando medio en broma.

—No le he consultado aún, pero en cuanto lo haga te lo haré saber.

—¿Cuándo lo conociste? —preguntó con curiosidad Gianni.

—En África. ¿Recuerdan cuando me dio malaria y estuve a punto de morir? No había medicina que me bajara la fiebre. Una noche después de una semana de fiebre intensa, prendido en fuego, sentí la necesidad de refrescarme la cara con agua y salí de la tienda, no podía ni caminar por lo débil, la noche era tremendamente húmeda y no soplaba brisa alguna. Al llegar al pozo me arrodillé, tomé agua, me lavé la cara y dije, "Dios mío, ayúdame, quítame este calor que me quema por dentro".

Joe hizo una pausa.

—Continúa, Joe —pidió Cesco, impaciente.

—Después de que dije eso empezó a soplar una fuerte brisa fresca que me dio escalofríos. En pocos segundos sentí que mi sangre se enfriaba, luego me volví a lavar la cara, levanté las manos al cielo y dije, "Gracias, Padre Santo", después volví a la tienda, me quedé profundamente dormido, y a la mañana siguiente me desperté sin fiebre.

El viento, amigo, acompañaba a Joe a toda hora: en tierra, en el aire y él no hacía nada sin consultarle. Ese fiel y gran amigo no era otro que Dios, el Dios Todopoderoso, creador de todo lo visible y lo invisible.

Cesco quedó sumido en un profundo silencio. Quería decir algo, pero no podía. Tenía los ojos llenos de lágrimas. Pasados unos minutos, se acercó a Joe y le dijo:

—Joe, necesito reconciliarme con tu amigo, necesito tu ayuda. Ya no puedo más, hay una lucha dentro de mí.

—Sí, mi hermano, yo te ayudaré. Pero antes tendrás que pedir perdón… y perdonar.

—¿Tú crees que tu amigo me perdone?

—Estoy seguro. Él perdona a todos sus hijos —respondió Joe, levantándose para seguir conversando, pero justo en ese momento la conversación fue interrumpida por el fuerte aullido de un lobo.

Gianni y Nando, alarmados, desenfundaron sus pistolas y, apenas se asomaron entre las ramas, vieron a dos lobos grandes y uno pequeño justo delante de la improvisada cueva.

—No disparen —previno Joe, asomándose también entre las ramas—. Cesco, lánzales las salchichas que quedaron.

—¡Pero no tenemos más comida!

—Lánzalas, de lo contrario no se irán.

Ante la insistencia, Cesco tomó las salchichas y las lanzo en diferentes direcciones. Los lobos se abalanzaron sobre ellas.

—Gianni, Nando, láncenles tizones calientes. Estoy seguro que se irán, le temen al fuego —agregó Joe.

En cuanto los tizones cayeron sobre el blanco manto que se había formado afuera, los lobos se alejaron con las salchichas entre los dientes, felices. En cambio, Cesco lucía desesperanzado.

—¿Y ahora, Joe?

—No te preocupes. Dios proveerá.

Pasado el susto, alimentaron con más leña la fogata y se acomodaron para dormir, acompañados por el cadencioso ritmo de la nieve que los invitaba a un caliente descanso entre las mantas tendidas sobre el frío suelo. Durmieron toda la noche.

Al asomar del nuevo día, se encontraron con un paisaje encantador donde el blanco que lo cubría todo, al mezclarse con las ramas coloreadas de otoño, producía un mágico contraste. Eran los efectos de una de las primeras nevadas que anunciaban la llegada de un crudo invierno, adelantado.

—Bien, llegó la hora de iniciar nuestro descenso —señaló Joe.

Una sueva brisa del este aclaraba en parte el cielo, dejando a la vista un precioso valle con un pequeño pueblo enroscado sobre una colina.

Pasada la media mañana, ya descendían por un estrecho e inclinado sendero, rodeados de miles de altos, elegantes y robustos árboles de castañas

—¡Qué maravilla! Miren cuántas castañas.

—Te lo dije, Cesco: Dios proveería.

Siguieron descendiendo por la vertiente. Delante de ellos, a lo lejos, los rayos del sol iluminaron una pequeña construcción en piedra con el techo blanco por la nieve acumulada. Parecía una capilla, los rayos del sol penetraban directamente en su interior como iluminando algo. El efecto de la luz solar les llamó tanto la atención que se sintieron trasportados hacia la entrada y, una vez frente a ella, se encontraron frente a una estatua de la Santísima Virgen María de las Nieves, con el pequeño Jesús en sus brazos. Los ojos de María y de Jesús resplandecían por los rayos del sol. Sus rostros reflejaban dulzura, serenidad y una compasión inigualable, llena de misericordia divina.

A Gianni y a Nando se les aflojaron las rodillas y cayeron ante la estatua. Joe y Cesco se quedaron en pie, atónitos, sumidos en un profundo silencio. Tras algunos minutos, Joe puso su mano sobre el hombro de Cesco y le dijo, en voz baja:

—Hermano, arrodíllate, ha llegado la hora. Cierra los ojos, confiésate, pide perdón y perdona. Libérate de todo lo que te atormenta, libera a quien daño te hizo, abre tu corazón y entrégale todas tus preocupaciones a Dios.

Cesco escuchó a su amigo en silencio. Se despojó de su cinturón, y su pistola hizo un ruido sordo al caer al suelo, se arrodilló y cerró los ojos. Joe hizo lo mismo. Al rato escuchó los sollozos de Cesco.

—Llora, hermano, los valientes también lloran.

Cada vez que el hombre está listo para descubrir sus pecados Dios siempre está listo para cubrirlos; el que encubre sus pecados no prosperará, más el que los confiesa y se aparta de ellos alcanzará la misericordia.
Proverbios 28:13

Se hizo un respetuoso silencio hasta que todos se tomaron de las manos y elevaron, alta, una plegaria por sus amigos Mauro, Nicola y Salvatore, que en el cielo esperaban por ellos y por todos los fallecidos de ambos bandos.

Una vez que terminaron de rezar, Cesco le dijo a Joe:

—Gracias, mi hermano, me siento mejor. Pero aún me falta mucho para ser merecedor del perdón divino.

—A todos nos falta mucho —respondió con voz acongojada Joe, mirando a los ojos al pequeño Jesús.

Cesco creía en Dios, pero no entendía como es que Él permitía tanta maldad, tanta carnicería, tantas injusticias, sobre todo contra gente inocente. No lograba entender el porqué de tanto sufrimiento y todo eso provocaba un choque tremendo dentro de su corazón.

Esos momentos de silencioso recogimiento y de plegarias fueron para ellos una liberación, la calma después de la tormenta; fueron momentos de comunión espiritual y de limpieza del alma que se conjugaron con los deseos de ser mejores personas cada día para contribuir a la construcción de un mundo mejor.

Llenos de una renovada fuerza interior que los rejuveneció, emprendieron de nuevo el camino hacia tierras más bajas. El tiempo había cambiado y la nieve fue poco a poco desapareciendo bajo sus pies, el cielo se fue aclarando siempre más y el pueblo que habían divisado a primera hora de la mañana se acercó como un espejismo en la lejanía.

A media tarde, mientras descendían las ya más suaves laderas, oyeron el estremecedor ruido de incontables aviones que volaban a gran altura en formación. Eran B25, escoltados por cazas que posiblemente se dirigían al norte de Nápoles para atacar a objetivos alemanes. No habían volado desde hace más de un mes, se habían estado escondiendo como ratones y eso no estaba en su código de honor. Acostumbrados a la libertad de las alturas, se sentían como peces fuera del agua y no veían la hora de estar en los estrechos habitáculos de sus aviones para desafiar nuevamente a la muerte con sus acrobacias.

—Joe, vamos a detenernos a descansar hasta mañana. El tiempo está cambiando de nuevo —señaló Nando al observar los negros nubarrones que se acercaban desde poniente. Ya atardecía.

—No, sigamos. Si caminamos toda la noche llegaremos al pueblo en la mañana y una vez allí estaremos a horas de la base británica —Joe dirigió la mirada a Gianni y Cesco, que parecían determinados a seguir también.

Luego de tomar agua y comer unas cuantas castañas de las tantas que habían recogido durante el descenso, decidieron seguir, tal como había acotado Joe. Como buenos navegantes, incluso sin brújula, estaban seguros de que a la mañana siguiente se encontrarían con la carretera que los llevaría directo a la base británica.

A esa hora el tiempo volvía a endiablarse. Llovía a cantaros; sus impermeables no eran suficientes para detener el martillar de la lluvia y con sus ropas completamente empapadas temblaban de frío, pero no se amilanaron, siguieron descendiendo de la gran montaña hasta que, antes de la media mañana, llegaron a la carretera que corría frente a una plaza con un monumento a un soldado desconocido, monumento presente en todos los pueblos y ciudades italianas, en homenaje al valor de los soldados desaparecidos en la Primera Guerra Mundial.

En la plaza, a esa hora, había un cierto número de ancianos que conversaban entre ellos y un grupo de niños que jugaban, alegres, correteando de un lado al otro. A un costado de la plaza llamaba la atención un anciano sentado en un banco de concreto frente al monumento, rodeado de un grupo de jóvenes que lo oían atentamente. Joe se dirigió hacia él y cortésmente le dijo:

—Amigo, buenos días. ¿Puede decirnos dónde conseguir algo de comer? Somos pilotos, vamos hacia Apulia.

Antes de que el anciano respondiera, un delgado jovencito quinceañero se volteó y dijo:

—Buenos días, me llamo Stefano. Vivo cerca de aquí, vengan conmigo, mi papá los hospedara. Tenemos comida; podrán descansar, calentarse y secar sus ropas.

—Gracias, Stefano, eres muy generoso. ¿Cómo se llama este pueblo? En el letrero no se lee el nombre.

—Sanza.

—¿Y esa montaña?

—Es el monte Cervato.

Esto llamó la atención de Gianni, que en un abrir y cerrar de ojos se ubicó.

—¡Si! Estamos en las estribaciones del monte Cervato. Si seguimos por esta carretera en dirección este, en unas cuatro horas estaremos en el campamento británico.

—Bien, Gianni, partiremos después del mediodía —respondió Joe casi inmediatamente.

—Stefano, mi nombre es Joe, ellos son Cesco, Gianni y Nando. Agradecemos tu hospitalidad, pero no queremos molestar, sólo dinos dónde hay una bodega para comprar algo de comer.

—De ninguna manera, Joe. Síganme.

Debido a la insistencia, Joe y sus amigos aceptaron y en pocos minutos llegaron a una casa de dos pisos ubicada en el centro del hermoso pueblo que, envuelto en la niebla matutina, parecía un lugar salido de un cuento de hadas.

—Este pueblo es bellísimo, me encanta este tipo de arquitectura.

—Sí, Gianni, es una arquitectura clásica medieval —comentó en voz alta Joe, antes de que Stefano entrara a la casa para llamar a su padre, que en escasos minutos salió para presentarse.

—Mi nombre es Antonio, estoy a sus órdenes, hijos míos. Me imagino por lo que han pasado. Esta es su casa.

Los amigos entraron.

—Ella es Sabina, mi esposa. Estas son mis hijas Teresa y Antonieta, y este es mi pequeño hijo Ángelo.

Sorprendido por la amabilidad del generoso padre de familia, Joe le dio las gracias y le presentó a sus amigos.

—Siéntense, voy atizar el fuego. Están empapados. Sabina les servirá ahora una copa de vino de producción propia y después preparará un delicioso minestrone para que entren en calor —dijo Antonio mientras atizaba el fuego y agregaba más leña a la crujiente chimenea. Luego les dio ropas secas y todos se sentaron frente al acogedor calor de la chimenea a conversar.

Joe y Antonio hablaron por un largo rato bajo la mirada atenta de Stefano, que no se perdía ningún detalle de la conversación. Antonio era una persona muy culta, contador de profesión, y estaba relacionado con muchas personas en toda la provincia. Stefano, por su lado, era un jovencito extremadamente educado, su padre le había inculcado los mejores ideales y, como joven, tenía gran cantidad de sueños.

—Amo a mi país, no veo la hora para ir a la guerra. Quiero ser un héroe —señaló Stefano después que su padre finalizó la conversación con Joe y se recostó en un cómodo sillón al lado de la chimenea para una siesta.

—Stefano, mi pequeño amigo, la guerra es mala, muy mala. Es mejor ser un héroe en la paz, un héroe en desprendimiento y generosidad, un héroe civil —Joe le colocó la mano sobre el hombro.

—También quiero atravesar el océano para buscar nuevos horizontes. He oído sobre un maravilloso país que se llama Venezuela y sueño con un futuro mejor en ese nuevo mundo. Tengo una novia que se llama Antonieta, como mi hermana, en un pueblo cercano, ella es muy bella, me quiero casar y así formar una familia. Quiero trabajar duro para luego regresar a este pueblo y poder disfrutar mi vejez aquí.

—Eso es mucho mejor que la guerra, Stefano. Vete, atraviesa los mares, llévate el recuerdo de tu tierra, de tu gente, de tus montañas, llévate contigo el perfume de estos bosques, llévate contigo los mejores recuerdos y así, cuando hayas recogido el fruto de tu siembra, podrás decir que tus brazos son lo suficientemente grandes para abrazar la tierra que te vio nacer y la tierra que te vio triunfar. Parte, amigo mío, y quizás un día el viento nos permita encontramos de nuevo para poder agradecerte una vez más esta cálida acogida. Tú y tu familia estarán siempre en mi corazón.

Mas tarde, terminada la conversación, se estrecharon las manos y se abrazaron por unos largos segundos, presagiando un lejano encuentro.

Después de un día que se hizo largo por las atenciones y la calidez, se dispusieron a partir, pero Antonio los hizo cambiar de parecer, diciéndoles:

—Con este tiempo no es conveniente que se vayan. Llueve y hay mucho viento. Se quedan a dormir aquí. Es una orden, Joe.

—Bien, comandante, como usted diga. Partiremos mañana temprano —respondió Joe cuadrándose en actitud militar y llevando su mano derecha a la sien.

Antes de quedarse dormido, Joe se asomó a una ventana con vista a la gran montaña por donde habían descendido. En la oscuridad, se sentía solo. Su único amigo era el silencio mientras la lluvia caía detrás de los vidrios. En su soledad, pensaba en las peripecias por las cuales había tenido que pasar para estar en ese momento, detrás de esa ventana, y a la vez se preguntaba cuánto tiempo más debía pasar para que el mundo se llenara de la ansiada paz. *Cuándo entenderán los gobernantes que no hay nada que la guerra haya conseguido que no se hubiese podido conseguir sin ella. Definitivamente la guerra es la mejor cosecha para el diablo. No hay banderas que justifiquen la vergüenza de matar a personas inocentes,* se repitió a si mismo antes de acostarse sobre unas cálidas mantas frente al fuego ardiente de la chimenea.

El cansancio esa noche fue tan grande que Joe y sus amigos durmieron hasta pasada la media mañana y se despertaron sólo con el olor de un delicioso café que despedía de una humeante cafetera. Desde hace más de un mes no se habían acostado en una cama caliente y esas mantas colocadas en el suelo eran como el mejor de los colchones.

—Bien, amigos, no podemos perder más tiempo —señaló Joe a la mañana siguiente, después de que tomaron café, después de haber leído el manifiesto que le había dado Antonio, emitido por el comando supremo italiano de todas las fuerzas que informaba que todos los miembros rezagados de las fuerzas armadas debían presentarse a sus comandos originales para ser reunificados y continuar la guerra al lado de los Aliados.

Se despidieron efusivamente de Antonio y del resto de la familia, y se dispusieron a partir.

Antes de salir, Joe abrazó de nuevo al generoso Antonio y a Stefano.

—Dios los llene de bendiciones —cerró la puerta y les gritó a sus amigos —Vamos, la guerra nos espera. Esto no ha terminado aún.

Cuatro horas después, luego de avanzar por la carretera en dirección este, llegaron a la puerta sur del bellísimo y ansiado valle. Ahí toparon con un pelotón británico que se dirigía precisamente a la base de aprovisionamiento.

—Capitán, parece que ustedes han llegado del frente ruso —le dijo un joven teniente a Joe, con un humor británico, al verlos en sus paupérrimos uniformes.

—Teniente, no venimos del frente ruso, pero llevamos más de un mes caminando. Venimos del Norte.

—Bienvenidos, lo importante es que llegaron. Ahora podrán asearse, lavar sus ropas, comer y descansar.

—Gracias, teniente. Necesitamos llegar a nuestra base cerca de la ciudad de Lecce.

—Por supuesto, capitán, saldrán en el primer convoy que se dirija a esa zona. Ahora, descansen.

***

Al cabo de dos días, tal como había acotado el teniente británico, Joe y sus tres amigos salieron en la mañana en un pequeño convoy de abastecimiento que precisamente se dirigía a su base de origen. El convoy atravesó directamente los Apeninos de poniente a levante y en tres horas llegaron a una bellísima ciudad construida en la ladera de una rocosa montaña. Era la ciudad de Matera, llamada la Jerusalén de Europa por su peculiar similitud con la Jerusalén donde murió Jesús. Una hora después, con la ciudad de Matera a sus espaldas, frente a sus ojos apareció imponente el mar Ionio, dibujando las suaves líneas del golfo de Tarento. En las caras de los cuatro amigos había tristeza, cansancio, las marcas del sacrificio, pero había también la alegría del triunfo, el sublime triunfo que se logra con coraje, entrega y fe.

Antes del anochecer, después de recorrer la sinuosa carretera que bordeaba la costa iónica, finalmente entraron por la puerta de su base, ubicada en el corazón del área del Salento.

A la mañana siguiente se pusieron a la orden de su nuevo comandante quien, después de recibirlos efusivamente, les ilustró el nuevo escenario de guerra aérea a ellos encomendado y les concedió tres días de licencia a Joe, a Cesco y a Gianni, mientras a Nando le concedió dos semanas para recuperarse de la herida en el hombro.

En treinta y siete días, Joe y sus amigos habían recorrido más de mil kilómetros, habían atravesado áreas plagadas de alemanes y fascistas, habían atravesado áreas donde se estaban desarrollando feroces combates, habían atravesado nada más y nada menos que la impenetrable Línea Gustav al norte de Nápoles, en Montecassino, y el valle del Liri donde se desarrollaron las batallas más sangrientas de la Segunda Guerra Mundial, que hicieron recordar los horrores de la Guerra de Trincheras en Ypres, en 1914, y en Verdún, en 1916. Estas fueron las batallas más largas de principios del siglo XX.

La Línea Gustav consistía en una serie de fortificaciones construidas por los alemanes para evitar, o al menos retrasar, el avance aliado hacia el norte de la península itálica. La línea se extendía desde el mar Tirreno hasta el mar Adriático, y el centro de la línea estaba ubicado precisamente en el cruce del gran eje de comunicaciones norte-sur al pie del Montecassino, por donde corría la supercarretera Roma-Nápoles. La línea había sido fortificada con emplazamientos de cañones, bunkers de concreto armado, nidos de ametralladoras, trincheras y campos de minas. Esta poderosa línea de defensa echó por tierra las estimaciones aliadas sobre la creencia de que llegarían a Roma en octubre a tan solo un mes del desembarco en Salerno del 9 de septiembre pasado.

El grupo original de Joe se había reorganizado bajo el marco de la nueva aeronáutica cobeligerante italiana, que fue equipada inicialmente con los reputados Macchi 205 y con los nuevos Supermarine Spitfire MKVB cedidos por la Royal Air Force británica. Mientras Joe, Cesco y Gianni disfrutaban de sus merecidos tres días de licencia y Nando se recuperaba en un hospital cercano a la base, a la odiosa guerra, a la terrible guerra contra los alemanes se le unía un nuevo petrificante espectro: el espectro de una guerra civil fratricida. La antigua península se había convertido en el escenario de batalla campal entre fascistas contra antifascistas, partisanos comunistas contra partisanos anticomunistas, enfrentados todos en una encarnizada lucha en defensa de sus intereses auspiciada por las doctrinas aliadas y por las retrogradas doctrinas del estalinismo soviético.

Joe, Cesco y Gianni, una vez que agotaron sus días de licencia en un bello pueblo a orillas del mar, cercano a la base, al amanecer del cuarto día, estaban ya de regreso para integrarse al nuevo grupo de pilotos. Conocían a casi todos.

Pasados seis días, luego de largas secciones de entrenamiento y reuniones con oficiales Aliados de enlace, al atardecer del séptimo día, mientras Joe, Cesco y Gianni estaban en sus dormitorios disfrutando de un merecido descanso, se abrió la puerta y entro Nando con cara sonriente

—¿Qué haces aquí? Todavía tienes nueve días libres —pregunto Joe, sorprendido de verlo.

—Hablé con el médico y lo convencí para que me diera de alta. Ya estoy bien, y además no podía estar si ustedes: los extrañé.

—Sí, nosotros te extrañamos también —respondió Gianni.

—Sí, Enano, nos hiciste mucha falta. Especialmente a mí. Sin ti nada es igual, no tengo de quién reírme —añadió Cesco, cariñoso.

—Cesco, tú nunca cambias, definitivamente eres un original que no tiene copia —le replicó Nando.

En realidad, los cuatro amigos no podían vivir uno sin el otro, su amistad era sincera, desinteresada y honesta, sin envidia. Era una amistad llena de entrega y desprendimiento, basada en los más altos ideales de respeto y confianza mutua. Una amistad dispuesta siempre a la ayuda reciproca en los momentos difíciles y a la alegría en momentos de compartir felicidad.

El resto de los días de octubre trascurrieron sin ningún tipo de novedad, sólo reuniones y más reuniones en la sala operativa con el fin del aprendizaje de nuevos códigos para interactuar con las fuerzas aliadas hasta que a finales de mes el grupo de Joe fue destacado en una base aérea en las afueras de la ciudad de Foggia, al norte de la misma región de Apulia, cercana al bello promontorio del Gargano y a tan solo unos doscientos kilómetros al sur del río Sangro, que era el borde de Levante de la poderosa Línea de Defensa Gustav.

El grupo fue destacado a esa base para iniciar acciones bélicas contra los alemanes sobre la península balcánica por su cercanía con las costas de Yugoslavia, Albania y Grecia, ya que desde un primer momento a la fuerza aérea cobeligerante italiana no se le permitieron acciones sobre la misma Italia, para evitar confrontaciones con las fuerzas fieles a Mussolini. La idea era evitar a toda costa enfrentamientos entre pilotos italianos de bandos opuestos, como era el sentir de los mismos pilotos, o sea, enfrentamientos con los pilotos de la recién formada Republica Social Italiana de Mussolini. Esto demostraba el gran profesionalismo y sentimiento fraternalita de los integrantes de la que había sido la Regia Aeronautica.

NOVIEMBRE 1943
FOGGIA

En las llanuras, alrededor de la ciudad de Foggia, se habían construido varios aeropuertos. La zona, por sus llanuras, se prestaba perfectamente para ese cometido y, por su ubicación, resultaba perfecta para que las fuerzas aliadas atacaran la Línea de Defensa Alemana Gustav y el norte de Italia mientras los cobeligerantes italianos se dedicaban a sus acciones sobre los Balcanes.

El grupo de Joe llegó a su nueva base en los primeros días de noviembre, con el frío invierno en pleno apogeo y unas condiciones meteorológicas inclementes. Apenas se instalaron, iniciaron los vuelos de reconocimientos en conjunto con los Aliados y tuvieron oportunidad de apreciar los aviones que hace sólo pocos meses eran sus adversarios, como los nuevos Spitfires, los poderosos P38, los pesados P47 Thunderbolt, los extraordinarios P51 Mustang y otros más.

El primer día que estuvieron frente a un P38, los amigos no podían con su entusiasmo. Cesco se colocó debajo para que le tomaran una foto.

—Guau, ¡sólo uno de sus motores es casi del tamaño de un Veltro! Joe, ¿nosotros nos enfrentamos a esta bestia? Es un elefante.

—Un elefante y un excelente avión, poderoso. Me gustaría volar uno —respondió Joe mientras admiraba, fascinado, la línea y la robustez del pesado caza.

—Pues ya velo olvidando, Joe, los americanos no te lo prestarán. Tendrás que conformarte con volar con unas de esas latas de *su majestad* —respondió Cesco en tono burlón, dirigiendo su dedo hacia un estilizado nuevo Spitfire alineado al lado de varios Veltros.

—No digas eso, los nuevos Spitfires son excelentes aviones. No ofendas a los nuevos integrantes de nuestro grupo, nuestros amigos volarán en ellos —puntualizó el siempre comedido Joe.

Nando exclamó:

—Amigos, miren ese monstruo, es un P47. ¡Qué feo, horrible, parece un rinoceronte!

—Es pesadísimo, tiene poca trepada, hay que saberlo aprovechar en las picadas, pero para derribarlo hay que darle con todo. Es prácticamente un tanque disfrazado de avión de caza —agregó Joe, admirado por las gruesas líneas mientras se dirigían a un hangar contiguo al área de parqueo.

—Joe, entra, ven a ver esto. Es un poema, un libro abierto —exclamó Gianni apenas entró al hangar.

—Este avión me encanta. Me vuelvo loco por pilotear uno, qué belleza —replicó Cesco, corriendo hacia el estilizado avión para apreciarlo de cerca.

—*Mamma mia*, qué bello. Yo lo pondría de adorno dentro de mi casa, pero, por supuesto, con mi amado Veltro al lado —dijo Nando.

—Es un purasangre, este avión es más que un poema, es más de lo que aparenta ser, para mi este avión y nuestro Veltro son los mejores cazas en este momento, pero qué lástima no haber tenido a nuestro Veltro antes —dijo Joe con melancolía.

El avión que estaba frente a ellos era un P51 Mustang, todo un purasangre, tal como Joe lo había definido antes, definitivamente el mejor caza de la Segunda Guerra Mundial.

—Amigos, vengan, vamos a tomarnos una foto con este. Fue nuestro dolor de cabeza —gritó Cesco cerca de un estilizado bombardero ligero B25 Mitchel. Una vez que se acercaron sus amigos, agregó —Miren el espesor de las alas, miren el fuselaje, ¡por eso era tan difícil derribarlos! Nuestros aviones parecen juguetes comparados con estos.

—Cesco, nuestros aviones eran buenos y los de ahora son excelentes, y tú lo sabes. El problema fue que era imposible que, en tres años, once mil aviones se enfrentaran a sesenta mil. Ustedes saben que siempre estábamos en desventaja numérica al enfrentarnos a los Aliados, pero, a pesar de todo, ellos nos temían. Si hubiéramos tenido tan solo cinco mil Veltros, y no doscientos cincuenta, otro gallo hubiera cantado —acotó Joe con pesar.

Casi al unísono, sus amigos replicaron con contrargumentos.

—Tienes toda la razón, Joe, pero, como tú siempre has dicho, los Aliados ahora sabrán que nunca nos faltó el coraje, lo único que faltó a veces fue la suerte —agregó Cesco más alto que los demás, justo en el momento en que un oficial americano, seguido de otros, se le acercó a Joe por detrás.

—Mucho gusto, soy el capitán Andrew, es un placer conocerlos. Quisiéramos tomarnos una foto con ustedes, los pilotos italianos han sido siempre un hueso duro de roer y, además, déjeme decirles que me gustaría volar una de esas gacelas que ustedes llaman Veltros —Andrew se dirigió a Joe.

—El gusto es nuestro, Andrew, gracias por tus palabras. Sería un honor tomarnos una foto con ustedes… y en cuanto a pilotear un Veltro, veremos qué se puede hacer con nuestro comandante. Todo es posible —respondió Joe, halagado por las palabras del piloto americano antes de dirigirse a Cesco —¿Viste, Cesco? Nosotros queremos volar en sus máquinas, y ellos quieren volar en las nuestras.

Los pilotos americanos eran excelentes profesionales y, como personas, eran muy fáciles de tratar, muy amigables, desprendidos, menos rígidos que los alemanes, y estaban siempre dispuestos a enseñar lo que sabían y a aprender lo que no sabían. Joe y sus amigos se compenetraron muy rápido con ellos y con los presuntuosos británicos también, pues demostraron ser excelentes pilotos, con un alto grado de profesionalismo, demostrando que eran sus altivos comandos, con su típico orgullo inglés, los que trataban de minimizar y ridiculizar siempre a los adversarios para quedar siempre ellos como los mejores.

Dos semanas después de la llegada a la nueva base empezaron los vuelos de reconocimiento sobre los Balcanes para tantear las defensas alemanas, especialmente sobre Grecia, Yugoslavia y sobre el borde de la frontera rumana. Tanto los Veltros como los nuevos Spitfires podían volar sin problemas sobre Grecia, Albania y la parte sur de Yugoslavia, pero no podían volar dentro de Rumania porque su autonomía máxima era de sólo unos mil kilómetros, por tanto estos aviones fueron utilizados como cazas de escolta para los bombarderos que actuaban sobre esas áreas, obteniendo importantes resultados, pudiendo apreciar los Aliados de qué pasta estaban hechos los pilotos italianos que en todas las acciones encomendadas demostraron ser profesionales serios y valerosos.

Los vuelos sobre la frontera de Rumania se efectuaron sin penetrar dentro del territorio, la mayoría de estas áreas estaban muy bien defendidas por los alemanes, pues en ellas había grandes refinerías de petróleo, especialmente en el área de Ploesti, la cual había sido atacada ya el 1º de agosto, pasado por bombarderos Aliados que despegaron del Norte de África en lo que fue uno de los raids más largos de la guerra por la distancia cubierta.

Mientras en la nueva base los nuevos grupos de la aeronáutica cobeligerante italiana y los Aliados actuaban sobre los Balcanes, el frente en la Línea Gustav se había estancado. Se combatía en trincheras llenas de lodo y agua por el mal tiempo, y se asistía a una carnicería inclemente por parte y parte. Cada día los alemanes demostraban que sabían defenderse también, y, lo que se había presagiado como una rápida victoria, en ese momento se convirtió en un lento frente donde no era posible avanzar ni tan solo unos metros. Roma parecía cada vez más lejos.

La primera acción de envergadura del grupo de Joe se realizó a finales del mes, sobre un puerto donde operaban submarinos alemanes en una de las tantas islas al norte de Grecia, en la frontera con Albania, que estaba fuertemente defendido.

Era una fría mañana, no había viento y una densa niebla lo cubría todo. Joe, Cesco, Gianni y Nando, en las cabinas de sus aviones, estaban ansiosos por entrar en acción. Esta vez no era un vuelo de reconocimiento o distracción, tenían que atacar una serie de bunkers y depósitos de combustible ubicados en la cercanías del puerto que abastecía la operatividad de submarinos y barcos alemanes que operaba en el Adriático y en las Islas Egeas. Sabían que no sería un paseo, los reconocimientos fotográficos previos arrojaban que los alemanes tenían fuertes defensas antiaéreas con los temibles cañones de 88 mm y, además, cobertura aérea garantizada por grupos de caza destacados en aeropuertos un poco más al norte.

El grupo de ataque estaba compuesto por un reducido número de Veltros, de Spitfires y por bombarderos B25 Mitchell. Los B25 tenían que dejar caer sus bombas en una primera oleada desde gran altura para lograr un bombardeo previo, tapizando la zona con bombas de fragmentación mientras que los Veltros y Spitfires soltarían sus bombas posteriormente sobre objetivos puntuales en una segunda oleada para luego proteger a los bombarderos en su regreso a la base, en caso de que fuesen atacados por la caza alemana.

A las 06 horas, los aviones despegaron. La visibilidad era nula pero, apenas ascendieron sobre los mil metros, la obscuridad se disipó y dejó ver los tímidos rayos del sol que se asomaban entre negros nubarrones por levante. La navegación procedió sin problemas y en poco más de treinta minutos ya se encontraban cerca de la vertical de ataque. Para ese momento, los B25 que habían despegado antes con sus escoltas soltaron sus bombas sobre los objetivos, creando un infierno de fuego que hizo volar por los aires equipos, construcciones, depósitos y soldados que estaban en sus postaciones de defensa. Pocos minutos después, los Veltros y los Spitfires que volaban a dos mil metros de altura se lanzaron en picada sobre los objetivos puntuales entre las nubecillas de las explosiones de los proyectiles antiaéreos. Joe, que era el primero del grupo, sin inmutarse dirigió su avión sobre un búnker y lanzó sus bombas de sesenta kilogramos. En segundos, las bombas dieron en el blanco y la postación de concreto voló en mil pedazos. El resto de sus compañeros hicieron lo mismo y luego se elevaron nuevamente para seguir a los bombarderos que ya tomaban rumbo a casa. Pero justo en el momento en que tuvieron a los bombarderos a la vista, arriba, delante de ellos, Joe vio dos puntos negros seguidos por cuatro estelas que le pasaron por encima a una cota superior a una velocidad nunca vista antes. Acto seguido, dos B25 estallaron en llamas. En el momento no entendió qué había pasado, pero, en cuanto reaccionó, gritó con nerviosa voz por la radio:

—Dispénsense inmediatamente. Cazas a reacción en operación. Son M262.

Apenas los pilotos oyeron, se dispersaron y se colocaron al lado de los bombarderos en formación abierta para protegerlos, ya que no esperaban que ese tipo de aviones pudieran estar operando en este teatro. Joe, Cesco, Gianni y Nando los conocían porque habían tenido la oportunidad de verlos volar una vez en que dos prototipos visitaron la base de Pisa a principios de año, pero ellos, igual que los otros pilotos, se sorprendieron porque pensaban que ese avión estaría listo para operar dentro de un año.

Joe, seguido de Cesco y Gianni, previendo el regreso de los temibles birreactores, se puso delante de los bombarderos y ascendió por encima de ellos. Efectuó un cerrado giro de 360 grados y, apenas la formación de los B25 quedo atrás, divisó nuevamente los puntos negros con las cuatro estelas blancas de los reactores que se acercaban a gran velocidad desde el noroeste, en diagonal, ligeramente por debajo de él. Sin pensarlo dos veces, dirigió el morro de su avión hacia la primera estela que iba hacia los bombarderos para volver a atacar y abrió fuego con sus dos cañones y sus ametralladoras. Cesco y Gianni, como formando un tubo, se colocaron a los lados de Joe e hicieron lo mismo, vaciando sus armas. Estas maniobras no tuvieron resultado alguno.

El piloto del ME262, al ver el avión de Joe dirigirse hacia él, elevó el morro para colocarse a tiro, pero en ese mismo momento Joe desaceleró de repente y efectuó una ligera picada, haciendo que el veloz birreactor pasara por encima. Joe, por fracciones de segundo, oyó el tronar de sus poderosos motores, sintió los vórtices que sacudieron su avión y empezó a caer en una momentánea pérdida.

Madre mía, de la que me salvé, se dijo a sí mismo una vez que recuperó el control. Entonces aceleró nuevamente el potente motor Alfa Romeo de su Veltro que rugía como un león y con un estrecho viraje en ascenso esperó que el segundo reactor pasara para luego colocarse en su cola, pero su maniobra no valió de nada por la tremenda velocidad del caza alemán que en segundos se perdió de vista, alejándose hacia la costa.

El Me262 era un caza interceptor a reacción, dotado de dos reactores colocados bajo las alas que le conferían una velocidad cercana a los novecientos kilómetros por hora y estaba potentemente armado con cañones de 20 mm en el morro. Era un avión de vanguardia para la época y fue el primer reactor en entrar en acción en la guerra. Su único problema era la maniobrabilidad en combate cerrado, debido a su alta velocidad. No estaba concebido para eso, su función era la de un interceptor puro. Pudo haber sido determinante para la guerra si hubiese sido construido masivamente y, más allá de eso, si el mismo Hitler no hubiera ordenado convertirlo en cazabombardero. De hecho, un día, en una de sus primeras demostraciones aéreas en julio del 1942, el Fuhrer quedó tan gratamente sorprendido por sus prestaciones que preguntó a un ingeniero que había participado en su diseño:

—¿Puede llevar bombas?

—Si, mi Fuhrer, claro que puede… pero con unas ligeras modificaciones —respondió el ingeniero, y Hitler, que ya había cometido un sin número de errores, ordenó en ese mismo momento convertirlo en cazabombardero, lo cual demoró por más de dos años la entrega operativa, evitando así que pudieran ser determinantes para inclinar la balanza de la guerra aérea a favor de los alemanes.

La misión había sido un éxito, pero se habían perdido dos bombarderos y una vez en tierra las caras eran largas, tristes, ya que se habían muerto más de veinte tripulantes, un costo altísimo, incalculable, incomparable en lo que a costo de equipos se refería.

—¿De dónde salieron esos dos? Nadie nos informó —preguntó Cesco una vez en tierra.

—Que yo sepa, los M262 están siendo modificados a caza-bombarderos y no estarán listos sino a mediados del año que viene —le contestó Gianni, que compartía su desconcierto.

—Pienso que esos dos aviones son los mismos que estuvieron en Pisa a principios de año. Debe ser que no los mandaron a la fábrica para la reconversión —teorizó Joe.

En los siguientes días se perfeccionaron siempre los mecanismos de integración entre el grupo de Joe y los Aliados. Y además se pusieron en práctica nuevas técnicas de enganche para que fuesen utilizadas en futuros encuentros con los M262.

Pasada una semana, en una fría mañana de los primeros días de diciembre con el crudo invierno arreciando, la escuadrilla completa de Joe fue llamada a formar filas delante de su comandante, quien, luego de una vibrante arenga, llamó delante de él a Joe, a Cesco, a Gianni y a Nando para condecorarlos.

—Estas cuatro medallas son un reconocimiento al valor, a la perseverancia y a la entrega. Hubiera deseado tener frente a mi hoy a los seis valerosos oficiales que el pasado 9 de septiembre salieron de la base de Pisa, pero, lamentablemente, dos no pudieron llegar, y para ellos va nuestra más sentida plegaria. Estos cuatro valientes atravesaron casi toda nuestra península, enfrentaron muchas dificultades, soportaron hambre, frío, soledad, pero lograron llegar a su base y demostraron que no hay adversidad que no se pueda superar.

Joe, Cesco, Gianni y Nando oyeron con lágrimas en los ojos, pero a la vez esperaron ansiosos que el comandante terminara de elogiarlos. No les agradaban mucho los elogios públicos.

Poco después, concluido el acto, antes de retirarse el comandante llamó a Joe en privado, le ofreció un cigarrillo y, circunspecto, le dijo:

—Joe, ante todo mis congratulaciones.

—Gracias, comandante.

—Quiero decirle que la comandancia aérea americana me ha pedido información suya, pero no me han dicho por qué. ¿Tiene usted alguna idea?

—No, comandante.

—Esperemos, entonces. Por mi parte, veré si puedo averiguar algo. Puede retirarse. Y cuídese, hay mucha necesidad de soldados como usted y, en cuanto la guerra termine, necesitaremos aún más de personas con sus principios.

Joe se dirigió al comedor de oficiales donde lo esperaban sus amigos y el resto de los pilotos de su grupo para felicitarlo por la medalla recibida. Esa mañana, aparte de la alegría por haber recibido las condecoraciones, Joe, Cesco, Gianni y Nando estaban sumamente molestos y avergonzados porque se habían enterado de la vil y poco honorable actuación del rey y de su alto mando militar la noche anterior, al comunicado de la firma del armisticio con los Aliados. Víctor Manuel III, con todo su séquito, en la madrugada del día 9 de septiembre se había escapado de Roma en dirección a la ciudad de Pescara para embarcarse en una corbeta de la marina que los llevaría al sur de la península, pero antes de llegar a la ciudad, a orillas del Adriático, se quedaron descansando en un castillo con todas las comodidades hasta las 22.30, que era la hora en que debían abordar la corbeta y durante todas esas horas estuvieron comiendo, bebiendo y fumando, dejando al ejército, a la marina y a la aeronáutica a su suerte, sin la información adecuada para actuar, y además dejando al país en la más grande crisis nacional, provocada por ellos mismos, por la desinformación sobre las cláusulas del vergonzoso armisticio.

—Qué vergüenza, qué falta de honor. Es por eso que yo no creo en nada y en nadie. Yo los fusilaría. ¿Cómo es posible que hayan hecho lo que hicieron? Definitivamente, el único que tuvo pelotas fue Mussolini. ¿Será que escogimos el lado equivocado, Joe? Tú sabes que, para, lo mi primero es el honor, lo segundo es el honor y lo tercero es el honor —dijo en voz alta y lleno de rabia Cesco mientras le daba una calada a su cigarrillo.

—Tienes razón. El rey y el mariscal Badoglio son los únicos responsables de esta afrenta. Yo estoy de acuerdo con el armisticio, pero se deberían haber tomado las acciones pertinentes, se debería haber avisado con anterioridad a los comandos de las fuerzas porque un soldado jamás puede ser desarmado, jamás debe entregar sus armas y menos en su propia tierra. Jamás, antes la muerte —respondió Joe también lleno de rabia.

—Aplaudo a esos quinientos mil hombres que están luchando con Mussolini al lado de los alemanes. Tienen coraje —agregó Cesco, animado por las palabras de Joe.

—¿Qué dices, Cesco? Con el Duce sí; con los alemanes, quizás sí; pero con sus fanáticos dirigentes nunca jamás — rebatió Gianni, levantando la voz.

—Nosotros decidimos esta vía porque juramos por la constitución monárquica donde la figura del rey es como la figura de un presidente y ese juramento conlleva a defender esa constitución. Recuerden, además, que Mussolini fue removido del cargo de primer ministro casi dos meses antes del armisticio. Entiendo perfectamente lo que sienten, yo siento lo mismo, pero, de la forma como se hicieron las cosas, era imposible pedirle a nuestras fuerzas armadas que lucharan contra los alemanes cuando ellos eran nuestros aliados el día antes. Si nosotros estamos aquí es porque creemos que, después de que termine la guerra, la mejor vía para concertar, para unir al país, es la república, una república donde todos los ciudadanos puedan escoger al gobierno mediante elecciones libres.

—Bravo, Joe, bravo, así habla un fascista —replicó Cesco con aires de ironía.

—No digas eso, Cesco. Joe no es un fascista, es sólo un fascista republicano. Já —replico Nando, sonriendo, a sabiendas de que su capitán simpatizaba con algunos ideales del fascismo.

—Sí, soy un republicano, pero cuando haya elecciones seguro que votaré a la derecha —respondió Joe, sonriendo también.

—¿Y si en las elecciones llegaran a ganar los comunistas? —preguntó Cesco queriendo llevar a Joe hacia a donde él quería.

—Si fuera así, los combatiremos en las urnas de votación. Yo creo que la democracia tiene que ser participativa, la soberanía tiene que residir en el pueblo.

—¿Y si ganan y luego implantan una dictadura filo-estalinista?

—Cesco, ya sé a dónde me quieres llevar. Si fuera así, entonces los combatiremos con las armas, el país tiene que avanzar, no ir hacia atrás. Los comunistas conocen sólo la marcha atrás, con ellos definitivamente no se progresa.

—Ahora sí que estás razonando, Joe. Ahora sí. Yo estaré listo también —añadió Cesco apoyando la mano sobre su pistola.

—Cesco, ¿tú no habías pedido perdón en la montaña?

—Sí, claro que pedí perdón, pero la palabra *comunismo* me produce dolor de estómago.

—Bebe una manzanilla —replicó Joe con una pícara sonrisa en los labios.

Los días siguientes fueron de gran intensidad para la aeronáutica cobeligerante italiana, ya que efectuó una larga serie de vuelos de reconocimientos con los excelentes trimotores SM79, escoltados por cazas, sobre Yugoslavia, para fotografiar los movimientos de las tropas alemanas que marchaban hacia Italia. Los Aliados querían obstaculizar a toda costa esos movimientos para evitar la llegada de refuerzos a la península itálica, y por ende el reconocimiento fotográfico era de vital importancia para poder programar los ataques puntuales que se efectuaban posteriormente con bombarderos bimotores y cazas.

A tan solo un poco más de un mes de haber iniciado las operaciones en conjunto con las fuerzas aliadas, el grupo de Joe estaba exhausto. Habían efectuado más de sesenta salidas entre misiones de reconocimiento y de ataque sin descanso alguno y cada día aumentaban las llamadas operativas.

—Parece que va a ser una Navidad movida —comentó Nando después de aterrizar de una misión. Faltaban pocos días para Navidad.

—Así es, hermano, no hemos parado, espero por lo menos que tengamos tiempo para ir a la iglesia —respondió Joe.

De repente se escuchó su nombre por el altoparlante para que se presentara en la sala de comando.

—¿Y ahora qué? Yo pensaba irme a descansar.

—No sé, Joe. ¿Será una nueva ocurrencia del comandante? Vamos, yo te acompaño —agregó Nando al ver la cara de agobio de su amigo.

Al llegar a la sala de comando, Nando se quedó afuera y Joe se dirigió hacia el cabo de guardia:

—Buenos días, cabo, ¿sabe usted quién me necesita?

—Capitán, hay un oficial americano esperándolo en la sala de mapas.

—¿Un oficial americano? —musitó Joe para sí después de entrar a la empapelada sala de mapas y ver a un oficial observando un mapa de Italia.

El americano volteó y en un precario pero entendible italiano le dijo:

—Buenos días, capitán, observaba el mapa de su país. Es muy bello, una simbiosis de historia, de arte, de cultura y de bellezas naturales; siempre deseé conocerlo. Lamentablemente lo tuve que conocer en medio de una guerra.

—Gracias, capitán. ¿En qué puedo ayudarlo?

—Joe, no me llames capitán, llámame Michael, mi nombre es Michael —respondió visiblemente emocionado el americano.

—¿Puedo saber quién es usted, Michael?

—Yo soy quien piloteaba el P38 que tú no derribaste el febrero pasado. Te debo la vida.

—Oh, Dios es grande. Qué sorpresa. Me alegra que estés vivo. Cuando te alejaste vi que tu avión estaba en mal estado y recé para que llegaras sano y salvo a tu base. No me debes nada. Es un placer conocerte —respondió Joe con los ojos llenos de lágrimas.

—Te debo la vida. Nadie hace lo que tu hiciste, nadie. He visto horrores en esta miserable guerra. Dime, por qué no disparaste.

—Tu avión estaba en muy mal estado y tú estabas herido. Si ya he destruido la maquina no tengo por qué destruir al hombre. Soy un piloto, no un asesino. Todos somos hijos del mismo Creador.

—Eres un caballero. Intenté saber de ti, pero, hasta el armisticio, me fue imposible. Luego me enteré que estabas destacado aquí y pedí mi traslado a esta base, tenía que conocerte y le doy gracias a Dios porque estás bien. Me enteré por lo que pasaste. Tú y tus amigos. Me gustaría conocerlos también.

—Gracias, Michael, gracias. A mis amigos les va a dar mucho gusto conocerte, ellos son más que amigos, son mis hermanos.

—Tenemos mucho de qué hablar, pronto me conocerás. Para mí la amistad, la verdadera amistad, es muy importante. Quiero ser tu amigo y amigo de tus amigos. Tienes mi eterno agradecimiento, Joe.

Los ojos de Michael lagrimeaban también. Él había estado muy cerca de la muerte y Joe lo había hecho renacer, su acción había plantado en su corazón la semilla de la compasión, la semilla de la humanidad, la semilla del perdón, esas semillas que había perdido mientras estuvo destacado en el Pacífico luchando contra los japoneses, donde vivió el horror de la maldad y del odio entre los hombres.

Joe y Michael no pudieron seguir hablando, ambos tenían un nudo en las gargantas. Se dieron un fuerte apretón de manos y luego se abrazaron por unos largos segundos, con el silencio como mudo testigo. En ese momento eran dos hijos de Dios, un italiano y un americano enfrentados hace poco por una cruenta guerra que con ese abrazo sellaban el inicio de una amistad verdadera y eterna.

Nando, que desde la puerta había seguido el encuentro, no pudo contener la emoción, entró a la sala, y gritó:

—Celebro profundamente este encuentro. ¡Alabado sea nuestro Señor! Vamos Joe, Cesco y Gianni tienen que conocer a Michael. Deben de estar en la cafetería.

La cafetería a esa hora de la mañana estaba repleta de pilotos italianos y Aliados que bromeaban y bebían café. Joe les presentó a Michael a todos los de su grupo y luego llamó aparte a Cesco y a Gianni y les dijo:

—Michael, este es Gianni y él es Cesco, él fue quien te disparó la segunda ráfaga en el enfrentamiento.

—Gusto en conocerte, Michael, bienvenido al grupo. Siento mucho haberte disparado, pero me alegra que estés vivo —y luego agregó un tanto apenado— Tú sabes… la guerra —y le tendió la mano.

—No te excuses, Cesco. Era tu deber —rebatió Michael y se sentó alrededor de una mesa después de haberle dado un estrechón de mano a Gianni también.

—Bien. Cesco, café americano para Michael, por favor — pidió Joe a Cesco, que aún no se había sentado.

Cesco se dirigió al mostrador donde un cabo preparaba los cafés y en pocos minutos regresó con una taza de cappuccino y otra de espresso.

—Te dije café americano.

—Joe, estamos en Italia. Michael, si quiere ser nuestro amigo tienes que tomar espresso y cappuccino.

—No le hagas caso, yo te busco el café americano. Cesco es un bromista irónico irrecuperable, pero es una gran persona, un verdadero amigo.

—Por favor, Joe, no me elogies —replicó Cesco y le dio una palmada en la espalda a Michael—. Michael, seremos grandes amigos —agregó.

Mientras bebían café, Joe le preguntó a Michael:

—Cuéntanos, Michael, ¿qué paso luego de que nos despedimos el día del enfrentamiento?

—Mi avión recibió una ráfaga de 20 mm desde el morro hasta la cabina. Un proyectil impactó en la parte posterior de la cabina y desprendió una parte del fuselaje y unos pedazos se incrustaron en mi cuello y en mi costado. Anteriormente, mi motor N2 había recibido una ráfaga de ametralladora que rompió los conductos de aceite y el motor en pocos minutos se detuvo. Así que, herido, perdiendo sangre y con un solo motor, emprendí el regreso a la base. Fue duro. Las horas se hicieron interminables, pensé que no llegaría, pero me encomendé a mi Padre Santo y por fin pude aterrizar. Apenas aterricé, quedé inconsciente. Desperté en el hospital al día siguiente. Afortunadamente, las heridas no fueron graves y me recuperé en unas tres semanas.

—¿Cómo diste conmigo?

—Alcancé a ver tu nombre y el número de tu escuadrón en tu avión, pero fue imposible recibir información; estábamos en guerra. Después de la firma del armisticio, el comandante de mi grupo un día me llamo y me dijo que tenía información para mí. Me dijo que te había propuesto para una medalla de reconocimiento. Pienso que te la entregarán en cualquier momento. Cuando la recibas me sentiré más contento aún.

—Michael, mi querido amigo, la medalla más grande para mi es que es que estás vivo.

—Cambiemos entonces de tema. En unos días será Navidad, me gustaría que fuéramos todos a una iglesia para agradecerle al pequeño Jesús este encuentro y pedirle que termine esta pesadilla.

—Claro que iremos. ¡Iremos todos! ¿Verdad, Cesco?

—Sí, Joe, por supuesto que sí.

La conversación duró horas, todos tenían algo que decir, algo que contar. Entre Joe, sus tres amigos, y Michael estaba brotando una llama que pronto sería la llama de una amistad verdadera.

Al día siguiente, Joe se volvió a encontrar con Michael en la sala operativa de la base. Preparaba una incursión sobre una isla frente a la costa de Yugoslavia para atacar otro refugio y aprovisionamiento para submarinos alemanes.

Al terminar la reunión, los nuevos amigos fueron al hangar a revisar sus aviones y poco después, a las 17 horas, despegaron hacia el objetivo.

El grupo de ataque estaba integrado por los pesados P38 y los agiles Veltros que se lanzaron en picada sobre los blancos destruyendo un centro de abastecimiento camuflajeado frente a un área donde estaban fondeados dos submarinos que se estaban reabasteciendo. Uno de los submarinos fue impactado por dos bombas lanzadas por los Veltros en su vela y se hundió volcándose de costado mientras el otro alcanzó a sumergirse y desapareció en las oscuras aguas después de ganar profundidad. Concluido el ataque, a las 20 horas, todos los aviones hicieron entrada a la base sin lamentar pérdida alguna. Afortunadamente, el área atacada no estaba bien defendida porque era un refugio de fortuna que había sido descubierto sólo por reconocimiento fotográfico.

A la mañana siguiente, durante el acostumbrado café mañanero, Joe y Michael se congratularon por el éxito del ataque de la tarde anterior y luego, aprovechando el día libre junto a Cesco, Gianni y Nando fueron a un pequeño pueblo cercano frente al mar en la bellísima península del Gargano, para comer en una pequeña *trattoria* familiar que otros pilotos les habían recomendado. Ahí preparaban deliciosos platos de pescado fresco.

Al llegar al pueblo, Michael quedó fascinado. El día era precioso, un radiante sol resplandecía en un cielo completamente azul y sólo una fría brisa recordaba que estaban a días de la Navidad. El pequeño restaurante estaba ubicada justo frente al mar, un precioso mar azul aguamarina sobre el que flotaban pequeños barcos de pesca que danzaban en sintonía con un grupo de gaviotas que se lanzaban en picada en busca del preciado alimento.

Los cinco amigos contemplaron el apacible paisaje y después entraron al restaurante y se sentaron en una mesa con vista al mar.

—Amigos, tomen, fumemos —dijo Michael ofreciendo una larga cajetilla de preciados puros cubanos Partagas, muy difíciles de conseguir en esas latitudes, especialmente en ese periodo—. Disfrutemos esta paz aunque sea por pocas horas.

—Me gustan los americanos, tienen siempre los mejores cigarrillos y los mejores puros —respondió Cesco extendiendo la mano para tomar el aromático cigarro.

—Como los británicos que siempre tienen el mejor *scotch* —añadió Joe riéndose y tomó entre sus manos una botella de vino que una joven camarera acababa de apoyar sobre la mesa.

—¿De dónde eres? No pareces italiana —preguntó Michael mientras observaba con detenimiento a la joven que esperaba para tomar la orden.

—Soy italiana, de origen albanes. Mis abuelos llegaron a estas costas hace muchísimo tiempo.

—Este pueblo es hermoso y este mar es espectacular —añadió Gianni dirigiéndose a la joven también.

—Antes de la guerra era mejor. Los fines de semana el pueblo era visitado por mucha gente, ahora vienen pocas personas. Como ustedes.

—Qué pecado. La guerra, la guerra… —agrego Gianni y aspiró el humo del puro, disfrutando su olor.

—Joe, este mar es precioso. Esta área es maravillosa, me encanta —agregó Michael para aligerar el comentario de Gianni sin quitarle la vista de encima a la bella joven, quién se retiró.

—Deberías verla entonces desde el aire, desde el aire es maravillosamente bella.

—Pues la veremos, Joe, la veremos desde un P38 y déjame decirte que esa joven es maravillosamente bella también.

—¿Desde un P38? —preguntó Joe, visiblemente emocionado.

—Sí, Joe, me dijo Cesco que tu sueño es pilotear un P38 y yo haré que ese sueño se haga realidad dentro de poco.

—Me encantaría, Michael, seguro que me encantaría.

—Un día de estos te daré una sorpresa. A mí me encantaría volar una de esas liebres tuyas.

—Nos son liebres, son Veltros. Pero ni los Veltros son tan bellos como esa joven —enfatizo Gianni, acercándosele para que no lo oyeran, pues la joven había regresado y ahora conversaba con Joe.

—¿Cómo te llamas?

— Rosina.

—Mucho gusto, Rosina, bonito nombre. Ellos son Cesco, Gianni y Nando, y él es Michael, mi amigo americano. Somos pilotos.

—¡Pilotos! Mi madre, yo siempre he querido volar.

En cuanto lo presentó Joe, Michael se levantó de su silla y le tendió la mano a la joven. Con una pequeña inclinación, le dijo:

—Un verdadero gusto, *signorina*. Estoy a sus órdenes.

—El gusto es mío, oficial —respondió sonrojada Rosina, extendiendo su mano con su mirada alineada a la de Michael.

—Parece que a nuestro amigo americano le gustan las cosas buenas —le susurró Joe a Cesco.

—Te diré que hacen buena pareja.

Michael no quiso soltarle la mano a Rosina, pero ella, al oír los murmullos, salió de su letargo, se volteó hacia Joe y le dijo:

—¿Están listos para ordenar, oficiales?

—¿Puede antes darnos un menú?

—No tenemos menú, capitán, le puedo ofrecer sólo fetuccini a la marinera y asado mixto de mar. Ya saben, es la situación. Abrimos sólo viernes, sábado y domingo. Mi padre es pescador, le aseguro que todo es fresco.

Ordenada la comida, la conversación siguió amena, fácil y divertida por una hora larga. Los cuatro amigos estaban ya completamente compenetrados con Michael, que demostraba ser una excelente persona, sencilla, seria, educada, religiosa. Y todo un caballero.

—Entonces te gusta Rosina —le dijo llanamente Joe, acercándose a su amigo americano al ver que este no hacía otra cosa que mirar hacia la cocina, esperando que ella se asomara.

—¡Oh Joe! No sé qué pasó. Apenas la vi, me sentí trasportado hacia sus ojos. Nunca me había pasado antes, es un sueño. ¿Estará comprometida?

—Hermano, eso es fácil de averiguar. Pregúntale —agregó Joe con picardía en el mismo momento en que ella salió de la cocina con los cinco humeantes platos de fetuccini.

—Espero les guste, lo preparó mi mamá. Yo la ayudé —dijo la diligente Rosina mientras colocaba los platos sobre la mesa.

Michael los probó y exclamó, respirando hondo:

—Mmmmmm, esto está delicioso. ¡Qué sabor! Nunca había probado algo así. Voy a preguntarle a Rosina cómo se preparan.

—Sí, claro, Michael. Pregúntale —le dijo Joe con doble intención.

—Le voy a preguntar cómo se preparan. Y tal vez otras cosas —respondió Michael, quien no se había percatado de la presencia de Rosina a sus espaldas.

—Se preparan con una salsa a base de frutos del mar, pero es un largo proceso de cocción, oficial.

Michael volteó y, al ver los azules ojos de Rosina, aún más azules por la luz que entraba por la ventana, se sonrojó.

—*Signorina*, permítame decirle algo con todo respeto.

—Dígame, oficial.

—Usted es encantadora. *Bellisima.*

Rosina se quedó muda, llena de pena. Bajó la mirada y no pudo atinar palabra alguna por unos segundos.

—¡Oh oficial! Gracias, usted es muy gentil.

—Me gustaría conocer a su madre para felicitarla por la pasta.

—En cuanto termine de preparar el asado se la presento, oficial.

A Michael le gustaron tanto los fetuccini que se comió dos raciones, y luego, cuando vio llegar nuevamente a Rosina con el asado, volvió a exclamar, sorprendido:

—¿Qué es esto?

Eran dos grandes bandejas con langostas, calamares, camarones, mejillones y pescados adornados con pimientos, todo preparado a las brasas.

—Joe, con esto come todo tu grupo —agregó Michael al ver la cantidad de los abundantes frutos del mar.

—Buen provecho, Michael, disfruta. Total: tú vas a pagar —señaló Cesco que hasta ese momento se había mantenido abstraído, aspirando el puro con olor a nuez moscada.

Esa tarde el tiempo trascurrió muy rápido. Para cuando terminaron de comer eran ya las 17 horas y la luna llena empezaba a asomarse sobre el mar. Rosina y su mamá recogieron todo y al poco rato llegó también el padre, que acababa de bajar de un pequeño bote de pesca, fondeado, que ahora flotaba cerca de la orilla.

—Bueno, Michael, llegó la hora de irnos.

—No me puedo ir sin antes hablar con Rosina.

Pero ahora está con su mamá, y su papá acaba de llegar.

—¿Qué hago, Joe?

—Esperemos un poco más Michael. No te impacientes.

Trascurridos unos minutos, la preciosa Rosina facilitó las cosas al acercarse con su mamá y su papá para presentarlos.

—Oficiales, esta es mi mamá, María, y este es mi papá, Carmelo.

Joe presentó a sus amigos, felicitó a María por la deliciosa comida que había preparado y luego llamó, a propósito, a los dos amables padres a un lado para conversar, no sin antes hacerle una seña a Michael para que abordara a Rosina.

—Rosina, quisiera conversar un momento contigo. Si me lo permites… y disculpa a mis amigos si te alejaron de tus padres, pero era la única forma de quedarme a solas contigo.

—Si, oficial, me di cuenta de que su amigo llamó a propósito a mis padres. Quiero que sepa que no me gustan los juegos, sé que a ustedes los pilotos les gusta aprovecharse de las mujeres con engaños.

—No, no, no, por favor, Rosina, no me malinterpretes. Yo y mis amigos somos muy respetuosos. Personalmente, nunca me aprovecharía de nadie. Quiero sólo decirte que, apenas te vi, me cautivaste. Apenas vi tus ojos, sentí algo muy extraño dentro de mí, y quiero preguntarte si puedo verte en otra oportunidad. Quiero conocerte, quiero que me conozcas… claro está, siempre y cuando no estés comprometida, porque, si estas comprometida, mis más sinceras disculpas.

—No quería ofenderlo, oficial, pero usted sabe cómo son las cosas. Aquí han venido pilotos y soldados que piensan que porque vivimos en un pueblo somos ingenuos.

—Te entiendo. Por favor, llámame sólo Mich. Dime, ¿estás comprometida? Si no lo estás, permíteme enamorarte. Vamos a conocernos, me encantaría que nuestros futuros se entrelazaran: ser sólo tú y yo por el resto de nuestros días.

Rosina se sonrojó aún más, sus manos sudaban, sus dedos temblaban, jamás en su joven vida le había dicho cosas semejantes. No sabía qué decir. Tuvieron que pasar unos largos, muy largos, segundos para que respondiera, y esos largos segundos en espera de respuesta fueron como una larga hora llena de ansiedad para Michael, que esperaba la respuesta que su corazón deseaba.

—Oficial… Mich, me gusta más Mich, no estoy comprometida, nunca lo he estado. En este pueblo los jóvenes se fueron todos a la guerra. Quiero decirte que también a mí me llamaste la atención. Cuando entraron esta tarde pude haberme fijado en cualquiera de tus amigos, que son también jóvenes y apuestos, pero me fijé en ti. Nuestras miradas se entrelazaron y yo sentí también algo que no había sentido nunca.

—¡Qué alegría, Rosina! Pensé que podrías estar comprometida… —Michael hizo un gesto de desesperación y negó con la cabeza, recuperando su sonrisa.

—Vamos a conocernos, Mich. Ven cuando quieras. Siempre me encontrarás aquí— y luego agregó— Ah…. una cosa más. Vas a tener que enamorar a mi mamá y a mi papá también. Soy hija única.

—No hay problema, ellos son muy simpáticos. No tengo vuelos en Navidad, así que vendré a pasar ese día con ustedes.

—Muy bien… Mich. Le diré a mi mamá que prepare un delicioso almuerzo, pero ahora vamos donde tus amigos. Pobres, no sabrán ya qué decirles a mi mamá y a mi papá para entretenerlos.

Joe y sus amigos se habían sentado en una mesa ubicada lateralmente a la casa. Rosina y Michael los encontraron conversando animadamente con María y con Carmelo mientras saboreaban un delicioso sambuca con café.

—Ven, hija, quiero preguntarle algo al americano —dijo Carmelo.

Michael se acercó a él. Rosina dijo:

—Papá, Michael vendrá el día de Navidad a visitarnos porque quiere hablar contigo.

—Será bienvenido pero, ¿sobre qué quiere hablar?

—Bueno, sí, yo quiero hablar con usted Carmelo. Pero mejor hablamos el día de Navidad, ahora tenemos que irnos. La noche es fría y en ese todo-terreno vamos seguramente a refriarnos —respondió con nerviosismo Michael, como no sabiendo qué decir.

—Muy bien, Michael, entonces los esperamos el viernes.

—¿Esperamos? No, Carmelo, no creo que nosotros podamos venir. No depende de nosotros —dijo Joe levantando sus manos.

—Traten, sería un placer. Es el día más bello del año.

Llegado el momento de partir, se despidieron cariñosamente y se subieron al todo-terreno con una helada brisa soplando desde el este.

—¡Qué frío! Esto va a ser divertido. ¡Vamos a llegar a la base congelados! Teníamos que haber salido antes, Michael —dijo Gianni, que estaba al volante, con una sonrisa, e hizo al vehículo avanzar.

Sobre el descapotado todo-terreno, el frío era intenso. Todos temblaban. Sólo Michael, parapeteado en la parte trasera del estrecho vehículo, sentía aún el calor de las manos de Rosina y no podía olvidar sus ojos, su ambarina piel, su corto cabello negro que le caía sobre los hombros, y su bello cuerpo… la bella Rosina lo había apasionado y el ya imaginaba su vida al lado de ella en la lejana América.

A las 22 horas llegaron a la base. La fuerte brisa se había convertido en un fuerte viento que hacía difícil caminar. El tiempo había cambiado muy rápidamente: durante el día habían disfrutado una jornada primaveral, pero en ese momento ese ciclónico viento presagiaba tormenta y más frío.

Al amanecer llovía torrencialmente. Los cinco amigos hubieran querido seguir durmiendo, tener aún otro día libre, pero a las 10 horas, en la sala de comando, estaba previsto el parte de guerra por el comandante de la base. Así que, aún cansados, se dirigieron a la sala para recibir la información. En las siguientes dos horas el comandante ilustró los avances en todos los frentes y las expectativas que se tenían para los próximos meses.

El grupo italiano fue informado también de que las bandas de guerrilleros que operaban en Eritrea, Etiopia y Somalia, contra los británicos, se habían acogido al armisticio también y habían depuesto las armas un mes antes. Había terminado una pesadilla de dos años para los británicos, que no sabían qué hacer para contrarrestar las acciones de esos combatientes que actuaban en bandas integradas por soldados italianos y nativos de esos tres países.

Cuando los británicos derrotaron a los italianos en Etiopia, en noviembre de 1941, muchos soldados con un alto sentido del honor decidieron iniciar una guerra de guerrillas en las montañas y desiertos de los tres países en lo que fueron las primeras acciones guerrilleras del siglo. Las acciones de estas bandas fueron apoyadas masivamente por la población, que estaba abiertamente en contra de los británicos por su pasado de abusos y la falta de progreso en sus colonias. Los guerrilleros luchaban con la esperanza de que las fuerzas italianas tomaran Alejandría, en Egipto, lo que suponía el fin de la supremacía británica en el Mediterráneo, pensando obviamente que después seguiría la contraofensiva para retomar nuevamente esas tres colonias del África Oriental.

La esperanza de los guerrilleros se mantuvo viva hasta finales de 1942, cuando los italianos llegaron a tan solo veinte kilómetros de Alejandría y los británicos ya tenían un protocolo de armisticio preparado para no salir mal parados de África. Pero los italianos, en vez de tomar la ciudad, increíblemente, se detuvieron para esperar refuerzos y esto permitió a los británicos contraatacar, haciéndolos retroceder. Ese acontecimiento bajó los ánimos, mas los valientes guerrilleros continuaron luchando y efectuando actos de sabotaje en almacenes, depósitos, cuarteles y líneas férreas. Como el acto de sabotaje efectuado por una doctora llamada Rosa Dainelli, que ingresó al almacén principal de artillería del ejército británico en la capital de Etiopia Addis Abeba y voló con dinamita un depósito de municiones. Ese sabotaje destruyó dos millones de cartuchos almacenados para los nuevos subfusiles Sten, que estaban por ser puestos en servicio. Se logró retrasar la entrega de esos fusiles por más de un año.

Para los británicos, la situación que se presentó en esas colonias italianas no fue fácil, llegaron inclusive a encarcelar a colonos italianos que vivían en las costas, con el afán de detener el contacto con submarinos italianos que apertrechaban a los guerrilleros. Hasta el emperador de Etiopia,

Haile Selassie, había tratado de encontrar medios diplomáticos con los guerrilleros porque estaba dispuesto a aceptar el protectorado italiano por todas las cosas buenas que estos habían hecho en su país, siempre y cuando Italia diera una amnistía general a los etíopes encarcelados en caso que los italianos retomaran el poder en su otrora colonia. Mientras de África llegaban buenas noticias, el frente italiano seguía estancado en la Línea Gustav y el endiablado invierno no daba tregua. Los alemanes en esa línea de defensa tampoco daban tregua y las pérdidas por parte y parte eran alarmantes. A tan solo tres días de la Navidad, el frente seguía en la misma línea de hace tres meses, después del desembarco en Salerno.

Terminada la reunión, Michael y Joe se quedaron observando la lluvia que caía fuerte frente a la gran ventana de la sala de comando. Estaban pensativos, como envueltos en una nebulosa, hasta que Michael dijo:

—Joe, tengo que ver a Rosina.

—No estarás pensando en ir ahora. ¡Con este tiempo!

—No, estoy pensando en qué voy a decir si no nos conceden el día libre en Navidad.

—Vamos, Michael, no pienses así. Esperemos a ver qué pasa.

—La espera es lo que me está carcomiendo por dentro. Quiero llevarme a Rosina para América.

—Si aún no la conoces…

—Siento que la conozco de toda la vida.

—Querido Michael, creo que estás cocinado. Ella te cocinó —dijo Joe con un suspiro.

—Más que eso, hermano.

Llegó la tan ansiada Nochebuena y, para fortuna de Michael y de Joe, sus grupos no estaban en la lista de alerta, así que obtuvieron el permiso de salida para el siguiente día. Michael estaba que saltaba de alegría. Daba gracias a Dios y creía firmemente que su encuentro con Rosina no había sido fortuito.

Esa noche, a las 24 horas, en la capilla de la base hubo una misa para celebrar la llegada al mundo del pequeño Jesús. El sacerdote, en su prédica, pidió por el término de la guerra, pidió para que cesaran los odios entre hermanos. Pidió por todos los presentes y sus familias, pidió por las víctimas y por un futuro mejor. Antes de finalizar la ceremonia, en la sala sonó alta la voz de casi todos los presentes en una bellísima canción que inspiró paz y serenidad. La melodiosa canción anunciaba el nacimiento del Niño Dios, la llegada del Salvador del Mundo a un humilde establo de Belem.

—Qué canción tan bella. ¿Cómo se llama? —preguntó Michael en voz baja, acercándose a Joe.

—"Tú que bajas de las estrellas". La cantamos todos los años para celebrar la llegada de Jesús en medio del frío y la humildad.

Al terminar la canción, se arrodillaron para pedir perdón por sus pecados y recibir la comunión. En ese momento reinó un silencio absoluto, un silencio sobrecogedor que inundó los corazones de serenidad y paz mientras afuera caían los primeros copos de lo que sería una copiosa nevada.

—Jesús ya nació y nos está inundando de paz. Todo este blanco es paz, su divina paz —señaló Gianni al levantar la mirada al salir de la capilla cuando vio los grandes copos de nieve que cubrían enteramente de blanco la oscura noche.

—Este hermoso blanco es una de las maravillas de Su creación. Ahora vamos a dormir, tenemos que salir temprano, no sabemos cómo estará el camino. Si no podemos salir de la base estoy seguro que Michael nos pedirá que lo lancemos en paracaídas, ¿verdad, Michael? —Joe le dio a Michael una palmada en la espalda.

Antes de que las primeras luces del alba se asomaran, Joe, Cesco, Gianni y Nando salieron del edificio de dormitorios. Michael ya estaba ahí, frente al todo-terreno, listo para partir.

—¿Dormiste en el Jeep?

Al verlos acercarse, Michael se apuró a ocupar el asiento del copiloto.

—¡Ese es mi lugar! —exclamó Cesco con una fina botella de ron en la mano al ver al americano en el asiento.

—Es mi turno. Yo iré adelante con Gianni —respondió Michael con una sonrisa.

—¿Y los demás en dónde se van a sentar? —preguntó Gianni, que acababa de descubrir una gran caja con Panettones, chocolates, galletas y cigarrillos Pall Mall en los asientos traseros.

—Michael, ¿de dónde sacaste todo eso?

—Ser capitán da acceso a muchos privilegios.

—Espero que una de esas cajas de cigarrillos sea para mí. ¡Son tantos que te alcanzarían para un año!

—Claro, Cesco. Hoy es Navidad y llegó San Nicolás.

Había cesado de nevar, pero el camino estaba lleno de nieve y tardaron más de lo debido en llegar al pueblo de Rosina, que estaba a unos cincuenta kilómetros de distancia.

Cuando llegaron se encontraron con un bellísimo paisaje, la nieve cubría toda la arena de la playa y producía un mágico contraste con el azul del mar.

—Detente, Gianni. Mira qué espectáculo, Quiero tomar una foto —pidió Michael.

Pero apenas se detuvo Gianni, Rosina, que esperaba con ansias detrás de una ventana, salió a recibirlos, gritando:

—Mich, Joe, amigos, pensé que no vendrían. Feliz Navidad para todos.

—Feliz Navidad, Rosina. La nieve intentó detenernos, pero aquí estamos —replicó Michael y corrió hacia ella con los brazos abiertos para abrazarla.

En un principio, Rosina se resistió, pero luego cedió y los dos se confundieron en un tierno abrazo.

A los pocos minutos salieron también María y Carmelo y se dirigieron hacia el grupo para saludar mientras Rosina y Michael, que no se habían percatado de la presencia de ellos, seguían abrazados con ojos que lagrimeaban por la emoción.

—Hija, ¿por qué lloran? ¿Acaso ha ocurrido alguna tragedia? —preguntó Carmelo al verlos aferrados como se aferra un náufrago a una roca.

—No se preocupe, Carmelo. Lo único que ha pasado es el amor, y hoy es el día preciso para celebrarlo —afirmó Joe con una sonrisa.

—¿Cómo? Yo no sabía nada.

—Dentro de poco lo sabrá oficialmente, Carmelo.

La alegría era tanta que se habían quedado conversando sin importarles que la fría brisa les helara las manos. Hasta ese momento nadie se había acordado que Nando seguía en la parte trasera del Jeep con las cajas encima hasta que oyeron su voz.

—Pero una tragedia sí va a ocurrir si no me ayudan con estas cajas. ¡No ven que no puedo moverme! Estoy muerto de frío y ustedes ni pendientes.

—El Enano está atrapado, vamos a ayudarlo —gritó Cesco.

—Entremos, o será que quieren comer aquí sobre la nieve. —añadió Carmelo. Luego se dirigió a Michael—. ¿Para quién son todas esas cajas, hijo?

—Son unos regalos para ustedes, buen Carmelo.

Entraron a la casa y Joe, Cesco, Gianni, Nando y Carmelo se sentaron frente al calor del fuego de la chimenea, que emanaba un fresco olor a pino. Michael entró a la cocina con Rosina.

—¿Qué preparó, *signora* María? —preguntó, inhalando el olor a frescos mariscos.

—Hijo, qué bueno que han venido. Preparé un asopado de mariscos y pulpo asado con langostinos, todo a base de mar. La guerra, la guerra… No tenemos carne, pero tenemos este maravilloso mar que día a día nos da sus frutos como a quienes trabajan la tierra.

—La entiendo, María, pero no se preocupe, llegarán días mejores —respondió Michael, dirigiendo su mirada a Rosina, quien le hizo una seña para que llamara a su padre. Michael entendió y se armó de valor—. Carmelo, ¿puede por favor venir un momento?

—Dime, hijo —dijo entrando en la cocina.

—Carmelo, con todo mi respeto, quiero pedirle que me permita frecuentar a Rosina. Permítame visitarla para conocernos. Quiero que sepa que tengo las mejores intenciones para con ella.

Carmelo se quedó helado. Rosina era su única hija y temía que Michael pudiera llevársela lejos.

—Hijo, ella es mi pequeñita. ¿Estás seguro de lo que dices? ¿No crees que es muy pronto? La has visto apenas dos veces.

—Estoy seguro de lo que digo y pido. Soy hombre de pocas palabras, soy un hombre que dice sólo lo que siente. Entiendo que nos hemos visto sólo dos veces, pero a veces basta una sola palabra, una sola mirada, un solo apretón de manos para encender la llama del amor verdadero.

—Es verdad, papá. No sé qué pasó, pero a mí me paso lo mismo. Apenas vi a Michael, sentí algo extraño. Es amor, es amor —enfatizo Rosina, interviniendo.

Bien, hija. Michael puede visitarte las veces que quiera. El tiempo dirá el resto, que sea lo que Dios quiera.

—Yo también los bendigo, hijos míos —dijo María, que hasta ese momento no había emitido palabra alguna—. Bueno, ahora a comer. Vamos a la mesa.

Las horas pasaron muy rápido. Se mezclaron los suculentos frutos del mar con la sana alegría y cuando terminaron de comer eran ya las 16 horas. El tiempo afuera era frío, el cielo estaba lleno de altos cúmulos blancos como algodón y los rayos del sol que ya iniciaba su despedida penetraban entre ellos.

Frente a la chimenea, Joe, Cesco, Gianni, Nando y Carmelo conversaban entre el humo de los cigarrillos americanos traídos por Michael mientras degustaban el añejado ron cubano. Michael, por su parte, conversaba animadamente con Rosina frente a una ventana con vista a la playa.

—Amigos, Rosi y yo iremos a dar un paseo. Este aire es irrespirable, ustedes parecen una locomotora. Especialmente tú, Cesco: no has parado de fumar.

—¡Oh Mich, me llamaste Rosi! Me encanta. Llámame siempre Rosi.

Michael le colocó su abrigo sobre la espalda.

—Disfruten el paseo. Y manténganse calientes, no se vayan a resfriar —respondió Joe, pícaro.

Michael la tomó de la mano e iniciaron el paseo.

La nieve ya se había derretido y la blanca espuma de las pequeñas olas subía sobre la húmeda arena. Rosina, con el pesado abrigo sobre sus hombros y con el calor de la mano de Michael, se sentía protegida, totalmente protegida y feliz, una felicidad incalculable. Por cada paso que daban, se susurraban bellas palabras en el oído hasta que Michael se detuvo. Había ya anochecido y la luna se ocultaba detrás de las nubes que avanzaban por levante. En ese momento la tomó por los hombros y la acercó hacia él. Ella se puso tensa, pero luego se dejó llevar y se besaron con pasión. Rosina respondió a ese beso con más pasión y luego se quedaron abrazados por unos largos minutos, prometiéndose amor eterno.

Regresaron a la casa y se sentaron al calor de la chimenea, similar a ese mismo calor que poco antes habían sentido al unir sus labios en un apasionado y largo beso.

—Cesco, me gustaría saber cómo y dónde conseguiste este ron —preguntó Joe sirviéndole un vaso del preciado ron a Michael que había entrado a la casa completamente frizado por el frío.

—Influencias, mi querido capitán, influencias.

—Todos sabemos cómo se llaman tus influencias. Tu influencia se llama Mario. Ese napolitano podría conseguir un avión si se lo pidieran —dijo Joe con una larga sonrisa.

Las llamas de la chimenea se fueron extinguiendo a medida que pasaba el tiempo y, para cuando se convirtieron en ardiente brasa, ya eran las 22 horas. Había llegado el momento de regresar a la base.

Rosina y Michael estaban encerrados en un profundo silencio. Durante el día todos se habían olvidado de la guerra, pero cuando llegó el momento de partir todos regresaron a la triste realidad. A Rosina le entró un miedo de perder a Michael y empezó a llorar.

—Yo sabía que todo era un sueño, Michael. No quiero perderte, tengo miedo.

—No lo vas a perder, Rosina, todo va a estar bien. Nosotros lo vamos a cuidar, no te preocupes —replicó Joe para calmar a la nerviosa Rosina que lloraba incontrolablemente.

Michael la tomó por los hombros y le dio un beso en la frente.

—Rosi, no es un sueño. Regresaré en unos días, regresaré todas las veces que tenga permiso. No llores. Tenemos que irnos.

Los oficiales salieron y abordaron el Jeep. Todos menos Cesco, que antes de salir abrazó a Rosina y le dijo:

—No te preocupes. Yo y mis tres mosqueteros cuidaremos a Michael, nada le pasará.

—Gracias, Cesco —respondió y levantó una mano para despedirse de Michael, que estaba ya en la parte trasera del Jeep.

—Amigos, prepárense, esta será otra noche de congelamiento —señaló Gianni.

Partieron acompañados por una copiosa aguanieve. Llegaron sin problemas, poco después de medianoche, y en la misma mañana iniciaron nuevamente la cotidiana rutina: vuelos de reconocimientos sobre el mar Adriático y ataques sobre los Balcanes para Joe y su grupo; para Michael, repetidos ataques sobre la Línea Gustav y sobre objetivos puntuales sobre el norte de Italia, con algunos escasos encuentros con cazas alemanes.

Y así se llegó al final del año y se recibió el nuevo sin ningún avance significativo en la Línea Gustav, ya que esta estaba más fuerte que nunca. Los combates arreciaban y la carnicería en el frío barro del invierno aumentaba mientras los alemane preparaban una nueva línea de defensa al sur de Roma en previsión de otro desembarco en las playas cercanas a la ciudad.

ENERO/FEBRERO 1944

Una semana antes de finalizar el mes de enero, como se había previsto, los Aliados desembarcaron en las playas de Azio y Nettuno, al suroeste de la antigua capital del Imperio Romano, quedando embarrados en un nuevo frente. Los Aliados pensaron que con el desembarco al norte de la Línea Gustav los alemanes se retirarían a toda carrera hacia el norte para no quedar atrapados en los valles del Liri, al norte de Montecassino.

Pero se equivocaron una vez más. Los alemanes ya se habían hecho fuertes al sur de Roma, creando una nueva línea de defensa para evitar que los Aliados pudieran avanzar sobre la capital, y así, después del desembarco, quedaron prácticamente acorralados en el promontorio de Azio, donde se desarrollaron feroces combates que ocasionaron una gran cantidad de bajas de lado y lado.

Con los alemanes ocupados en el frente de Montecassino y en Azio, el área cercana a la base de Joe vivió periodos de relativa calma, aunque seguían las continuas misiones diarias sobre diferentes objetivos fuera de la península. Paralelamente, la relación de Michael con Rosina seguía viento en popa. La bella pareja, en sólo dos meses, se había compenetrado perfectamente. Ambos eran inmensamente felices.

Michael visitaba a su celestina casi todas las semanas y tanto María como Carmelo se habían encariñado con el hasta el punto de considerarlo el hijo varón que nunca tuvieron. Michael era fácil de querer, tenía un corazón de oro y el amor por sus amigos y por Carmelo y María era tan grande que soñaba con llevarlos a todos a su querida América para tenerlos cerca. Cada vez que hablaba con sus amigos, les hacía prometer que nunca se separarían y había prometido hacerlos socios en un ambicioso proyecto de cría de bisontes en un bellísimo terreno que tenían sus padres en el bello estado de Montana. A Carmelo, por otro lado, quería comprarle un barco de pesca de altura para que pescara en el golfo de México, ya que él tenía una casa sobre ese mar en la ciudad de Pensacola, en el mango del sartén de la asoleada Florida.

El último día del mes, el más corto del año, bajó un cielo teñido por el resplandor de un sol poniente. Joe, Cesco, Gianni, Nando, Michael, Rosina y sus padres conversaban alegremente sentados en la terraza de la pequeña *trattoria* mientras observaban el mar. Michael los había reunido a todos porque quería decirles algo importante. Pero no paraba de hablar de otras cosas, estaba nervioso, no encontraba palabras para empezar hasta que, después de unas dos horas de ir y venir, Joe intervino.

—Michael, por favor, no des más vueltas. ¿Qué es lo que quieres decir?

Michael encendió un cigarrillo y aspiró.

—Queridos amigos, querida mamá, querido papá, queremos decirles que Rosina y yo pensamos en casarnos antes de que termine la guerra. Esperamos las bendiciones de todos ustedes, amigos, y especialmente la bendición de ustedes, María y Carmelo.

—¿No crees que es mejor esperar a que termine la guerra? —respondió sorprendido Carmelo, mirando fijamente a los ojos a Rosina.

—Papá, Michael y yo nos amamos. No queremos esperar.

—Nos casaremos en agosto. Celebraremos la boda en la iglesia del pueblo. Tú, Joe, serás el padrino—. Michael tomó la mano de Rosina y, a los pocos segundos, agregó—: María, Carmelo, pueden estar seguros de que la amaré toda la vida.

Rosina abrazó a su madre y a su padre, después a Joe, Cesco, Gianni y Nando, y luego se lanzó a los brazos de Michel, que la esperaba, sonrojado, con una amorosa sonrisa.

Joe tomó la palabra.

—Dios los bendiga. Estamos todos muy felices. Tú, Michael, eres un hermano para nosotros, y Rosina será una hermana también. Les deseamos felicidad y para mí es un honor ser el padrino de bodas.

A lo que Cesco, Gianni y Nando gritaron, mientras María y Carmelo lloraban de emoción:

—¡Vivan los novios!

Al bello atardecer le siguió la noche y siguieron conversando, riendo y cantando. La felicidad de Rosina y Michael era alegría pura para Joe y sus amigos. Era una alegría exenta de envidia, egoísmo; era una alegría derivada de una amistad verdadera, capaz de emanar sólo amor y los mejores deseos.

MARZO/ABRIL 1944

Aunque la primavera estaba por llegar, el frío invierno era tenaz, así como tenaz era la resistencia alemana. Roma estaba cerca, pero los Aliados seguían embarrados en sangrientas batallas que producían miles de víctimas.

Nuevamente, las apreciaciones americanas y británicas sobre una rápida victoria al desembarcar en Azio y Nettuno cayeron por tierra. No había sido un paseo la invasión por Sicilia, no había sido un paseo la invasión por Salerno y no había sido tampoco un paseo la invasión por Azio y Nettuno. La invasión de Italia, que tendría que haber sido un alegre paseo otoñal con el fresco vino como premio, se había convertido en un paseo por un inmenso cementerio, por una inmensa carnicería que había producido hasta ese momento casi cien mil bajas en tan solo cinco meses de combate. Todo esto culpa de las profundas diferencias entre los comandos americanos y británicos.

Los errores iniciaron antes de la firma del armisticio el septiembre pasado, ya que los americanos pensaban que, con una Italia rendida sin condiciones, los británicos tendrían el dominio absoluto del Mediterráneo. Esta y otras discrepancias, más el gravísimo error de los americanos que anunciaron el armisticio antes que los comandos italianos lo supieran, produjo que las fuerzas italianas no pudieran reaccionar porque, de haber sido informadas con anterioridad, los alemanes no habrían invadido Italia. De hecho, uno de los principales acuerdos entre las partes era que el armisticio debía anunciarse una vez que todos los comandos italianos de tierra, mar y aire fueran informados. Al no haber sido así, fue imposible una reacción en gran escala de las fuerzas italianas, y por eso los alemanes pudieron ejecutar sus planes sin prácticamente ninguna reacción importante por parte de estos.

La calma aparente de finales de febrero se convirtió en tempestad en los primeros días de marzo para los Aliados y la aeronáutica cobeligerante italiana. Joe y sus amigos estaban extenuados, al igual que Michael. Volaban hasta dos veces por día y en sus caras se apreciaba un silencioso cansancio que soportaban con espíritu del sacrificio y el deber.

En la segunda semana del mes, con el monte Vesubio en plena actividad estromboliana que anunciaba una fuerte erupción, aumentando el nivel de estrés de Joe y su grupo, fueron trasladados al aeropuerto de Nápoles para efectuar una serie de vuelos sobre el sur del mar Tirreno para misiones de reconocimiento marítimo. Los aviones aterrizaron en Nápoles el día 16, justo dos días antes de que una fuerte actividad sísmica anunciara el inicio de la erupción volcánica que lanzó al aire una columna eruptiva de casi diez kilómetros de altura que llenó de lava y cenizas los pueblos ubicados en la parte sur y en la parte este de la base aérea.

La tremenda erupción del Vesubio, que estuvo dormido desde el año 79 d. C., cuando sus lavas destruyeron a las ciudades de Herculano y Pompeya, culminó la primera semana de abril, dejando a más de doce mil personas sin techo, una gran cantidad de víctimas y muchas cosechas destruidas, lo que agravó aún más la crítica situación de la zona ya devastada por la guerra. Y como, a propósito, la misma semana que cesaron las erupciones del Vesubio cesaron también los vuelos sobre el mar Tirreno, el grupo de Joe regresó nuevamente a Foggia y los amigos se reencontraron con Michael, al cual no habían visto hace más de un mes.

—¿Qué pasa, Michael? Luces preocupado —preguntó Joe al ver a Michael sentado en el comedor, leyendo un libro.

—Sólo estoy cansado. El mes pasado fue duro, muy duro. Y me enteré que para ustedes tampoco fue fácil en Nápoles con lo de la erupción del Vesubio.

—No amigo. También estamos cansados.

—Lo importante es que ya estamos todos juntos nuevamente —señaló Cesco y abrazó a su amigo americano.

—Pero por poco tiempo, Cesco.

—¿Cómo que por poco tiempo? —preguntó Nando con curiosidad.

—Amigos, mi grupo de vuelo será trasladado a Nápoles a finales de mes. No sé cómo voy a hacer para ver a Rosina.

—Michael, no te preocupes, Nápoles está llena de mujeres que buscan uniformes verdes y azules —bromeó Cesco.

Michael lo miró mal.

—Cesco, interpreta mi silencio. No estoy para bromas.

Joe tomó al libro que Michael había estado leyendo.

— Abraham Lincoln. Él fue un gran hombre, un gran pensador.

—Ninguno como él. Fue un gran americano.

—Joe, a propósito. Estaba esperando que regresaras, te tengo una gran sorpresa. Los sueños se hacen realidad, ¿sabes?

—A veces se hacen realidad. Pero, dime, hermano, ¿ahora qué? ¿Algo sobre Rosina? —respondió Joe, sospechando que Rosina podría estar embarazada.

—No, querido amigo, nada que ver con Rosina. Me refiero a tu sueño de volar un P38. Ese sueño se hará realidad mañana.

—¿Estás hablando en serio?

—Sí. Mañana tengo que probar un P38 biplaza que fue reparado y tú serás mi piloto. Te espero a las 08 horas en el hangar.

—Lo voy a creer cuando esté sentado en la cabina.

—Visitaremos a mi Rosi desde el aire.

Toda la tarde, Joe estuvo ansioso, emocionado, no veía la hora de sentarse en la cabina del P38 y pilotearlo para sentir la potencia del que había sido el más acérrimo rival de su Veltro en el aire.

A la mañana siguiente, a la hora indicada, estaba ya en el hangar listo para subirse al formidable caza de doble fuselaje. Michael lo estaba esperando y después de darle algunas instrucciones sobre el comportamiento en vuelo, subieron a sus cabinas. Joe se acomodó en el asiento delantero y Michael en el posterior. Fueron remolcados fuera del hangar y Joe encendió los motores. Primero fue el N1 y luego el N2, poco después iniciaron el carreteo hasta llegar a la cabecera de la pista y en ese momento Michael dijo:

—Capitán, es todo suyo.

Joe esperó la autorización de la torre de control y, en cuanto tuvo luz verde, aceleró los poderosos motores Allison V12 que rugieron como un león y soltó los frenos. El poderoso P38 ganó velocidad inmediatamente, como una exhalación, y después de recorrer trescientos cincuenta metros de pista, despego y ascendió rápidamente hasta llegar a los cinco mil metros de altura para tomar rumbo noroeste.

—Esto parece un elefante, pero es sumamente dócil. Me encanta.

—Y aún no has visto nada. Espera y verás —respondió Michael encantado con el mar azul.

—Mich, cierra los ojos y ábrelos sólo cuando yo te diga. Prepara tu cámara —dijo Joe después de unos quince minutos de vuelo, cuando el avión se estaba acercando a las bellísimas Islas Tremiti.

—¿Qué haces? —preguntó Michael al sentir un vacío en el estómago ante la picada de 45° que súbitamente hizo el avión.

—Ya verás. No abras los ojos.

Joe descendió hasta llegar a los mil metros de altura.

—¡Ahora! Abre los ojos.

—¡Joe, qué maravilla! Qué mar, qué arena, qué azul. Amigo mío, esto es un paraíso.

—No es el paraíso, es otra de las maravillas de la creación —respondió Joe serpenteando con el pesado caza.

Michael tomó varias fotos.

—Ahora vamos a visitar a Rosina, pero antes quiero probar el régimen de trepada de este elefante —agregó Joe después de haber dado unas vueltas sobre las paradisiacas islas.

—Es todo tuyo, disfrútalo. Espero que mi Rosi esté despierta.

Joe elevó el morro al mismo ángulo en el que había efectuado la picada, aceleró los poderosos motores con turbocompresores de 1725HP y sintió el peso de su cuerpo sobre el asiento. El pesado doble fuselaje ascendió rápidamente, ganando altura a una velocidad de más de veinte metros por segundo. Exclamó:

—Qué potencia. ¡Qué motores! Qué trepada. Esto es una gacela.

—*Made in USA.*

—Pero espera a que pruebes uno de nuestros Veltros. *Made in Italy* —le respondió Joe, riendo.

Concluida la trepada, Joe estabilizó el avión y efectuó un giro de 360° para dirigirse al promontorio del Gargano, que apareció frente a ellos en menos de diez minutos.

—Este mar tiene un color como aguamarina mezclada con esmeralda.

—Te dije que desde el aire sería aún más bello, Michael. Prepárate, dentro de unos minutos estaremos frente a la casa de tu amada Rosi.

El tiempo era espectacular, sólo unas pequeñas nubecillas flotaban en el cielo completamente azul y Joe disfrutó del idílico paisaje, pensando en la felicidad que sentía su amigo. Pensaba que, de la misma manera que Michael se había encontrado con el verdadero amor en una tierra lejana, él también podía encontrase con el amor de su vida en otra tierra lejana, quizás en América o quizás en su pueblo natal, donde la bella Concetta crecía. En ese momento, Joe soñaba despierto: la guerra, la cruel guerra, lo había alejado de los sublimes sentimientos del amor, pero él anhelaba disfrutarlos algún día no muy lejano.

—Michael: la casa de tu *bella signorina* está a las 14h, abajo. Prepárate, voy a descender a cincuenta metros.

Ya estaban en la horizontal de la costa, frente al bello pueblo.

—Es un pueblo bellísimo.

—Te imaginas si nuestros comandantes se enteraran de que estamos gastando queroseno en un paseo turístico.

—No lo van a saber, Joe, se supone que yo estoy probando el avión.

—Entonces aquí vamos.

Joe desaceleró el avión y efectuó un giro de 360° al mismo tiempo que descendía para pasar frente a la casa de Rosina.

—Nadie afuera, Michael, tu bella dama debe de estar adentro. Voy a pasar más cerca a ver qué pasa.

Joe repitió la maniobra casi a ras del mar dos veces más, cada vez más cerca hasta que a la tercera pasada vio a dos mujeres saliendo de la casa y en ese momento alabeó las alas en señal de saludo.

—*Bella signorina* a las 15h, amigo.

—¡Son ella y su mamá! —gritó Michael, emocionado, moviendo el brazo derecho mientras Joe se aprestaba a repetir la maniobra para complacer a su amigo al ver que las dos mujeres levantaron sus brazos para saludar.

Rosina y María evidentemente no pudieron visualizar a los pilotos, pero se imaginaron que alguno debía de ser Michael al ver claramente la bandera americana en el fuselaje del P38.

Luego de la última vuelta, Joe levantó el morro del caza y ascendió a mil metros para tomar rumbo a la base, donde aterrizaron casi una hora después de haber despegado.

—Joe, me encantó. Nunca había volado sobre esa zona, mis vuelos han sido siempre hacia el norte —dijo Michael bajándose del avión.

Una hora después, Joe y Michael contaban a sus amigos los detalles del vuelo en el P38 cuando por el altoparlante se oyó la voz del comandante del grupo de Michael solicitando su presencia en la sala comando.

—Te lo dije, Michael, seguro que ya se enteraron. ¿Y ahora qué?

—Tranquilo, ahora veremos. Espero que el gorila esté de buen humor.

Michael se dirigió rápidamente a la sala comando.

—Capitán, buenos días. Dígame cómo quedó el P38, tengo entendido que le cambiaron el sistema de enfriamiento porque perdía etilenglicol.

—Buenos días, mi comandante. El sistema de enfriamiento esta perfecto, el avión está listo para operar de nuevo.

—Muy bien, capitán.

Michael sudaba frío, pero, pensando en las palabras del comandante, se dijo a sí mismo, *de la que me salvé, creo que este no se enteró de nada.*

El comandante, por su parte, se quedó por unos segundos en silencio y luego, mirándolo a los ojos, agregó:

—Capitán, puede retirarse.

—Gracias, mi comandante —respondió Michael con cara de alivio, pero justo en el momento en que se disponía a dar vuelta sobre sí mismo para retirarse, el comandante añadió:

—Capitán, espere. ¿Se puede saber qué estaba haciendo frente al promontoriodel Gargano? Su plan de vuelo era sobre la costa, al norte, pero un avión de patrulla lo divisó haciendo círculos a muy baja altura sobre el mar.

Michael se puso nervioso, la blanca piel de su cara se tornó rojiza y, con cara de sorprendido, respondió lo primero que se le vino a la mente.

—Sí, mi comandante, el plan de vuelo era al norte, pero nosotros vimos algo negro que parecía la vela de un submarino frente al promontorio y bajamos para checar.

—Entiendo, capitán, entiendo. Un submarino frente al pueblo de Mattinata a pocos metros de la orilla, entiendo. Pero dígame, ¿quién era el "nosotros" que estaba con usted?

—El capitán Joe, mi comandante.

—El capitán Joe, entiendo. Por cierto, capitán, me enteré que se casa en el mes de agosto. Recibí su solicitud de licencia por siete días y una invitación para el almuerzo, precisamente en una *trattoria* frente a la cual ustedes estaban haciendo círculos esta mañana, buscando al submarino.

La cara de Michael se enrojeció aún más. Se mantuvo en silencio, esperando una reprimenda, pero el comandante lo encuadró de pies a cabeza y luego, torciendo los labios, por fin dijo:

—Bien, capitán, le informo que su licencia ha sido aprobada. Felicidades por la boda. Trataré de asistir al almuerzo si la guerra, y su *submarino*, me lo permiten. Ahora desaparezca de aquí, y felicite de mi parte a la novia.

Michael buscó a Joe y sus amigos para contarles lo ocurrido.

—¿Qué pasó, Michael? ¿A qué se debe esa cara de alegría? —preguntó Joe con curiosidad.

—El comandante está enterado de que volamos frente al pueblo de Rosi, pero afortunadamente hoy estaba de buen humor. Me felicitó. Me dijo que mi licencia para la boda está aprobada y, además, me dijo que asistirá al almuerzo si el submarino lo permite.

—¿El submarino? —preguntó Joe, perdido.

MAYO/JUNIO 1944

A principios del mes de mayo los Aliados, frescos de refuerzos, lanzaron un feroz ataque sobre la Línea Gustav. El ejército alemán que había resistido ocho largos meses se vio obligado a replegarse después de una semana de sangrientos combates que culminaron con la toma del monasterio de Montecassino a mediados del mes. Con los alemanes retirándose, las tropas aliadas se dirigieron velozmente a la zona de Azio, combatiendo a todas las fuerzas enemigas que encontraron a su paso. A su vez, en el frente de Azio, los Aliados, antes de que cayera Montecassino, rompieron el cerco en las zonas de Cisterna y Velletri al suroeste de Roma con la intención de dirigirse a la gran carretera norte-sur 6, Roma / Nápoles para atrapar a los alemanes que se estaban retirando desde la Línea Gustav. Sin embargo, el alto comando americano le ordenó al general que estaba al mando de esas tropas que debía dirigirse rápidamente a Roma para que el ejército estadounidense llegara a la ciudad antes que los británicos. Precisamente el general Truscott había recibido órdenes del general Mark Clark que por ningún motivo los británicos debían llegar a Roma antes que los estadounidense, competencia entre Aliados, diríase, una competencia de prestigio para ver quién se tomaba las fotos primero en la histórica Roma.

El día 25, antes de finalizar el mes, las tropas americanas por fin se encontraron con las tropas del quinto ejercito que había desembarcado en Salerno ocho meses antes, o sea cuatro meses después de lo originalmente previsto. Esas tropas persiguieron a los alemanes en retirada hasta Roma y entraron a la capital italiana el día 4 de junio, antes que los británicos.

Se había logrado llegar a Roma, se había logrado vencer, pero la guerra seguía, ya que los alemanes y los fascistas, después de retirarse de Roma, conformaron otra línea defensiva al norte de Italia, la llamada Línea Gótica. Esta línea, poderosamente fortificada, era una barrera defensiva natural que atravesaba la península desde la ciudad de Pisa hasta la ciudad de Rimini, a orillas del mar Adriático. Constituía la última línea principal a lo largo de las cumbres de la parte norte de los Apeninos y los alemanes, aprovechando la difícil geografía de la zona, instalaron más de dos mil nidos de ametralladoras fortificados, puestos de observación con postaciones de artillería y además construyeron un gran número de casamatas utilizando a más de quince mil prisioneros hebreos traídos de Alemania. Esa línea lucia impenetrable y a los Aliados les esperaba aún un arduo camino antes de la finalización de la llamada "fácil" campaña italiana.

En cuanto a Michael, tal como él mismo lo había anunciado, la primera semana de junio su grupo fue destacado en el aeropuerto de Nápoles y después de unos diez días el grupo de Joe fue trasferido al mismo aeropuerto, tal como había sucedido en el mes de marzo.

JULIO 1944

Al trasladarse la guerra al norte, todo el centro-sur de la península entró en una relativa calma, lo que produjo que las grandes ciudades como Nápoles cobraran de nuevo vida.

En una soleada tarde de la primera semana de julio, en la bella ciudad a los pies del Vesubio, soldados italianos y Aliados, especialmente pilotos, se mezclaban con la gente caminando por las avenidas y estrechas calles llenas de vendedores ambulantes que vendían cigarrillos y todo tipo de contrabando. Las cafeterías y las plazas estaban abarrotadas y las mujeres de la vida alegre se ofrecían a los soldados en las zonas más populares. Las áreas cercanas a la famosa Piazza Municipio estaban repletas de oficiales que conversaban sentados en las mesas colocadas al exterior de los restaurantes y bares rodeados con flores que expedían una exquisita frescura mezclada con el aroma de los humeantes espressos y el olor de los frescos dulces típicos de la ciudad. En otras mesas se servían camparis, vinos, whisky y otros licores. Todo conjugaba por lo menos por un rato para liberarse de las preocupaciones y la destrucción que había dejado el paso de la guerra.

Sentados frente a una famosa centenaria cafetería de la ciudad, frente a la bellísima galería Umberto I, Joe, Cesco, Gianni y Nando disfrutaban de un merecido descanso degustando unos deliciosos camparis. Conversaban animadamente sobre los últimos acontecimientos antes de la toma de Roma y de todo lo acontecido luego de haber conocido a Michael, que en ese momento estaba en una misión sobre el norte de la península.

Distraídamente, mientras conversaban, Joe vio a un joven mujer acompañada de otra joven que se dirigían a una mesa cercana. Se quedó pasmado, jamás había visto a una mujer tan bella. En su esplendor de unos treinta años, ataviada con un vestido de seda blanco con lunares que marcaba su bello cuerpo, su andar tenía la perfección de la sorpresa constante. Con el rubio cabello del tono de la miel que caía sobre sus hombros, con el azul intenso de sus ojos y con la profundidad de su mirada era más que una mujer, era un clásico, era un cuadro de Miguel Ángel.

—*Bella signorina* a las 16h —dijo Joe, haciendo que sus tres amigos voltearan a ver a la mujer.

—¡Madre mía, Joe! Qué belleza, qué elegancia.

Al pasar junto a Joe, la bella mujer le dirigió una mirada y sus ojos se fijaron en ella en un modo tan directo que pareció como si escrutasen el interior de su mente, hipnotizándola.

Ella deseo y temió que le dijera algo, pero Joe se limitó a dirigirle una blanca y devastadora sonrisa, seguida de unas cortés inclinación.

La mesa de las dos amigas estaba precisamente frente a Joe, lo cual le daba una visión perfecta de la joven belleza. No se quitaron la mirada de encima: cuando Joe la miraba ella sonreía y cuando ella lo miraba él caía en una dulce timidez hasta que sus ojos se alinearon como dos rectas paralelas que se encuentran al infinito. Joe no esperó más, se levantó, y con toda la caballerosidad de la que hacía gala, se le acercó y le dijo:

—*Signorina*, disculpe el atrevimiento, soy el capitán Joe Gagliardi, ¿puedo saber su nombre?

Ella sorprendida, levantó la mirada y, en un italiano con una acelerada pronunciación extranjera, replicó:

—*Buona sera, capitano*, mi nombre es Elisa Raimondi.

—Es un placer conocerla, estoy con mis amigos, estamos en licencia por unos días. No hemos hecho otra cosa que hablar de guerra, pero las vimos y pensamos en invitarlas a beber algo para conversar de otros temas, por favor, acepten, somos caballeros e inofensivos.

Elisa sonrió con picardía y repuso:

—Sí, capitán, muy inofensivos, como todos los italianos. Veo que uno de sus amigos no le quita la vista de encima a mi amiga. Por cierto, ella es Gina.

—Mucho gusto, Gina, disculpe a mi amigo, él es Nando. Inofensivo también. Por favor, acepten la invitación a sentarse con nosotros.

Elisa y Gina se miraron y después de un segundos Elisa respondió:

—Bien, capitán, aceptamos.

—Gracias. Por favor, síganme.

Al llegar a la mesa, Joe les presentó a sus sorprendidos amigos y después de sentarse pidió una botella de un conocido vino de la zona que el camarero prontamente llevó a la mesa y sirvió.

—Brindo por estas dos bellas mujeres que aceptaron compartir con nosotros, espero que este momento pueda repetirse —dijo Joe, levantándose de la silla para proponer el brindis.

Joe se sentó, copa en mano, se acercó a Elisa y en voz baja le dijo:

—Brindo por la mujer más bella que he conocido en mi vida.

Los azules ojos de Elisa se encendieron aún más, sus pómulos se enrojecieron y con cierto nerviosismo respondió:

—Usted es muy amable, capitán.

—¿De dónde eres, Elisa?

—Soy australiana. Mi padre es italiano y mi mamá es de Sídney.

—Lo sospeché por tu acento acelerado, muy típico de los australianos. ¿Qué haces tan lejos de casa?

—Mi padre me envió a Italia a estudiar el idioma, y luego, al estallar la guerra, me tuve que quedar.

—La guerra, las cosas que hace la guerra. Por cierto, ¿a qué te dedicas, Elisa?

—Soy periodista, escribo para un periódico local. Precisamente ahora estoy escribiendo unos artículos sobre la guerra. Por cierto, capitán, me gustaría entrevistarlo.

—Lo lamento, no puedo. No estoy autorizado, Elisa.

—Entiendo, pero no tiene que ser una entrevista como tal, sólo necesito información, y por sus medallas veo que usted es un piloto con experiencia. Lo que me pueda decir será de mucha utilidad para mí.

—Entonces, perfecto. Será un placer, pero antes, con todo respeto, me encantaría invitarla a cenar.

—Muy bien, capitán. Me estoy quedando en una residencia cerca de aquí, en el boulevard Posillipo frente al mar. Al lado de la residencia hay un hotel que tiene un excelente restaurante en la terraza, la cena puede ser allí. Mañana a las ocho de la noche. Y la entrevista la dejamos para la semana que viene, si usted está disponible, porque a principios de semana tengo que ir a una zona muy cercana al nuevo frente para entrevistar a un general norteamericano.

—Excelente, conozco ese hotel. Te esperaré frente a la entrada. Pero, por favor, no me llames capitán, llámame Joe.

En menos de una hora, la calidez del ambiente y la buena química hicieron que la mesa se llenara de risas y alegría, hasta que Gianni, al ver la simpatía que existía también entre Gina y Nando, le dijo a Cesco en voz baja:

—Hermano, llegó la hora de abandonar el avión. Vámonos, estos cuatros están volando muy alto.

Cesco entendió a su amigo del alma y ambos se despidieron de las mujeres, se llevaron la mano a la sien en señal de saludo militar y se retiraron.

Gina y Nando, sentados frente a Elisa y Joe, hablaban entre sonrisas y coqueteos. Al principio había sido duro para Nando entablar conversación, pero una vez roto el hielo le fue más fácil expresarse y Gina pudo apreciar las cualidades de un hombre sencillo, culto y educado. Gina era una joven enfermera de cabellos negros y estatura mediana, la típica belleza del sur italiano. Prestaba sus servicios en un hospital militar cercano a la ciudad, no había estado en el frente, pero cada día veía los horrores de la guerra: soldados y civiles muertos, mutilados, algunos horriblemente quemados, otros ciegos, otros que no podían caminar, olor a sangre, olor a excrementos, todo eso la afectaba profundamente y, con veintidós años, no entendía el porqué de la guerra, la odiaba con toda la fuerza de su corazón.

—¿Sabes, Nando? No me gustan los soldados. Se sabe cuándo parten, pero no se sabe cuándo regresan —dijo Gina a mitad de la conversación mientras observaba el azul de su uniforme.

—Lo entiendo, pero yo no soy soldado, yo soy piloto —respondió él, haciendo que Gina estallara en una fresca y cautivadora risa.

Casualmente, Gina era de Cosenza, una bella ciudad a orillas del rio Busento, a los pies de las bellísimas montañas de La Sila en la Calabria natal de Nando y Joe.

Esa tarde la conversación entre las dos parejas siguió plácida y serena hasta la llegada de la noche, cuando se despidieron cariñosamente después de acordar encontrarse nuevamente.

—Mi querido Joe, ¿sabes? Creo que por fin encontré a la mujer de mis sueños. Estoy feliz, feliz, no veo la hora de volverla a ver. Qué ojos, qué labios, qué bella —comentó Nando tomando a Joe por el brazo después de despedirse de las amigas.

—Mi querido sargento, aterriza, no te vayas a estrellar. La acabas de conocer, pero me alegro por ti, hace tiempo que quería ver esa alegría en tu cara. Te felicito, creo que la sorprendiste y tengo que reconocer que a mí también me sorprendieron. Elisa es muy agradable.

—¡Así celebraremos tres bodas!

—Despacio. Pero… quizás. Todo puede suceder.

Esa noche Joe no pudo conciliar el sueño. Elisa lo había sorprendido por su dulzura, por su carácter apacible, por su educación y, por supuesto, por su extraordinaria belleza. Fue sólo pasada la medianoche que se quedó profundamente dormido, después de un ir y venir de pensamientos sobre la larga conversación que había sostenido con la simpática australiana.

A la mañana siguiente se levantó muy temprano y, como cualquier soldado, en unión de sus amigos, ayudó a cargar en camiones de suministros para ayuda humanitaria que debían ser repartidos entre los habitantes de las zonas aledañas al Vesubio que habían sido afectadas por la erupción del pasado mes de marzo, ya que los inseparables amigos, a la hora de ayudar a los necesitados, no escatimaban esfuerzos. En la tarde, a las 15 horas, tomó una fresca ducha y se preparó para la cita con Elisa. Como buen militar y caballero, no le gustaba que lo esperaran en una cita, así que a las 17.45 horas estaba ya aguardando por Elisa en la puerta del restaurante. Como buen piloto, observaba atento la concurrencia entre la que se destacaba una despampanante joven de cabello negro acompañada de un oficial que fácilmente la triplicaba en edad. Joe la miró con una curiosidad exenta de deseo cuando Elisa apareció detrás de él y le tocó el codo.

—¿Le gusta, capitán? —preguntó con una sonrisa.

Joe se volvió hacia ella y la miro con los ojos más verdes que Elisa había visto en su vida al mismo tiempo que sus labios se fruncían en una maliciosa sonrisa que a Elisa le resultó nuevamente devastadora.

—Es impresionante.

—¿Su tipo, Joe?

—No, prefiero las mujeres discretas e inteligentes… como tú.

—Espero que lo diga como cumplido.

—Es más que un cumplido.

Joe la tomó por la mano y la condujo hasta la entrada, donde un camarero los acompañó a una mesa en la terraza desde donde se observaba una espectacular vista del golfo de Nápoles, desde Sorrento hasta el puerto, con el imponente Vesubio al fondo. A Elisa le gustaban los hombres que decidían por ella y, además, le gustó el ligero contacto de la mano de Joe en la suya mientras entraban al restaurante. Una vez sentados, con la música suave de una mandolina entonando las notas de la famosa canción "O sole mio" Joe se le acercó y le dijo:

—Propongo que tomemos vino, a no ser que prefieras otro licor que te agrade.

Ella asintió con una amplia sonrisa.

—Para mí, vino está bien. Y puedes elegir también la comida, ustedes los italianos son expertos en cocina.

—Me gustan las mujeres que se dejan llevar —replicó Joe y después de estudiar brevemente la carta de vinos, le indicó al camarero—: Por favor, traiga una botella de Aglianico —y luego, como conocía el menú, procedió a pedir dos suculentas entradas de la cocina napolitana—. Por haberte conocido Elisa —dijo alzando la copa del vino recién servido.

—Y por el éxito de la entrevista. Por cierto, ¿dónde podemos hacerla? Prefiero que sea un lugar apacible.

—Se me ocurre Sorrento. Conozco una pizzería con una maravillosa vista sobre el mar.

—Me encanta —respondió satisfecha.

El camarero apoyó en la mesa las deliciosas entradas a base de berenjenas en aceite de oliva y mozzarella. Luego Joe pidió los primeros platos y pasados unos minutos tomó una vez más la copa entre sus manos y se volvió a acercar a Elisa.

—Propongo otro brindis: por ti, por una bellísima mujer que me cautivó.

—¿Será que tú le dices eso a todas, Joe? Sé que los pilotos son muy galantes y tienen una novia en cada ciudad, como los marineros tienen una en cada puerto.

—No, no soy así. La guerra me ha robado mucho tiempo. La guerra encierra a los hombres dentro de un mundo de sombras y hace que olvidemos las cosas buenas de la vida. De todos modos, si volvemos a vernos, tendrás la oportunidad de conocerme.

—¿Por qué hablas así?

—Elisa, he visto muchos sueños apagarse, muchas vidas extinguirse —Respondió Joe entrelazando sus dedos con los de ella.

Elisa no se resistió, aunque se sentía nerviosa. Joe aplicó un poco de presión en su mano y ella sintió el lenguaje del cuerpo y su corazón empezó a latir aún más rápido. Le dijo:

—Joe, sólo Dios conoce el futuro. No hay que tener miedo a los días que no has visto.

—Pero hay que vivir siempre en el presente porque el mañana no existe, el mañana es siempre hoy —respondió Joe con su vista puesta sobre la bellísima bahía iluminada aún por el radiante sol del verano.

—Elisa, tú y yo y el golfo de Nápoles, ahora. Pero espero que sea tú y yo para otros días, para muchos días —agregó Joe sin quitar su vista del hermoso paisaje, ese mismo hermoso paisaje que ha sido motivo de inspiración para muchos poetas a través de la historia.

—Claro, Joe, claro, que así sea. A propósito, todo está delicioso.

—Me alegro que te guste. Disfrútalo y espera a que pruebes los que viene dentro de poco.

La cena siguió deliciosa, acompañada por la música de la mandolina y por la frescura del ambiente hasta que, pasadas las 21 horas, ambos salieron al boulevard con los brazos entrelazados y una amplia sonrisa de satisfacción en los labios. Dieron un corto paseo y Joe la acompañó después hasta la puerta de su apartamento. Elisa estaba nerviosa, a priori pensó en invitar a Joe a pasar, lo deseaba, pero a ella, que cumplía con las reglas de la vieja escuela, le resultaba difícil irse a la cama con cada hombre que la atraía, como Joe en ese momento. Él, antes que ella entrara, notó un ligero sonrojo en su cara y la miró a los ojos de un azul claro, como los mares de su Calabria querida, luego la tomó por los hombros y la atrajo hacia sí. Elisa se puso tensa, pero no ofreció resistencia.

—Retrasa tu partida, por favor. El norte es peligroso.

—No puedo.

—Quizás no volvamos a vernos, Elisa.

—Joe, estoy entregada a mi trabajo. Nada pasará, estoy segura de que volveremos a vernos en una semana, en la preciosa terraza de Sorrento —respondió con voz trémula.

—"*Alea iacta est*" —agregó Joe con una sonrisa.

—Como dijo Julio César al cruzar el Rubicón.

—"La suerte está echada", Elisa —repuso Joe antes de besarla suavemente en los labios para despedirse.

La cena había producido frutos, parecía que hubieran hecho amistad en un largo viaje transoceánico donde habían plantado una semilla de mutua atracción.

Joe se despidió y salió al precioso boulevard donde la suave brisa marina invitaba a un cálido paseo de verano bajo una resplandeciente luna llena. Estaba contento, y preocupado. La zona donde viajaría Elisa estaba en manos de los Aliados, más no estaba exenta de contraataques por parte de los alemanes.

Terminada la licencia de dos días, los cuatro amigos se reunieron con Michael en la sala de operaciones del aeropuerto. Los Aliados habían recibido información de que los alemanes estaban moviendo un largo convoy de soldados y equipos defendido con artillería antiaérea desde Montenegro hacia el norte para luego entrar a Italia y reforzar aún más las defensas de la Línea Gótica. Originalmente estaba previsto que el ataque sería conducido únicamente por los P38, pero, al recibir información adicional sobre la presencia de cazas enemigos en el área, el grupo de Joe fue requerido para participar también en el ataque con los Veltros y con los nuevos Spitfires FMK recibidos de los británicos.

Para la misión, los Veltros llevarían las ocasionalmente acostumbradas dos bombas de sesenta kilogramos y sus cañones de 20 mm usarían los modernos proyectiles perforantes americanos recibidos en dotación.

El despegue se efectuó a las 20 horas y luego de pasar sobre la emblanquecida boca del Vesubio tan llena de cenizas que parecía llena de nieve, tomaron rumbo al noroeste, atravesaron el Adriático y después de casi una hora de vuelo, con el sol aún alto cayendo sobre poniente, giraron sobre la costa balcánica. Luego descendieron entre negros nubarrones hasta los mil metros de altura y se lanzaron en picada en medio de un verde valle.

Michael estaba a la cabeza del primer grupo de ataque y, al dar la orden, cuatro P38 lanzaron sendas bengalas que iluminaron una larga línea de unos cien camiones y blindados que viajaban uno tras otro en una angosta carretera vía norte. Los mismos aviones, luego de las bengalas, dispararon proyectiles trazadores para indicar al resto de la formación la dirección del ataque. Tras ellos se lanzaron los otros P38 que descargaron sus mortíferas bombas sobre el convoy a la vez que ametrallaban todo. El fuego antiaéreo de los mortíferos 88 mm alemanes montados en camiones y las ametralladoras pesadas no se dejaron esperar y respondieron al ataque, pero era ya demasiado tarde, los atacantes habían caído como granizo sobre el convoy, impactando una gran cantidad de camiones.

En una segunda oleada se lanzaron los Veltros, que soltaron sus bombas sobre la última parte del convoy, compuesta por trasportes de tanques. Las bombas de los Veltros impactaron con una gran precisión sobre los trasportes, haciendo que algunos tanques estallaran en llamas. Después de lanzar sus bombas, los Veltros ascendieron nuevamente y se aprestaron a regresar a su base porque estaban al límite de su radio de acción, pero en el mismo momento en que se disponían a girar vieron aproximarse entre las nubes, desde el norte, a unos diez aviones alemanes. Eran cazas BF109 y FW190 e inmediatamente los aviones del grupo de Joe se dispusieron para enfrentarlos.

Los Veltros no habían disparado un solo proyectil de cañón después de haber lanzado las bombas, previniendo su intervención a posteriori como cazas de escoltas de los P38. Los pilotos alemanes eran especialmente aguerridos, pero la otrora poderosa Lutwaffe había perdido muchos pilotos con experiencia y los jóvenes reemplazos no estaban a la altura de los experimentados pilotos de los Veltros y, además, estos eran muy superiores a casi todas las primeras series de los cazas alemanes. Joe, por su parte, apuntó a uno de los FW190 y efectuó una larga ráfaga con sus ametralladoras, luego giró en tonel y, aprovechando su mayor trepada y maniobrabilidad, se colocó en su cola y volvió a abrir fuego con sus dos cañones de 20 mm. El Fw 190 recibió los impactos de una ráfaga en el motor y empezó a despedir humo girando para dirigirse hacia los altos cúmulos para desaparecer. Joe, como siempre, volteó a asegurarse de que el avión alemán seguía volando y sintió una vez más un gran alivio, tocó la cruz que colgaba del espejo retrovisor, agradeció a Dios y pidió que dejara llegar al piloto sano y salvo a su base.

El resto de los aviones del grupo de Joe dieron cuenta de otros dos cazas alemanes, pero uno de ellos, precisamente un Spitfire FMK, había sido impactado por el fragmento de un proyectil antiaéreo de 88 mm y tuvo que efectuar un amarizaje en el mar, siendo recogido su piloto horas después por una corbeta de la marina.

La misión había sido un éxito, el convoy fue destruido en un 80% y los alemanes perdieron muchos soldados, pertrechos y tanques, además de tres aviones caza. La sorpresa y la suerte habían corrido una vez más al lado de los Aliados y los cobeligerantes italianos y a las 22.30 horas, con las sombras de la noche cubriendo el largo día de julio, los aviones aterrizaron en Nápoles.

Una vez en tierra, Michael, que había aterrizado antes, esperó a Joe a orillas de la pista y ambos, luego de congratularse, se unieron en un largo y amistoso abrazo.

Al día siguiente, Joe se encontró con Michael en el comedor de oficiales donde demostraba sus artes culinarias preparando unos suculentos espaguetis a la boloñesa.

—Felicidades, Joe, eres un excelente cocinero. Te equivocaste de carrera, tendrías que haberte dedicado a la cocina —dijo Michael saboreando la deliciosa pasta preparada con frescos ingredientes.

—Aún estoy a tiempo, hermano.

—Al terminar la guerra me gustaría que pensaras en vivir en mi país. En casa de Rosina te lo dije bromeando, pero ahora te lo digo en serio. Vamos a hacer algo juntos, quizás un restaurante, quizás la cría de bisontes.

—Veremos, Michael. Dios dirá.

—Dentro de un mes me caso, Joe. Y apenas termine la guerra, me regreso. Quiero abrazar a mis padres, quiero ser feliz con Rosi, quiero tener muchos hijos, quiero vivir una vida tranquila. Vámonos todos. Habla también con Cesco, Gianni y Nando.

—Lo voy a pensar. América es un gran país. Quizás, Mich... quizás. Yo también quiero vivir tranquilo, esta guerra me ha consumido, pienso sólo en el día en que termine para despertar y olvidar el pasado.

—Yo también, Joe.

—En cuanto a Gianni y Nando, no sé qué querrán hacer, pero Cesco no creo que quiera ir a tu país, él no puede vivir sin la guerra, la lleva en la sangre.

—La guerra acabará pronto, Joe, y luego podremos construir un mundo mejor.

—Eso espero. Un mundo donde todas las naciones puedan vivir en paz.

—Así será, mi querido hermano italiano, así será.

—¡Ah Mich! A propósito, conocí a una mujer bellísima, se llama Elisa, es australiana. Te cuento que despertó en mi cosas que nunca había sentido antes, creo que me enamoré apenas que la vi. Tienes que conocerla. El Enano conoció también a una amiga de ella y anda saltando de alegría.

—¡Me alegro! Entonces el ángel del amor cazó a tres pájaros con un solo flechazo. No puedo creerlo. Tenemos que celebrarlo —respondió Michael gratamente sorprendido colocando su mano sobre la de Joe—. Joe, tú eres una buena persona y mereces lo mejor. Un día nos sentaremos juntos, tú y yo y nuestras familias, y estas manos que hoy están vacías estarán llenas de los mejores frutos, producto de la cosecha sembrada.

Los otros días de la semana trascurrieron en relativa calma, el grupo de Joe fue requerido sólo para una salida de reconocimiento en búsqueda de náufragos, luego que un submarino alemán hundiera un carguero frente a la costa norte de Sicilia. El único que tuvo unos días agitados fue Nando, quien tuvo dolores de cabeza, dolores de oído,mareos y otros males. Excusas todas para visitar a Gina en el hospital. Ambos habían convenido en verse el domingo siguiente en la mañana, pero el inquieto Nando no podía esperar, era todo ansiedad.

—Joe, estamos preocupados por el Enano. Nos preocupan sus mareos. ¿Te ha dicho algo a ti? —preguntó Gianni al cruzarse con Joe en la salida de la base.

—Nando, él está bien. Lo que tiene es mal de amores, sus males se llaman Gina. Si sigue así, lo perderemos —respondió Joe con una larga sonrisa.

Cesco intervino:

—Hace unos días Michael me dijo que quiere ser uno más de nuestro círculo.

—Me parece bien, Cesco, él ha demostrado ser un verdadero amigo.

—Pero tendrá que pasar por la prueba el día del juramento —enfatizo riéndose Gianni.

—Espero que pueda —agregó Joe, negando con la cabeza y una pícara sonrisa en los labios.

El domingo siguiente, a las 16 horas, Elisa estaba esperando sentada en el banco de la plaza con vista al mar, sobre el golfo de Sorrento, vestida con un pantalón y una chaqueta con sombrero blanco colonial al estilo safari. La cita era a las 17 horas, pero ella estaba nerviosa. Durante toda la semana estuvo recordando las palabras que Gina le dijo a Nando sobre los soldados que parten y no regresan, y por primera vez en su vida sentía una extraña preocupación.

Aunque flotaba una tenue neblina sobre el mar, el maravilloso contorno del golfo de Sorrento era perfectamente visible. El mar estaba en calma y las pequeñas olas se movían armoniosamente. Elisa aspiró el aire saturado de olor marino mientras contemplaba la tenue línea del horizonte como buscando algo. De pronto oyó el chirrido de una gaviota, dirigió su vista hacia lo alto, giró ligeramente la cabeza, siguiendo al ave, pero lo que sus ojos encontraron fue la figura de un hombre detrás del banco que la miraba.

—Ahora somos tú y yo y el golfo de Sorrento —dijo Joe melodiosamente.

Por un largo momento, Elisa miró atónita a Joe mientras él la contemplaba, sonriendo con inmenso afecto. Su incredulidad dio paso a la dicha y se levantó. Joe se le acercó y la tomó por los brazos.

—¡Oh Joe, no sabía si vendrías! Temí por ti, temí que todo hubiera sido un sueño.

Joe la acalló con un largo beso y, al separarse, la miró a los ojos, humedecidos por las lágrimas que empezaron a resbalar por sus enrojecidas mejillas.

—Estoy bien, estoy aquí, Elisa. Yo también temí por ti. Pero ahora estamos aquí, los dos, frente al mar.

—Sí, Joe, estamos aquí. Tú y yo —respondió ella lanzándose a sus brazos, fundiéndose luego en un prolongado y húmedo beso donde se mezcló el sabor de la sal de sus lágrimas con la dulzura de sus labios.

Tomados de la mano, se dirigieron al lugar de la entrevista, acompañados del armonioso chillido de las gaviotas y el cadencioso ruido de las olas.

El lugar escogido era una bella pizzería con una maravillosa terraza con vista a la bahía de Sorrento, donde a lo lejos se disfrutaba una bella vista de la encantadora isla de Capri. Apenas se sentaron, Joe pidió dos refrescantes cervezas Moretti y una deliciosa pizza a las cuatro estaciones y, después de una serie de preguntas y respuestas sobre lo que habían pasado ambos en la última semana, Elisa sacó de su bolso un cuaderno y se dispuso a efectuar otra serie de preguntas.

—Joe, ¿qué piensas de las guerras?

—Las guerras, Elisa, son bellas sólo en los libros de historia, pero en realidad son una calamidad, son absurdas, crueles, terribles, una ofensa a la libertad de las naciones.

No hay palabras para definir su macabro espectro, no hay palabras para definir el horror y la miseria que generan. Las guerras, como la pólvora, las inventó el diablo y después tuvo miedo de pelear en ellas.

—Joe, ¿cuál es el costo de la guerra?

—No se puede medir sólo en términos cuantitativos, hay que medirlo también en las lágrimas y sufrimientos que ocasiona y sobre todo en las repercusiones en las generaciones venideras, pues habrán de cosechar la siembra de odio y venganza que producen. Pero en términos de costos reales, en las guerras de la antigua Roma matar a un soldado costaba setenta y cinco centavos. En las guerras de Napoleón, el costo subió a tres mil, en la primera guerra mundial subió a veinte mil y en esta guerra se estima que el costo es de cincuenta mil. ¿Te imaginas cuántas cosas se podrían hacer con ese dinero para el beneficio de los pueblos?

—Increíble, Joe, no tenía esos datos. Ahora, dime, ¿por qué Italia entró en esta guerra?

—Mi querida Elisa, todas las guerras se hacen por un motivo económico y mi país no es la excepción. Entramos en guerra no para seguir al lunático de Hitler, como se dice, entramos en guerra porque los británicos, por sus aires de superioridad, no estaban de acuerdo en que nosotros tuviéramos colonias en África y nos impusieron un alto precio a pagar por cada barco que pasara por el canal de Suez y el precio a pagar era en oro. En consecuencia, los costos de todo nuestro comercio, que se dirigía o provenía de nuestras colonias en el cuerno de África o del Lejano Oriente, aumentaron muchísimo, lo cual generó problemas en nuestra economía.

—Sigue Joe, qué interesante, eso no es lo que se dice.

—No pasar por el canal de Suez significaba circunnavegar África por el Cabo de Buena Esperanza para luego salir o entrar al Mediterráneo, y esto, en términos de costo, era prohibitivo —Joe tomó un sorbo de cerveza—. En realidad, ese fue el motivo, y fue un motivo válido, un motivo completamente *per se*, un motivo plausible. Aunque debimos haber entrado en la guerra en 1943 y no en 1940. No estábamos preparados. Los británicos se creen los dueños del mundo, ellos tienen colonias, pero no quieren que otros las tengan, eso siempre ha sido así. Si se supieran todos los trapos sucios que se han barajeado desde tiempos remotos sería un escándalo, ellos han sembrado sus colonias con una única palabra.

—¿Qué palabra?

—Explotación, Elisa. Como hicieron los españoles también en sus colonias, pero nosotros no, nosotros construimos y dejamos progreso. Si Mussolini hubiera gastado en Italia lo que gastó en Libia, Somalia, Eritrea y Etiopía, ahora seríamos la primera potencia mundial.

—Interesante.

—Lo que quiero decir es que entramos en guerra para tomar el canal de Suez y estuvimos a punto de tomarlo. En 1941 llegamos a veinte kilómetros de Alejandría y nos detuvimos. Yo estuve allí y no entiendo por qué nos detuvimos. Si hubiéramos tomado Alejandría, los británicos hubieran solicitado un armisticio, aparentemente ya lo tenían listo.

—¿Por qué se detuvieron, Joe?

—Supuestamente para reabastecernos, pero yo pienso que, de no haber dilapidado recursos en Rusia y en los Balcanes, la guerra en África se hubiera ganado fácilmente y en este momento quizás ya no estaríamos en guerra. Pero claro, es muy fácil hablar después de que sucedieron las cosas — terminó Joe.

Elisa preguntó:

—¿En cuánto tiempo crees que finalizará esta guerra?

—Los Aliados ya tomaron tres cuartas partes de Italia. La invasión por Normandía sigue avanzando. Los rusos también están avanzando desde el este. Los japoneses están perdiendo la guerra en Asia: la tenaza se va a cerrar pronto y luego asistiremos a un nuevo orden mundial.

—¿Qué tipo de orden?

—Pienso que habrá dos bloques: un bloque de naciones de occidente bajo regímenes democráticos y un bloque de oriente bajo regímenes comunistas en lo que se refiere a Europa. Todo depende de qué tan al este avancen los rusos. Si toman toda Europa, estaremos todos bajo el yugo comunista. Espero equivocarme. Salvo que…

—¿Salvo qué, Joe? —preguntó Elisa, tomando la mano de Joe.

—Tanto Alemania como los Estados Unidos están trabajando en una nueva arma, un arma secreta.

—¿Como qué?

—Algo espeluznante, Elisa: una bomba, una nueva bomba.

—¿Qué dices? Habla claro.

—Una bomba atómica, una bomba que aproveche la energía desencadenada por la fusión de los átomos, una bomba capaz de destruir una ciudad entera, una bomba capaz de matar a millones de personas. Tengo información de que los americanos están a punto de lograrla. Fueron ayudados en su desarrollo por un grupo de científicos extranjeros, entre los que figura un italiano también, un gran científico que se llama Enrico Fermi. Pero creo que ellos no la lanzarían en Europa, pienso que la lanzarían sobre Japón, si no se rinden. Ahora, si Alemania la llega a tener antes, ese loco de Hitler es capaz de lanzarla en cualquier lado y, obviamente, el curso de la guerra cambiaría a favor de ellos.

—No. Dios mío —respondió alarmada Elisa y quedó sumergida en un profundo pesar.

Al verla tan afectada, Joe le apretó la mano, se le acercó, la besó en la frente y le dijo:

—Dios quiera que no sea así. Por favor, sonríe. Volvamos al golfo de Sorrento, vivamos el presente.

—Sí, vamos a vivir el momento, nuestro momento. Cuéntame qué se siente volar. Yo nunca he volado.

—Volar es sentirse libre, libre como el viento. Cuando vuelas sientes que estás sobre todas las cosas y, lo más importante, sientes que estas más cerca de Dios —comentó Joe, agregando después de unos segundos—: Me encanta volar. En el cielo azul, en la niebla, en los altos cúmulos, blancos como el algodón y a veces negros como la noche. Me gusta volar sobre los picos nevados, sobre las montañas, sobre los valles, sobre los ríos, sobre los desiertos y sobre todas las cosas: me gusta admirar las maravillas de la creación.

—¿Y sobre el mar?

Joe se quedó en silencio, volvió a tomar la mano de Elisa y, después de pensar por unos segundos, respondió:

—Volar sobre el mar para mi tiene un gusto muy especial.

—¿Por qué?

—Porque en su azul profundo he buscado siempre la profundidad de una mirada como la tuya. En su espuma he buscado siempre la dulzura de unos labios como los tuyos. En sus olas he buscado siempre las curvas de una infinita belleza como la tuya. Y en su horizonte he buscado siempre a alguien como tú para que ilumine mi vida, como un sol, y creo que mi búsqueda ya terminó porque encontré eso y mucho más.

—¿Qué encostraste? —pregunto Elisa inteligentemente, demostrando curiosidad y levantando la mirada, con sus pómulos enrojecidos.

—Te encontré a ti, Elisa. En todos los sentidos. Encontré finalmente a alguien a quien deseo susurrarle en el oído, "te amo".

Elisa se quedó atónita, de sus ojos salieron unas lágrimas y, saliendo de su asombro, alcanzó apenas a replicar:

—Joe. No sé qué decir.

—No digas nada, entonces —repuso Joe acercándose a ella para darle un corto beso mientras le acariciaba el cabello.

Elisa estaba envuelta como en una neblina, pero, al recordar las palabras de Joe sobre la bomba, lo abrazó y le dijo al oído:

—Salgamos de esta tenebrosa pesadilla, vámonos. Mi país es todo un continente, hay mucho que construir. Vámonos. Seremos tú y yo para siempre, solos tú y yo.

—Aún no, *amore mio*, no puedo. Tengo una responsabilidad con mi país y conmigo mismo; mi honor, mi integridad y mi conciencia están por encima de todo. Odio esta guerra, pero la tengo que hacer. Todo terminará, ya verás. Y pronto seremos tú y yo en tu bello país —sus labios volvieron a juntarse mientras el sol caía sobre el mar como silencioso y mágico testigo de sus promesas de amor.

Ya en la oscuridad, Joe acompañó a Elisa a su casa, pero, a diferencia de la última vez, ella, después de abrir la puerta, se acercó a Joe y le susurro al oído.

—Joe, quiero pasar la noche en tus brazos. Quiero que esta noche seamos solos tú y yo. Quiero ser tuya, inmensamente tuya.

Joe entró en la casa y se sentó en la cama sin pronunciar palabra alguna. Elisa empezó a desnudarse. Primero cayó el pantalón, después la chaqueta. Por último, su ropa interior y quedó totalmente desnuda. Joe le tendió la mano, admirando su bello cuerpo. Ella se acostó a su lado y sus cuerpos desnudos se fundieron en uno solo. Hicieron el amor por horas, hasta que cayeron rendidos, vencidos por el cansancio, uno al lado del otro mientras una tenue claridad comenzaba apenas a dibujar por la abierta ventana los bellos perfiles de la costa.

Cuando Elisa despertó, Joe ya no estaba: su deber lo llamaba. Tenía que estar a las 07 horas en la base y, al irse, no quiso despertarla. Ella, pensando que estaría en el baño, lo llamó, pero al dirigir su mirada sobre la mesita de noche vio una taza de café americano, como ella lo prefería, que aún humeaba, y al lado una nota: <Cada momento a tu lado será siempre un nuevo momento para amarte más>.

Una vez dentro de la base, Joe se encontró con sus amigos y se dirigieron a la acostumbrada sala operativa para la orden del día. Antes de entrar, Gianni lo llamó aparte y le dijo, mientras le acomodaba la corbata:

—Joe, ¿acaso tuviste una pelea con un payaso anoche? Tienes la camisa llena de lápiz labial y tu cuello luce como mordido. Espero que no te haya visto el comandante.

—¡Oh Gianni, gracias! Pasé la noche con Elisa —respondió Joe como con pena mientras trataba de quitarse el labial de la camisa.

—Entendido, capitán —replicó Gianni con una maliciosa sonrisa.

Terminada la reunión donde fueron informados de los nuevos acontecimientos en la Línea Gótica, donde se combatía encarnizadamente, Joe le preguntó a Nando:

—¿Como te fue ayer en tu cita con Gina, Don Juanito?

—Muuuuy bien. Pensamos casarnos —respondió Nando haciendo que Cesco y Gianni, que estaban cerca, exclamaran negativas uno encima del otro.

—¡Pero qué carajo!

—¡Si acabas de conocerla, Enano!

—No se burlen. Nando se enamoró. Y yo también —defendió Joe.

Cesco estalló de nuevo en carcajadas.

—¡Qué carajo! ¿Tú también Joe? ¿Qué es esto, una epidemia? Primero Michael, después el Enano y ahora tú.

—Se acabó nuestro grupo —sentenció Gianni.

—A ustedes les llegará la hora algún día. Tranquilos, no nos separaremos, seremos siempre uno para todos y todos para uno.

—Los tres mosqueteros —agregó Gianni una vez más dirigiéndose a Joe.

—¿Y tú, capitán, cuándo te casas? —preguntó Cesco tomando por el brazo a su querido capitán.

Joe no respondió en el momento, pensó unos segundos y luego, con una sonrisa, dijo:

—En cuanto acabe la guerra nos casamos y nos vamos para Australia.

—¡Buenísimo! Muy bien, Joe, entonces Gianni y yo nos alistaremos en la fuerza aérea de los canguros, ¿verdad Gianni?

—Lo que tú digas, Cesco. Claro, pero quiero que antes sepas que en Australia no hay comunistas.

—Eso sí que es un problema —agregó Cesco y todos estallaron en risas.

En su casa, Elisa había vuelto a acostarse. No podía olvidar la noche pasada con Joe: sus besos, el calor de su cuerpo, el sudor, sus dedos entrelazados. Joe la llenaba completamente. Había tenido conquistas en la secundaria, mas nadie la había cautivado, nadie había despertado en ella la llama ardiente de un amor verdadero. Estaba inmensamente feliz, y preocupada. No quería perder a Joe por nada del mundo.

Para Michael, el resto del mes fue agitado. Los ataques sobre la Línea Gótica se multiplicaban día a día en preparación para una gran ofensiva de otoño, llamada Oliva, que tenía como fin la liberación de varias ciudades de la Padania. La actividad en el sector aliado de la base era intensa y Michael se vio obligado a suspender su boda, prevista para principios del mes de agosto. En esos atareados días, su cara era larga y triste, pero el deber imperaba. Joe al verlo tan cargado, física y mentalmente, trataba en todo momento de levantarle el ánimo, tal como hacían Cesco, Gianni y Nando. Muchas veces lo despedían cuando salía en misión y lo esperaban hasta su regreso, siempre con sonrisas en los labios. Antes de despegar lo bendecían y después de aterrizar hacían lo mismo.

Una tarde después de una larga y agotadora misión sobre Milán, Michael aterrizó y vio a Joe y a sus tres amigos que lo esperaban sentado frente al hangar. Bajó de su P38 y lo recibieron con un cálido abrazo. Al unísono, le gritaron:

—Alégrate.

Michael se veía un poco aturdido.

—¿Qué les pasa? Estoy muy cansado.

—El cansancio se te va a quitar de inmediato en cuanto te enteres.

—¿Me ascendieron?

—No te ascendieron, Michael. Te queremos decir que… —empezó Joe, haciendo tiempo para que Cesco, Gianni y Nando volvieran a gritar al unísono:

—¡Rosina está en Nápoles!

El semblante de Michael cambió en cuanto escuchó a sus amigos. Sus mejillas se enrojecieron y, sin pensarlo dos veces, replicó:

—¿Rosi? ¿Aquí? ¿Dónde está? No bromeen, por favor.

—No estamos bromeando. Ella está en la ciudad —agregó Gianni.

—Sigo sin entender.

—Sí, hermano, me enteré que te dieron una licencia por tres días y Cesco la fue a buscar, con Elisa. Ahora mismo está con ella en su apartamento —le explicó Joe.

—No puedo creerlo… ¡Gracias, gracias! Pero no entiendo cómo es que Carmelo la dejó venir sola. La cela sobremanera.

—Yo le di mi palabra que la protegería de ti, Michael. Tienes permiso solo para darle un abrazo y un beso. De lo contrario… —replicó Cesco con cara seria.

—¿De lo contrario qué, Cesco? —replicó Michael sonriendo.

Cesco apoyó la mano sobre la funda de su pistola al mismo tiempo que soltaba una gran carcajada.

—Ten cuidado, Michael, Cesco es hombre de palabra —enfatizó Joe y agregó—: Michael, duerme tranquilo esta noche. Mañana vamos a reunirnos todo en una *trattoria* en Positano para celebrar tu ingreso a nuestro grupo y, si pasas la prueba, serás uno de nosotros. Ahora relájate y descansa. Sé por lo que has pasado todos estos días.

—Lo haré, Joe, pero ¿a qué prueba te refieres?

—Mañana lo sabrás, hermano —repuso Cesco con una maliciosa sonrisa.

Michael estaba intranquilo, no había visto a Rosina desde hace más de un mes, había tenido que suspender la boda, había visto morir a muchos compañeros y temía por él y sus amigos; temía por el mañana y temía que sus sueños se apagaran. Antes de dormirse estuvo largas horas sentado en la cama hasta que se arrodilló y oró por un largo rato, agradeciendo por las cosas buenas y por las dificultades. Luego tomó su Biblia, leyó el Salmo 23 y en ese momento todas sus tensiones y preocupaciones se disiparon, quedando completamente rendido.

A la mañana siguiente, a las 09 horas, después del acostumbrado café mañanero, Joe, Gianni, Nando y Michael estaban ya listos para partir frente a la puerta de la base. Cesco no aparecía. Paso más de media hora y el sardo nada que asomaba sus narices. Ya habían salido dos autobuses en dirección a la ciudad y temían quedarse sin transporte.

—¿En dónde se habrá metido Cesco?

—Me imagino que en alguna de sus andanzas, pero estoy seguro que lleg… —Joe fue interrumpido por la bocina de un largo automóvil tipo limosina color verde que se aproximaba.

El vehículo se detuvo y Cesco se asomó desde el puesto del conductor.

—¡Suban!

—¿De dónde sacaste este automóvil? ¿Cómo se te ocurre? ¡Ese carro es de la comandancia!

—Joe, súbete y cállate —. Y luego en voz más baja— Fue Mario.

—¡Ya sé que fue el napolitano! Pero no quiero imaginarme lo que va a pasar si el comandante nos ve —le espetó Joe, también en voz baja.

—Tranquilo, el comandante cascarrabias estará en Roma por una semana y, además, el carro estaba en el taller de mantenimiento.

—¿Crees que tu amigo nos pueda conseguir un submarino para irnos todos a mi país? —pregunto riéndose Michael.

—Seguro que sí, Michael. Todo es cuestión de dinero —respondió Cesco y aceleró, alejándose de la entrada de la base.

Atravesaron las estrechas calles que descendían desde el aeropuerto hacia la ciudad y llegaron frente al apartamento de Elisa. Michael fue el primero en bajar del carro y, apenas apoyó los pies en el suelo, oyó la voz de Rosina, quien agitaba sus manos desde la ventana.

—Mich, Mich, estoy aquí. Estaba preocupada por ti —gritó lanzándose en sus brazos después de bajar la empinada escalera que conducía al pórtico del edificio, seguida de Elisa y Gina.

Nando, sentado en la tercera fila de asientos, se desesperó por bajar en cuanto vio a Gina.

—¡Joe! Baja el asiento, déjame pasar. ¡Rápido, Joe, rápido!

—Deja pasar al Enano para que corra a los brazos de su Beatriz —replicó Gianni poéticamente desde el asiento del copilo

—Joe, rápido. ¿No oyes? Deja bajar al Enano, parece que nunca ha visto a una mujer —añadió Cesco bromeando desde el asiento del conductor.

—Váyanse todos para el carajo —gritó Nando saltando sobre el asiento para salir, al ver que Joe le seguía la corriente a sus amigos y no lo dejaba bajar.

Joe se confundió también en un cariñoso abrazo con Elisa al mismo tiempo que el irreparable Cesco gritaba:

—¿Y para el chofer no hay abrazos?

Se dirigieron al pintoresco y bellísimo pueblo de Positano. Durante el recorrido por la sinuosa y estrecha carretera que corría curvilínea sobre los bellísimos acantilados de la preciosa costa amalfitana, se detuvieron más de una vez para tomar fotos y admirar los paisajes con el azul del mar como maravillosa música de fondo.

A las 12 horas, mientras el astro rey achicharraba desde su zénit, llegaron al llamado pueblo vertical de los miles colores, construido en la ladera de una montaña que cae con un fuerte ángulo sobre una plácida ensenada.

—Quiero regresar aquí en mi luna de miel —comentó Michael, encantado por el paisaje, cuando llegaron a la playa, viendo el pueblo dese abajo.

—Vamos, todos al agua.

El pintoresco pueblo parecía un jardín lleno de flores de diferentes colores que se deslizaba sin movimiento alrededor de la pequeña ensenada.

Los amigos no se hicieron esperar y en pocos minutos, con Elisa, Gina y Rosina, estaban todos sumergidos en las trasparentes y cálidas aguas. Esa tarde, la alegría era incalculable: rieron, jugaron y bromearon hasta la llegada de las 18 horas, que fue cuando se dirigieron a una bella *trattoria* ubicada en la parte derecha del pueblo, cerca de una antigua torre de observación medieval con vista a la ensenada. Estaban hambrientos, en la playa habían comido sólo unos paninos preparados por Joe en la base antes de salir para la ciudad, así que, apenas se sentaron, ordenaron sendos platos de la cocina amalfitana a base de pescados y mariscos. El hambre era tanta que devoraron todo en pocos minutos y Michael, aún no saciado, siguió pidiendo más comida hasta que Cesco le dijo:

—Michael, pareces un pozo sin fondo. Para ya porque ahora viene la ceremonia para que te agregues a nuestro grupo.

—Estoy listo.

Terminada la cena, más bien la comilona, Joe tomó la palabra:

—Hermanos, hoy estamos reunidos aquí para agregar a nuestro grupo al hermano Michael, a quien Dios puso en nuestro camino primero como enemigo y después como amigo. Michael no fue puesto en nuestro camino como un amigo más, fue puesto en nuestro camino como un símbolo de amor, para que entendamos que todos somos hermanos sin importar los credos, sin importar las nacionalidades. Todos somos hermanos bajo una única bandera, la bandera de nuestro Creador. Nuestro grupo se fundamenta en la amistad verdadera, que es una sagrada alianza cuyas bases firmes son el amor, el respeto, el coraje y el honor; una amistad verdadera donde la envidia, la avaricia, el egoísmo, la mediocridad y los celos no tienen cabida.

Michael, de pie, oyó conmovido las palabras de Joe y se conmovió aún más cuando Joe sacó de su bolsillo una pequeña cruz de oro que colocó en su frente. Siguió:

—Michael, hoy serás uno más de nosotros, uno más unido en la vida y en la muerte porque la muerte no es el final, la muerte es la eternidad. Así que, repite conmigo: Unidos siempre en la vida y en la muerte.

Michael repitió la frase en voz alta. Cesco, Gianni y Nando se llevaron el puño al corazón como los antiguos legionarios romanos y repitieron lo mismo.

—Ahora ya eres uno de nosotros, pero, si no pasas la prueba, el acceso al club te será denegado —acotó Cesco cuando todos felicitaban a Michael.

—¿Qué prueba, Cesco?

—Siéntate aquí y verás.

Michael se sentó y Cesco le amarró un pañuelo negro sobre los ojos.

—¿Qué le vas a hacer? —preguntó Rosina con voz preocupada.

—Tranquila, nada le pasará —aseguró Cesco—. Nando, saca la prueba.

—Sí, jefe —replicó Nando y sacó de su mochila una bella botella de fina *grappa*.

Cesco tomó la botella, llenó un gran vaso tipo jarra de cerveza y lo colocó en la mano de Michael.

—No hables, no te muevas, sólo bebe, bebe y bebe sin parar. Si te detienes habrás perdido la prueba. Esto es delicioso, no debe quedar ni una gota.

—¡Cesco, no! Por favor, mi pobre Mich.

—Lo siento, Rosina, es parte del ritual.

Michael empezó a beber poco a poco, al principio sintió una agradable sensación de dulzura, pero después de tragar varias veces su blanca cara empezó a enrojecerse y sintió que un fuego ardiente recorría todo el cuerpo mientras Cesco seguía cantando sin parar:

—Bebe, bebe, bebe, bebe, bebe…

Michael paró varias veces sin despegar los labios del vaso hasta que, después de unos minutos que se le hicieron interminables, tragó sus últimos sorbos.

—¡Me estoy incendiando!, pero lo hice —gritó apoyando el vaso sobre la mesa.

Rosina se lamentaba por él.

Joe, Gianni y Nando se mantuvieron en silencio. Observaron, esperando lo que ocurriría a continuación.

—Bueno, Michael, lo bueno es que dentro de poco vas a poder seguir comiendo. La *grappa* es muy digestiva —bromeó Elisa, que hasta ese momento no había emitido palabra alguna.

Michael, en el ínter, seguía de pie como en un limbo, pero a los pocos segundos cayó sentado, casi desmayado.

—Madre mía, se va a morir.

—Tranquila, Rosina, con un espresso quedará como nuevo —dijo Cesco y llamó a un camarero—. Un *doppio espresso*, por favor, rápido.

Ni el *doppio espresso*, ni las cucharadas de aceite de oliva, ni las tazas de manzanilla pudieron revivir a Michael. Sus amigos tuvieron que cargarlo para sacarlo de la *trattoria* y luego llevarlo al cercano hostal donde pernoctarían.

—¡Cesco, me arruinaste a Michael! —se quejó Rosina durante el camino al hostal.

—El ritual es el ritual. Además le prometí a tu padre que no te tocaría y con esto dudo que lo pueda hacer —respondió el sardo con una maliciosa sonrisa.

—Eres malo, Cesco. Muy malo.

—No te preocupes, tendrán tiempo luego de casarse.

Al llegar al hostal, Joe y sus amigos durmieron en una habitación mientras Elisa, Rosina y Gina en otra. Esa noche fue horrible para Michael, el pobre estuvo toda la noche en el baño. Apenas durmió unas horas y a la mañana siguiente la resaca era tan grande que no podía pararse.

—Cesco, ¿qué me hiciste? Voy a golpearte en cuanto pueda.

—Yo no te hice nada, Michael, fue el ritual. Además, no te quejes, se limpió tu cuerpo. Estoy seguro de que de ahora en adelante la *grappa* te gustará —respondió alegremente Cesco.

Michael pudo por fin levantarse de la cama y a las 10 horas, después de un ligero desayuno, recorrieron durante el resto del día toda la preciosa costa, inmortalizando los bellos momentos con un sin número de fotos.

Al final del día llegaron nuevamente a Nápoles, donde saborearon unos deliciosos cortes de pizza en una pizzería cercana al apartamento de Elisa. Ese día había sido muy largo para los inseparables amigos. Las conversaciones fueron largas y los planes para el fututo fueron muchos. Michael, Rosina, Nando y Gina acordaron casarse el mismo día de la primavera siguiente en la pequeña iglesia de Santa Barbara ubicada cerca de Campo de Fiori, en la eterna Roma, mientras Joe y Elisa habían hecho planes para casarse en cuanto la guerra terminara.

Joe observaba la felicidad de Michael, Rosina, Nando y Gina, una felicidad que se conjugaba con la suya y la de Elisa, pero la observaba sumido en un profundo silencio, ya que a él no le gustaban los planes, él vivía en el presente, el futuro era el hoy, lo había sido y lo continuaba siendo. Más de una vez durante el día Elisa le preguntó el porqué de su silencio y él, tomándola de la mano, le dirigía siempre esa tierna mirada que a ella le continuaba siendo devastadora.

A la mañana siguiente, a las 08 horas, Joe, Gianni y Nando volvieron a la base mientras Cesco, acompañado de Michael, llevó a Rosina a su casa a orillas del mar Adriático. Esa mañana Joe volvió a despedirse de Elisa con cara de preocupado, ya que ella debía viajar ese mismo día a una ciudad cercana a Florencia que estaba a punto de ser liberada por los británicos. Al despedirse, antes de abrazarla, volvió a decirle:

—Cuídate, la ciudad donde vas está cerca del frente. No quiero perderte.

AGOSTO/SEPTIEMBRE 1944

Durante los primeros días de agosto los ataques aéreos sobre la Línea Gótica, siguiendo el mismo patrón del pasado mes de julio, se multiplicaron, alcanzando un clímax de más de cuatrocientas salidas por día. La pérdidas en vidas eran altísimas, pero los alemanes y los fascistas no cedían. Los ataques Aliados tenían como objetivo el ablandamiento del frente en vísperas de la gran ofensiva conjunta prevista para la captura de la ciudad de Rimini a orillas del mar Adriático, que era considerada la puerta este de las llanuras de la Padania.

En la parte oeste, la prevista toma de Florencia por los británicos se dio el día 4 y los alemanes se retiraron a la Línea Gótica que corría un poco más al norte de la ciudad mientras el 25 de agosto el octavo ejército británico en el Adriático y el quinto ejército americano en los Apeninos, apoyados también por un importante número de soldados italianos cobeligerantes, iniciaron el ataque para desbordar las líneas de defensa alemana y capturar la ciudad de Rimini con una inmensa fuerza, con un poder de fuego nunca antes visto. Después de encarnizados combates a fines de la primera quincena de septiembre, por fin los Aliados llegaron a las afueras de la ciudad, dando inicio a la mayor batalla jamás librada en Italia, y una de las más cruciales de la guerra.

Rimini, una antigua ciudad etrusco-celta-romana fundada por los romanos en el año 248 a. C., donde en el año 359 d. C. un diabólico concilio entregó la iglesia cristiana a los herejes arrianos, donde en el 1300 el gran Dante Alighieri contó la inmortal tragedia de Francesca, y donde, en 1450, Segismundo Malatesta, conocido como el Lobo de Rimini, inició el famoso renacimiento italiano, volvía a ser historia. Los Aliados, después de la captura de Rimini, tenían previsto dividirse en dos grupos: los británicos debían seguir hasta Dalmacia, al este, para liberar los territorios italianos de esa región mientras los americanos debían tomar Bolonia y todo el norte de la Padania hasta llegar a los Alpes.

Joe y Michael casi no se veían en esos días, volaban misión tras misión hasta el cansancio, pero seguían adelante con una alta moral que se apoyaba sobre la esperanza de que esa gran ofensiva llevaría al término de la guerra en Italia.

La gran batalla por Rimini empezó el día 13 de septiembre, llegando a su apogeo el día 17 finalizando a finales de mes. La ciudad fue capturada después de cruentas batallas combatidas por más de 1,200,000 soldados, miles de aviones, cañones y tanques. Sobre la ciudad fueron disparados casi 1,500,000 proyectiles de cañón y fueron efectuadas más de once mil misiones de bombardeo y apoyo sin contar los proyectiles de gran calibre disparados desde la costa por los grandes barcos.

Las pérdidas globales, tan solo hasta el 21 de septiembre, ascendieron a más de cien mil soldados, incluidos soldados italianos y muchos civiles. Las pérdidas aliadas, hasta ese momento, eran más de cuarenta mil. La campaña italiana había cobrado ya más de ciento cincuenta mil víctimas, lo cual echaba al suelo las optimistas previsiones iniciales de Churchill y Roosevelt, hechas en agosto del pasado año.

OCTUBRE/NOVIEMBRE/DICIEMBRE 1944

Terminada la fase crítica de la gran ofensiva, a principios de octubre, en una fresca mañana otoñal, una vez más en la base de Foggia que estaba envuelta en una densa niebla, Joe y Michael, en compañía de Cesco, Gianni y Nando, sentados a orillas de la pista, observaban numerosos P38 que despegaban seguidos de bombarderos B25.

—Joe, ¿crees que esta ofensiva haya sido efectiva? ¿Crees que contribuirá al término de la campaña de Italia? Estoy cansado. Ni en el Pacífico vi algo así. Sé que durante la ofensiva sobre Rimini se lanzaron más proyectiles de cañón de los 1,200,000 disparados en el Alamein y de los quinientos mil disparados sobre Cassino en ocho meses.

—No creo que con esta ofensiva se termine, hermano. Rimini fue tomada, pero aún se combate en la Línea Gótica, la Línea no ha caído en su totalidad como se tenía previsto. Se dice que los alemanes están preparando una contraofensiva para detener a los americanos en Bolonia y a los británicos en las puertas del Véneto. Se derramará aún mucha sangre.

—Quiero que todo esto termine, he visto a Rosi sólo una vez desde que estuvimos en Positano.

—Yo también, Michael, estoy agotado. Y he visto a Elisa sólo dos veces, también en dos meses. Me preocupa, ella viaja al frente cada semana por su trabajo, el frente es peligroso.

—Lo sé. No te preocupes.

—No se quejen, yo no he podido ver a Gina ni una vez. Y para colmo la trasfirieron a un hospital cerca de Florencia —señaló Nando con tristeza.

Los entiendo. Y me preocupo por las tres. Pero en la guerra es mejor no tener novias. Mis únicas novias son mi avión y esta —bromeó Cesco, colocando su mano sobre una potente pistola Colt 45 en su cinto.

—¿Dónde está tu Beretta? ¿De dónde sacaste esta Colt? —preguntó Gianni observando la potente arma.

—Mi Beretta está en mi pierna. Y esta belleza la conseguí con mi amigo Mario.

—Qué bien, Cesco. Por qué no le dices a tu amigo que te consiga una cabeza nueva —aconsejó Nando en tono irónico.

Joe no se equivocó en su comentario. Poco después, los americanos fueron efectivamente detenidos en Bolonia, y los británicos, después de liberar las ciudades de Forlì, Rávena y Faenza, fueron detenidos también cerca del rio Senio, un poco más al norte de esas ciudades. La gran ofensiva Oliva, que a partir de octubre se convirtió en la batalla de los ríos, permitió liberar algunas ciudades, pero en línea general los Aliados no lograron profundizar en la Padania. La férrea resistencia alemana, los contraataques y el mal tiempo fueron determinantes en su contra y, además, los siempre malentendidos con los británicos jugaron también un papel fundamental. Estos, en su afán de querer ser siempre los primeros, cometían una gran cantidad de errores que a la postre resultaban fatales en costos de equipo y víctimas; como el desembarco que estos debían efectuar en Istría y Dalmacia que nunca se efectuó por hacerle caso al comunista mariscal Tito, quien odiaba a los italianos y quien constantemente solicitaba bombardeos sobre civiles indefensos en las ciudades de Pola, Fiume y Zara, en la península de la Dalmacia, en el Adriático norte.

Esas zonas, desde el medioevo, tenían una población prevalentemente italiana. En las guerras de independencia de Italia contra Austria habían quedado bajo el Imperio austrohúngaro, pero en la Primera Guerra Mundial fueron recuperados y anexados a Italia. Los británicos, al no efectuar el previsto desembarco en octubre en esas regiones, fueron los culpables de que Italia luego las perdiera, permitiendo al comunismo tener otras ventanas sobre el Adriático norte.

Durante noviembre y diciembre, Joe y Michael no tuvieron descanso alguno. Las misiones continuaban sin descanso y fue sólo en Navidad cuando pudieron disponer de tres días libres para ver a Elisa y Rosina, como así también Nando a su Gina, que llegaría un día antes de Navidad a la misma casa de Rosina. Elisa, una semana antes de Navidad, había viajado al pueblo de Rosina para disfrutar de unos días de descanso y esperar a Joe. Estaba cansada también, el ir y venir cerca de la línea del frente la había agotado y en su cara se apreciaba la fatiga, la tristeza y la soledad.

Faltando dos días para Navidad, en una fría pero soleada tarde, Elisa estaba sentada con Rosina sobre un bote recostado sobre la fría arena. Las dos contemplaban el mar y conversaban con la mirada fija en la línea del horizonte cuando oyeron el ruido del motor de un vehículo que se acercaba. Vieron detrás de ellas un jeep verde con Joe, Michael, Gianni, Cesco y Nando a bordo que con sus manos levantadas las saludaban efusivamente.

—Elisa, Rosina, estamos aquí —gritó primero Joe antes de confundirse en un tierno abrazo con Elisa, seguido de Michael, que hizo lo mismo con Rosina.

Todos entraron a la casa y, después de saludar a María y a Carmelo, se sentaron frente a la chimenea para calentarse. Carmelo, al ver que estaban muertos de frío, les trajo una botella de *grappa* y les dijo:

—Beban, hijos míos, van a resfriarse.

—No, no, Carmelo, yo no quiero beber esa gasolina de avión. Yo sólo quiero un vaso de vino —objetó Michael recordando la experiencia que tuvo en Positano con la *grappa*.

—Ya me contaron lo que te pasó. Aquí esta tu vaso de vino —respondió el buen Carmelo.

María salió de la cocina y anunció:

—Vamos a la mesa. Sé que vienen con hambre, les preparé una rica pasta al horno. Les va a encantar.

Después de comer, ya de noche, Cesco Gianni y Nando, con unos tragos de más, se quedaron dormidos frente al crepitante fuego de la chimenea mientras Joe y Elisa, seguidos de Michael y Rosina, salieron a caminar sobre la arena. Era una noche apacible y la luna surgía lenta del mar trazando una larga estela plateada desde el horizonte hasta la orilla. Joe y Elisa caminaron tomados de la mano, seguidos a corta distancia de Michael y Rosina, que contemplaban la serena calma, interrumpida sólo por el ruido de las pequeñas olas que caían sobre la fría superficie arenosa.

—Estás demasiado agobiada, Elisa. Te veo demacrada. Por favor, ya basta de viajes al frente, hay constantes contraataques alemanes, la situación se ha vuelto peligrosa.

—Sólo dos veces más. Sé de buena fuente que los alemanes están a punto de salir de Italia.

—No se irán. Falta la última ofensiva que se está preparando para primavera, aún falta mucha carne por cocinar.

—Amor mío, todo estará bien. Estoy segura que la guerra terminará pronto y nos casaremos.

Joe oyó con preocupación las últimas palabras de Elisa y no emitió respuesta alguna. Se detuvo, la miró a los ojos, se acercó y la besó en la frente antes que ella le ofreciera sus labios.

Siguieron caminando en silencio hasta que Michael dijo:

—Regresemos. El tiempo está cambiando y no precisamente para mejor.

Al llegar a la casa, Cesco, Gianni y Nando se habían retirado a una de las habitaciones de la espaciosa casa para seguir durmiendo y María y Carmelo dormían también.

—Michael, sígueme. Tú dormirás en una habitación con Joe y Elisa dormirá en la mía —dijo Rosina.

Joe se sentó en un cómodo sillón frente a la chimenea y al rato Elisa se recostó a su lado. Él la recibió en sus brazos y empezó a acariciarle el cabello mientras observaba el fuego que emanaba un esquicito olor a pino.

—Mira, esas llamas son como nuestro amor, cada vez se hacen más intensas.

—Nuestro amor empezó como una chispa y ahora es una llama ardiente que crece.

—Sube a dormir, luces cansada.

—Tengo sueño, pero quiero dormir en tus brazos.

Joe no respondió. A los pocos minutos ambos se quedaron dormidos mientras el fuego, con su crepitar, anunciaba que el tiempo estaba cambiando.

Pasada una hora, Michael y Rosina, que se habían quedado conversando en la habitación, regresaron a la sala y vierona

Joe y a Elisa durmiendo plácidamente abrazados. Michael tomó una frazada y la puso con delicadeza sobre ellos.

—Quieres mucho a Joe, ¿verdad? —preguntó Rosina acercándose a Michael al ver el cariñoso gesto.

—Sí, es el hermano que nunca tuve. Lo amo, es el verdadero amigo que todos quisieran tener. Dios lo bendiga.

A la mañana siguiente Carmelo, como costumbre de buen pescador, se levantó muy temprano para avivar el fuego y colocar leñas nuevas sobre las durmientes brasas. En la sala vió no sólo a Joe y Elisa durmiendo abrazados, Michael y Rosina dormían en el otro sillón. Preparó café y cuando se disponía a despertarlos sintió a María que lo tomó por el brazo y le dijo en voz baja:

—Déjalos, no los despiertes. Es el amor que duerme.

Quien también se levantó fue Nando. No había dormido en toda la noche, preocupado por Gina que tenía llegar ese día a una estación de tren cercana, procedente de una ciudad al sur de Florencia. Había despertado a Cesco a las 06 horas para pedirle la llave del Jeep para ir a la estación, pero cuando el sardo vio la hora, le dijo:

—Enano, desaparece de aquí. Gina llega a las doce. Déjame dormir.

Afuera el tiempo había cambiado. Un viento helado, procedente de los Balcanes, soplaba fuerte y el embravecido mar soltaba sus altas y ruidosas olas sobre la playa. Algunos pequeños botes que no habían sido bien amarrados yacían volcados sobre la arena y Gianni, que se había despertado por el ruido de las olas, se asomó a una ventana desde el segundo piso y al no ver el bote de Carmelo cerca de la playa gritó:

—¡Despiértense todos, hay una tormenta! ¡El bote de Carmelo no está!

Al oír el grito de Gianni, Joe y Michael se despertaron, alarmados también, pero Carmelo los tranquilizó.

—El bote esté fuera del agua, cerca de aquí.

Cesco se despertó de nuevo con el grito de Gianni y, saliendo de su habitación, gritó a todo pulmón:

—¡Es posible que yo no pueda dormir! Primero el Enano, ahora el Poeta…

A media mañana, haciendo desesperar a Nando, Cesco y él partieron para buscar a Gina. Ya sobre el Jeep, con el helado viento que los congelaba, Cesco le puso la mano sobre el hombro a su amigo.

—No sé qué voy a hacer sin ti cuando te cases. Sin Joe, sin Michael, y sin el Poeta. Tengo miedo de quedarme solo, hermano. Nosotros somos una familia, los amo a todos —dijo con tristeza.

—Te amamos también. Todos. No te preocupes, jamás te dejaremos solo. Tú tienes un corazón grande, muy grande, más grande que tu coraje —respondió compungido Nando después de pensar por unos segundos en la misma soledad a la que se refería su querido amigo.

Los dos días siguientes fueron como un oasis de paz para todos, fueron días de calma después de la tempestad donde se mezcló la alegría con la serenidad que produce la espera por la llegada del Niño Dios.

En Nochebuena, un día antes del regreso de los hombres de azul a la base, todos ellos en unión de Elisa, Gina, Rosina y sus padres fueron, cruzados de brazos, a la misma iglesia a la que habían asistido el pasado año para volver a escuchar los mismos canticos y las mismas suplicas por la paz. La ansiada paz que todos esperaban. Al finalizar la ceremonia, una vez más cruzados de brazos, regresaron a la casa sumidos en un profundo silencio y se fueron a dormir. Joe y Elisa una vez más se durmieron abrazados frente al relajante fuego de la chimenea que volvía a crepitar, anunciando otro cambio en el tiempo.

En paz me acuesto y en seguida me duermo,
pues Tu solo, señor, me das seguridad.

***

Al alba del día más bello del año, Joe se despertó por el chillido de las gaviotas que volaban sobre el agua. El tiempo había cambiado una vez más, el viento había cesado completamente, el frío era menos intenso y el mar parecía una balsa de aceite. Joe se levantó, preparo café y la cálida casa a los pocos minutos se llenó con el delicioso olor, haciendo que todos se despertaran, todos menos Cesco, que apareció poco después, sosteniendo entre sus brazos una caja de tortas navideñas, chocolates y dos cartones de cigarrillos que repartió, tal como había hecho Michael el mismo día de Navidad de un año antes.

—La situación general puede estar mal, pero el contrabando siempre va viento en popa, ¿verdad?

—Sí, Joe, mi amigo va a montar una tienda en Nápoles dentro de poco —respondió bromeando Cesco—. Enano, baja las otras cajas, vamos a repartirlas entre los vecinos. Es Navidad para ellos también.

—Bájalas tú. ¿Por qué siempre yo?

—Bájalas o le digo a todos que dormiste con Gina —le dijo Cesco en voz baja.

Joe se acercó a ellos.

—¿Cómo llegaron esas cajas aquí? Yo no vi nada en el Jeep.

—Las fui a buscar ayer, cuando ustedes aún dormían.

—¿Y si te hubiera visto el comandante?

—Joe, el comandante sí me vio y, apenas me preguntó qué hacía a esa hora en la base, yo puse en sus manos dos cajas de cigarros cubanos y le desee feliz Navidad.

—¿Y el qué dijo?

—Me deseó feliz Navidad también, y me dio un abrazo. Parece que estaba pensando en otra cosa.

—Cesco, tú siempre tan suertudo.

—La suerte me persigue y me seguirá persiguiendo.

—La suerte, Cesco, es la gracia de Dios.

—Amén, Joe, amén.

A finales de la tarde, llegó la hora de partir. Las caras eran tristes, se regresaba a la tormenta y afloraban las dudas sobre lo que podía pasar de ese momento en adelante.

—Quiero preguntarte algo antes de que te vayas. Vamos afuera —pidió Elisa a Joe.

—Dime, Elisa.

—Quiero preguntarte si tienes alguna noticia de la bomba.

—Se dice que ya los americanos la tienen, pero con toda seguridad no la lanzarán en Europa porque la guerra está a punto de terminar.

—¡No me digas que piensan lanzarla sobre Japón!

—Si los japoneses no se rinden, todo indica que la lanzarán sobre alguna ciudad japonesa. Las previsiones dicen que, de invadir Japón, se perderían alrededor de un millón de hombres.

—¡Eso sería un crimen! ¿Cómo es posible que la lancen sobre gente inocente? Qué horror. Ojalá que no sea así.

—Yo lo espero también, mi amor, pero recuerda que en la guerra se hacen estimaciones sobre las posibles pérdidas.

—No, Joe, no sobre gente inocente: niños, mujeres, ancianos —Elisa escondió la cara entre sus manos.

—Sería un atentado contra la humanidad, el inicio de una era de terror porque otros países la tendrán también —replico Joe antes de abrazarla y susurrarle al oído—: Cuídate. Y recuerda: no más viajes al norte hasta que se acabe la guerra.

—Sólo dos más, Joe. Y basta, no te preocupes, piensa que dentro de poco estaremos en Australia.

Ya sobre el Jeep, en la vía de regreso a la base, Cesco, al ver a Joe notablemente preocupado, le dijo:

—No te preocupes, Joe, todo va a estar bien. Es más, si estoy de licencia la próxima vez que Elisa viaje al norte, yo la acompaño de paisano, sin uniforme.

—Claro, Hércules, contigo como escolta seguro que nada le pasará.

Michael intervino.

—¿Hércules? No, Cesco es Superman.

—Ni Hércules ni Superman, Cesco es sólo un rompe pelotas —rebatió Nando y antes de que el sardo pudiera decir algo, agregó—: Pero es un amigo sincero.

Al día siguiente todos se reintegraron a sus labores. Michael ya estaba sobre su P38 listo para efectuar una misión de apoyo sobre un río cerca de Bolonia. Todo el norte seguía siendo un hervidero y las víctimas de la ofensiva iniciada en Rimini en el mes de septiembre ya casi eran doscientos mil entre militares y civiles. El grupo de Joe fue llamado también durante la semana para acciones de patrulla sobre el Adriático y para ataques sobre los alemanes, ya en retirada sobre el norte de Grecia y sobre la costa yugoslava. Elisa, por otro lado, se había quedado toda la última semana del mes con Rosina y con Gina para preparar la boda, que se efectuaría a finales de abril. Hubiera querido casarse el mismo día que sus dos amigas, pero sus obligaciones de trabajo se lo impedían y, además, como buena periodista, estaba siempre a la caza de nuevas noticias para telegrafiarlas al mundo entero.

ENERO/FEBRERO/MARZO 1945

Con la llegada del nuevo año, no cambió la rutina de Joe y Michael: misiones, misiones y más misiones. El primer día del año los amigos se felicitaron por radio, a bordo cada cuál de su respectivo avión, y al aterrizar se reunieron para celebrarlo en grupo en la cafetería de la base, con café, té, cigarrillos y tabacos. El espíritu de camaradería entre Aliados y cobeligerantes italianos para ese momento estaba más que consolidado con lazos de amistad conjugados con profesionalismo, valentía y entrega. Las banderas eran diferentes, pero el color de sus uniformes era el mismo, era el color azul del cielo, ese azul que unía a todos los caballeros del aire.

Para mitad de mes, los Aliados dieron por terminada la sanguinaria batalla de los ríos y a continuación con los cobeligerantes italianos y partisanos prepararon una gran ofensiva definitiva prevista para principios de abril que tenía como objetivo romper todas las líneas de defensa alemanas y fascistas para hacer que estos se rindieran.

En preparación para esa ofensiva, en los dos meses siguientes tanto la aviación como las fuerzas terrestres tenían que ser determinantes. La aviación debía martillar incesantemente todas las posiciones enemigas, ya cortas para ese entonces de suministros y pertrechos, mientras las fuerzas terrestres tenían la tarea de realizar profundos ataques para debilitar más las líneas de defensa alemanas. Para ese entonces, los comandos Aliados sabían que los alemanes, ocupados en frenar sus avances por el oeste y los de los rusos por el este, ya no tenían prácticamente ningún chance de defender con éxito el frente sur. La derrota estaba cerca y el fin de la guerra en Italia y en el resto de Europa ya no era una quimera.

ABRIL/MAYO 1945

Primera tarde de la primavera en la maravillosa ciudad eterna. Las golondrinas revolotean en grupos, inundando el bellísimo cielo azul. Joe, Elisa, Nando y Gina las observan, sentados en una mesa en una cafetería frente a la famosa plaza Venecia, abstraídos, pensando en el preludio del fin de la larga pesadilla llamada guerra. Saben que falta poco para el fin y sus rostros lucen alegres. Degustan unos aperitivos de la cocina romana y beben un fresco aperitivo a base de limón. Joe, por casualidad, justo en el momento en que levanta su vaso para beber, fija la vista sobre la ventana de un gran palacio ubicado a su derecha, se queda pensativo por unos segundos, y dice:

—En esa ventana empezó la guerra y ahora, aquí, cinco años después, espero que termine.

Desde esa ventana Mussolini, en junio de 1940, se asomó y después de un ferviente discurso nacionalista preguntó a la enardecida multitud que llenaba la plaza:

—¿Quieren la guerra?

—Sí, la queremos, Duce —la multitud respondió en coro.

Mussolini replicó:

—Entonces la tendrán.

Nando se volteó hacia la misma ventana.

—¿Te acuerdas, Joe? Estábamos allí, frente a la columna de Traiano. Tú, yo, Gianni, Cesco, Mauro, Nicola… todos estábamos aquí y también gritábamos, "Sí, la queremos". Solo tú te quedaste callado. Recuerdo lo que dijiste como si fuera ayer: "No me gusta la guerra, pero si la tengo que hacer la haré porque amo a mi país".

—Ese fue un error histórico, ese fue el principio del fin. De no haber entrado en guerra, ahora seríamos unos de los poderosos árbitros del mundo, tendríamos voz y voto; ahora tenemos sólo destrucción —respondió Joe con pesar—. Pero nos levantaremos, estoy seguro.

—Así será, amor mío, estoy seguro que así será —señaló Elisa con un semblante lleno de esperanza. Tengo noticias de que en no más de un mes acabará todo. En unos días se lanzará una gran ofensiva que empujará a los alemanes contra los Alpes. Tendrán que rendirse.

—Espero que luego se pueda concertar, porque Italia va a necesitar un gobierno de reconciliación nacional. Hay muchas facciones encontradas, espero que se respete a todos sin importar el credo.

—Hay que implementar una política de perdón —añadió Nando mirando el azul del cielo.

Elisa estaba bien enterada de los acontecimientos, de hecho había viajado al norte hacía una semana para entrevistar a un general británico, quien no la ilustró precisamente en detalles sobre la ofensiva, pero le dio a entender que el fin estaba ya a la vuelta de la esquina. Esperaba, ansiosa, el inicio de los ataques para viajar cerca del frente por última vez porque no se quería perder la anunciada victoria. Después, Joe pediría la baja y ambos se casarían para partir hacia su bello continente austral.

—¿A quién tienes que entrevistar en tu próximo viaje? —le preguntó Joe, intrigado, cambiando de tema.

—A un general americano del quinto ejército. Esa entrevista es muy importante para mí porque será la última de la campaña de Italia.

—¿En qué zona, Elisa?

—En un pueblo al norte de Bolonia, cerca de la orilla del río Po.

Joe se alarmó, tomó la mano de Elisa y dijo:

—Esa zona es muy peligrosa. Aunque está en manos de los Aliados, hay algunos pueblos aún en manos de los alemanes. Por favor, no vayas.

—No vayas, Elisa. Joe es un militar con experiencia, sabe lo que dice —aconsejó Gina, que hasta ese momento había estado oyendo la conversación con atención.

—No hay de qué preocuparse. Cada vez que viajo me asignan una escolta de dos soldados que nunca me dejan sola. Estaré bien, este es el momento que cada periodista espera —respondió ella dirigiendo una tierna sonrisa a Joe.

—Te pido sólo que no te expongas demasiado —asintió Joe, después de unos largos segundos de silencio.

Él sabía que Elisa era una profesional seria, respetuosa de sus obligaciones y a él no le gustaba imponerse sobre ella, respetaba sus opiniones y sus decisiones tanto como respetaba las propias.

—¿Habrán aterrizado ya Cesco y Gianni? —preguntó Nando como queriendo cambiar de tema al ver a su querido capitán tenso.

—Pienso que sí, son ya las 18 horas. Su misión era de un poco más de una hora —respondió Joe mirando el precioso reloj Omega de oro que le había regalado su difunto padre al obtener sus alas de piloto en el ya lejano 1938.

—Ese reloj nunca falla.

—Nunca, Nando. Siempre y cuando se le de cuerda. Me ha dado siempre la hora exacta y se la seguirá dando a mis hijos y a mis nietos después de que yo parta hacia mi última misión.

Poco tiempo después, las dos parejas se levantaron y, con los brazos entrelazados, recorrieron las estrechas calles que conducían a la bellísima Fontana de Trevi, donde arrojaron unas monedas para que, según la leyenda, regresaran una vez más a la ciudad. Elisa no arrojó la suya, Joe lo hizo por ella. Luego caminaron hasta un hotel cercano a la estación de tren donde pernoctaron, ya que a la mañana siguiente Elisa y Gina debían regresar a Nápoles mientras Joe y Nando tenían que madrugar pararegresar a la base.

En la madrugada, antes de salir de la habitación, Joe, en su apuro para no perder el tren, no quiso despertar a Elisa. Le dio un beso en la frente y le dejó una nota sobre la mesa de noche: <*Amore mio*, te amo. Nos vemos en quince días, a las 16 horas, frente a la Fontana de Trevi. Mismo lugar. Tú y yo y la *fontana*.>

En el camino de regreso a la base, Nando emanaba una felicidad incalculable. Se casaría en pocos días y pensaba en irse con Joe para Australia. Ya lo había hablado también con su inseparable amigo Cesco y este contestó:

—Hermano, donde vayan tú y Joe, yo iré.

El único que pensaba quedarse en Italia por motivos familiares era Gianni, quien además quería entrar en la universidad para continuar con sus estudios de filosofía y letras, su gran pasión.

—¿Cómo vamos a hacer con Michael? Él se va para su país —manifestó Nando antes de entrar a la base.

—No sé. Con Cesco es distinto, no puede vivir sin nosotros, somos una familia para él. En cuanto a Michael, veremos. Aunque tengamos que separarnos, lo importante es mantenernos siempre unidos. Recuerda que la distancia aviva aún más los sentimientos —respondió Joe, que nunca hacia planes, se los dejaba siempre a Dios.

***

Una semana después, exactamente el día 9, empezó por fin la esperada gran ofensiva, llamada Metralla, que se desencadenó con la velocidad propia de su nombre. La ofensiva penetró totalmente en el frente alemán y ocupó en pocos días toda la Padania hasta las estribaciones de los Alpes.

Mussolini, por su parte, que antes de empezar la ofensiva se había rehusado a huir a Portugal, intentó llegar a Suiza para refugiarse, pero en el camino fue detenido y capturado por partisanos comunistas que lo ejecutaron poco después, en circunstancias completamente extrañas, faltando dos días para terminar el mes. Los alemanes, arrollados por la ofensiva, sin más oportunidades de defenderse y desmoralizados, se rindieron finalmente el día 2 de mayo, cuando finalmente se dio por concluida la campaña de Italia que hasta ese momento había producido más de trecientas mil víctimas.

Cuando empezó la ofensiva, tanto el grupo de Joe como el de Michael se vieron envueltos en una serie de misiones de ataque contra objetivos puntuales alemanes, hasta que el día 19 bajaron considerablemente las llamadas operativas porque ya los frentes estaban consolidados. Ese mismo día 19, a finales de la tarde, Joe, Gianni y Nando regresaban de una misión de reconocimiento y vieron frente a ellos unos negros nubarrones provenientes del sur que presagiaban tormenta. Con la pista de la base a la vista, aceleraron sus Veltros para aterrizar antes de que el mal tiempo llegara.

Joe, por estar de primero en la línea, aterrizó antes y al iniciar el carreteo hacia su hangar, vio que Cesco y Michael lo esperaban frente al área de parqueo, bajo una pertinaz lluvia que se acababa de desatar; parecía que se hubieran roto las ánforas del cielo. Joe casi no podía ver por la fuerza de las grandes gotas que caían como metralla sobre los cristales de su cabina. Al acercarse más, le llamó poderosamente la atención que tanto Cesco como Michael no lo saludaban con sus manos en alto, como de costumbre, y se puso tenso y pensó que algo podía haber pasado. Una vez en el suelo apresuradamente se dirigió hacia ellos y cuando estuvo a pocos pasos vio a Cesco llorando con los brazos abiertos, como queriéndolo abrazar. Michael cayó de rodillas. Los dos querían hablar, pero el llanto se los impedía.

—Hermanos, ¿qué pasa? ¿Por qué no hablan? —preguntó Joe acercándose más a Cesco que lloraba desconsolado.

Cesco lo abrazó con toda su fuerza, pero se mantuvo mudo.

—Joe, hermano mío, tienes que ser muy fuerte —le dijo Michael levantándose y apoyando las manos sobre su cabello completamente mojado.

—Michael. ¿Qué pasa? Dime, por favor háblame.

—Elisa nos dejó —alcanzó a replicar Michael entre sollozos.

—¿Qué dices, Michael? —preguntó Joe con desesperación y Cesco lo apretó aún más fuerte.

—Ella murió, Joe. Está ya con Dios.

Joe cayó de rodillas y bajo la cabeza sin pronunciar palabra alguna.

Cesco y Michael se arrodillaron a su lado, llorando, mirando al cielo como pidiendo explicación por otra víctima inocente.

Al poco rato llegaron Gianni y Nando, que acababan de aterrizar, y al ver a los tres amigos arrodillados corrieron a preguntar qué había pasado.

—Elisa, Elisa… —repitió Michael sin darles tiempo ni siquiera de preguntar.

Los dos entendieron inmediatamente y quedaron sumidos también en un profundo silencio con los ojos llenos de lágrimas.

Elisa había viajado, dos días antes, a un pueblo ubicado al norte de la ciudad de Parma, que estaba ya bajo control aliado, para entrevistar al general americano. La entrevista había sido un éxito y, cuando ella regresaba, contenta, en un Jeep, acompañada de dos soldados, el vehículo se detuvo para dar paso a un tanque Sherman que estaba cruzando la carretera. Apenas el tanque cruzó, el soldado que estaba en la torreta se volteó para saludarla. Ella levantó el brazo para regresarle el saludo y en ese momento el tanque recibió el impacto directo de un proyectil disparado por un cañón alemán desde una colina cercana. El tanque estalló en llamas y la onda explosiva arrolló completamente al pequeño Jeep. Elisa y los dos ocupantes murieron en el acto, quedando sus cuerpos irreconocibles. Ella pudo ser identificada sólo por sus documentos, los llevaba en el bolso que colgaba de su hombro. En ese mismo bolso tenía un pequeño papel escrito a mano con los datos de Joe. Así que, desde la morgue, dos días después, radiaron a la base de Joe la información de su muerte y, como Joe estaba volando esa tarde, fue a Cesco a quien informaron de lo ocurrido.

Joe asumió con resignación y estoicismo la muerte de Elisa, pero en su corazón guardaba una profunda tristeza. Por más de un mes todas las mañanas se le veía en la cabecera de la pista hablando con su amigo el viento. Michael y Nando habían suspendido sus bodas a la espera de que su querido amigo se recuperara y en todo momento estaban cerca para darle ánimo.

Una cálida tarde a finales del quinto mes del año, Joe estaba sentado sobre el ala de su avión leyendo una pequeña Biblia cuando Michael se le acercó, y se llevó la mano a la sien en señal de saludo.

—Hermano, me informaron hoy que el cuerpo de Elisa va en camino para Australia junto con otros cuerpos de soldados australianos. Pronto su padre le podrá dar cristiana sepultura.

—Gracias —respondió Joe—. ¿Sabes, Michael? Los primeros días fueron muy duros. No podía creer que ella había muerto, cuando cerraba los ojos pensaba que estaba de viaje.

—Lo sé, Joe, fue muy duro. Para todos nosotros también. Pero así es la vida.

—Sólo estamos de paso por este mundo, pero la muerte no es el final, es sólo el principio de la vida eterna.

—Así es. Dios es el único dueño de nuestras vidas —Michael hizo una pausa—. Mi grupo será desmantelado, me asignarán en el mes de octubre a una base en el norte de Italia para efectuar la transición de nuevos aviones para tu fuerza aérea. En cuanto se termine esa transición, seguramente regresaré a mi país.

—Lo suponía. A nosotros nos trasladan al norte también. Ahora los enemigos son otros; hay que cuidar las fronteras del este.

—Sí, no se cuidan, dentro de poco toda Europa será una peste roja.

—Cambiando de tema, nos casamos en julio. Rosina está consternada por lo de Elisa. En realidad, todo los estamos. Por eso, junto con Nando y Gina, decidimos que la boda será la última semana de julio, pero será sólo religiosa, no estamos de ánimo para celebrar.

—Me alegro mucho, hermano. Tu felicidad es mía también.

La guerra en Italia había terminado, pero la situación era critica. El país estaba en ruinas y se trataba por todos los medios de reconstruir las instituciones del estado utilizando inclusive muchas leyes del fascismo. Salvo algunos casos de violencia, la normalidad y la paz estaban regresando y las fuerzas del estado tomaban rápidamente control del país. Se trabajaba, además, en lo que debía de ser un gran llamado a elecciones libres para los miembros del nuevo gobierno y para decidir si se seguía con la monarquía o si se cambiaba a república.

JUNIO 1945

Joe y sus tres inseparables amigos, acompañados ahora por Michael, se disponían a cumplir la promesa hecha a finales de febrero de 1943, en Florencia, de encontrarse en la pintoresca área romana de Trastevere para celebrar que seguían vivos y comerse los famosos espaguetis a la *matriciana*. En aquel momento, además, tenían otro motivo para celebrar, quizás el más importante: el término de la guerra.

—Una mesa para ocho, por favor —pidió Joe al primer camarero que le salió al paso entrando a la *trattoria* previamente escogida. Una vez sentados, dijo—: Traiga una botella de vino Frascati y ocho copas.

El diligente camarero llegó con la botella de vino, colocó las copas en la mesa y se dispuso a servirlo, pero, después de servir la quinta copa, se acercó a Joe y le preguntó:

—Capitán, disculpe, ¿están esperando a tres personas más?

—No, somos sólo cinco. Los tres que faltan deberían haber estado aquí hoy, pero partieron antes.

El camarero dudó por unos segundos, pero luego entendió inmediatamente y repuso:

—Entiendo, capitán. Lo siento mucho.

En la mesa se produjo un profundo silencio. Las mentes de Joe, Cesco, Gianni y Nando se pasearon por algunos de los tantos momentos vividos junto a Mauro, Nicola y Salvatore. Después de unos minutos de recogimiento, Joe alzó su copa y exclamó:

—Hermanos, por los que ya no están; los nuestros y los tuyos también, Michael. Y por nosotros.

Brindaron.

Ordenaron los suculentos platos y los degustaron con entera satisfacción a la vez que la mesa se inundaba de conversaciones y recuerdos de un sin número de situaciones vividas hasta que, finalizando la cena, Cesco empezó a hablar de los últimos acontecimientos que se habían dado.

—Joe, ¿crees que Mussolini fue fusilado? Porque eso se lo cree sólo quien lo dijo.

—No creo. Todo fue muy extraño. Él cometió errores, como los cometemos todos, pero no merecía una muerte así. Fue un hombre que hizo mucho por su país, mucho más que otros en otros países. Además, amaba profundamente a su pueblo. En cuanto a cómo murió, será siempre un misterio.

—Tendría que haberse escapado antes —comentó Gianni.

Cesco agregó:

—Gianni, él no era un cobarde.

—Definitivamente no era un cobarde. Me dijo un amigo que fue miembro de su guardia personal, que antes de la ofensiva final Churchill le ofreció mandarle un avión para llevarlo a Portugal, ¿y saben qué respondió? "Si en el avión caben también los diez mil que hasta ahora me han sido fieles aquí, entonces partiré" —dijo Joe.

—Yo supe que con anterioridad había un plan para llevarlo a las costas de Calabria en un mini submarino de la marina para que escapara y él se rehusó, diciendo, "La historia me absolverá. Mi único pecado fue que traté de hacer siempre lo mejor para mi país".

—Yo también oí eso. Definitivamente no era un cobarde. Es más, él era muy amigo de Churchill, parece que se intercambiaban cartas desde hace mucho tiempo —señaló Michael, que disponía de fuentes confiables dentro de su comando.

—Evidentemente la orden para matarlo vino de otro lugar —añadió Joe dirigiéndose a Cesco.

—Allí es a donde quería llegar. ¿Y de dónde creen que vino la orden? —preguntó Cesco, señalando el color rojo del encendedor que tenía en su mano—. Muy fácil, amigos, muy fácil de adivinar.

—Fueron los que tiran siempre las piedras y luego esconden las manos. Los rojos, los rojitos —señaló Nando con ironía.

JULIO 1945
ROMA

La pequeña iglesia de Santa Barbara, cerca de la bella plaza de Campo de Fiori, estaba adornada con cinco ramos de grandes rosas rojas que expedían un delicioso olor y contrastaban con el color blanco nieve de los vestidos de las dos jóvenes novias y el azul de los uniformes de los presentes. Rosina y Gina habían entrado a cada lado de Joe, que era el padrino de ambas, seguidos de Cesco y Gianni mientras Michael y Nando entraron luego para recibir a sus futuras esposas.

La ceremonia fue rápida y sencilla, pero llena de profundas emociones entre las promesas de amor eterno, la alegría y algunas lágrimas especialmente en los ojos de los padres de Rosina.

—¿Te pasa algo, Joe? —preguntó Cesco al ver que Joe estaba como abstraído, observando un bellísimo fresco de la Virgen Mártir detrás del altar, tras el término de la ceremonia.

—No, no me pasa nada. Es sólo que sentí que Santa Barbara me quería decir algo. Fue extraño, al mirar sus ojos me sentí trasportado al futuro. Nunca olvidaré este momento y nunca olvidaré su bello rostro.

Una vez afuera, los nuevos esposos recibieron una granizada de confetis lanzadas por Cesco y Gianni como señal de buenos augurios y se subieron a un bello Alfa Romeo descapotado para luego alejarse por una estrecha calle y dirigirse hacia el sur, hacia la bella ciudad de Amalfi y su bella costa.

—Tú, ven acá. ¿De dónde sacaste ese convertible? —preguntó Joe tomando por el brazo a Cesco, que ya estaba acostumbrado a ese tipo de preguntas.

—Es mi regalo de bodas. Mario me lo rentó por unos días.

—¡No me digas que ese napolitano opera ahora también en Roma!

—Opera en toda Italia —respondió el sardo muerto de la risa mientras caminaban por una calle que conducía a la famosa Piazza Navona.

—¿Sabes, Joe? No sé cómo voy a hacer ahora sin la guerra, esto de hacer el turista me aburre. Necesito mi avión, necesito al Enano, necesito a Michael.

—Si necesitas la guerra, entonces enrólate en la fuerza aérea americana para que te manden al Pacífico —señaló Gianni y tomó una foto.

—Cesco, si sólo hace dos días, con una Biblia en la mano, me dijiste que por fin estabas respirando paz —añadió Joe.

—Es que estoy aburrido.

—Entonces consíguete una mujer y haz la guerra con ella. En cuanto al Enano, volverá pronto —agregó Gianni con su cámara fotográfica en la mano.

Esa serena tarde romana trascurrió lenta para los tres amigos que, acostumbrados a las ansiedades y preocupaciones de la guerra, se sentían como peces fuera del agua.

Para ellos y para muchos excombatientes tuvo que pasar mucho tiempo para que volvieran a integrarse a la normalidad de una vida en la paz. Para los que seguían en las fuerzas armadas, la integración fue más fácil, pero, desafortunadamente, para los centenares de miles de prisioneros que regresaban de la guerra y para los excombatientes que regresaban a sus casas la reintegración a la vida cotidiana fue muy dura. En todo el mundo, no sólo en Italia, esos pobres soldados de las patrias que regresaban fueron expuestos a interrogatorios, a malos tratos, a falta de consideración, a falta de reconocimiento. Esos héroes silenciosos que lucharon por sus creencias ahora ya no eran útiles, eran un estorbo, eran el fruto de la falacia de los gobernantes que primero los usaron y luego los abandonaron. Esos héroes de todo el mundo, italianos, americanos, británicos, alemanes, rusos, japoneses, franceses y de muchas otras naciones, esos excombatientes, esos prisioneros de guerra, esos desplazados deberían haber sido tratados con el máximo respeto por los viles gobernantes de toda las naciones que los mandaron a una lucha sin cuartel que generó millones de víctimas, además de exacerbar los odios entre hermanos. Las guerras, como decía Joe, deberían ser combatidas por los políticos y por quienes las declaran porque, si estos tuvieran que ir al frente, ninguna guerra se combatiría.

> *Las guerras son masacres de hombres que no se conocen para provecho de otros que sí se conocen pero no se masacran.*
> Paul Valery

AGOSTO 1945
ROMA

La obra maestra de la injusticia es parecer justo sin serlo.

Platón

Mientras en Europa la guerra había acabado, en el Pacífico se seguía combatiendo ferozmente. Los americanos estaban casi a las puertas de Tokio, pero los determinados japoneses no se rundían, así que, para acelerar la rendición, el día 6 de agosto el nuevo presidente americano Truman ordenó como única opción viable el lanzamiento de la primera bomba atómica sobre la indefensa ciudad de Hiroshima. La bomba fue lanzada a las 08 horas y poco después de la detonación el hongo de la explosión alcanzo los quince mil metros de altura, vaporizando inmediatamente a más de ochenta mil personas, la mayoría civiles: ancianos, mujeres y niños.

Desafortunadamente, el lanzamiento de esa primera bomba y la destrucción de la ciudad no hizo que los japoneses se rindieran y tres días después, el día 9, fue lanzada otra bomba aún más potente sobre la ciudad de Nagasaki, que produjo la muerte inmediata de otras setenta y cinco mil personas. En tres días se había consumado el mayor crimen en masa jamás cometido: ningún tipo de moralidad podía sostener un crimen semejante. Las dos bombas fueron lanzadas sobre civiles que no tenían nada que ver con la guerra.

Para el inescrupuloso presidente Truman, los lanzamientos fueron la única alternativa para que los japonese se rindieran porque, al asumir la responsabilidad del aberrante hecho, manifestó que, de haberse invadido Japón, el costo en vida hubiera sido muy alto, o sea, el fin justificó los medios, como decía el pragmático Macchiavello.

Paradójicamente, en el año 1946, cuando fueron juzgados y ajusticiados muchos criminales de guerra alemanes y japoneses, faltaron en la lista algunos que ni siquiera fueron juzgados en ausencia. Entre otros faltaban el mismo Truman y Stalin, el mayor asesino de toda la historia.

Esta fue la justicia de los vencedores: la perversa justicia de los americanos, británicos y rusos. "Justicia ciega y falsa", como decían los antiguos griegos y romanos.

El viernes 11 de agosto, Michael, Rosina, Nando y Gina regresaron de sus cortaslunas de miel. Su alegría era incalculable, eran inmensamente felices, pero su regreso coincidió con el lanzamientos de las bombas atómicas sobre las dos ciudades japonesas. Michael era todo un patriota, había deseado que la guerra terminara, pero no de esa forma. Estaba consternado, como hombre de profundas creencias religiosas sentía una inmensa vergüenza, como así también la mayoría de los pilotos americanos que estaban en la base con Joe. Su país había lanzado esas horribles nuevas bombas sobre inocentes civiles indefensos y para él, al igual que para Joe, en su código de honor no existía siquiera la remota posibilidad de hacerles daño a personas desarmadas y menos a ancianos, mujeres y niños.

Dos días después de su regreso, Michael, ya en la base tomando el acostumbrado café mañanero con Joe y sus amigos, repetía sin cesar:

—Lo siento. Lo siento, amigos.

—Michael, no te culpes. Somos soldados, obedecemos órdenes —señaló Joe poniéndole la mano en el hombro.

—¡Qué vergüenza! Esto es una pesadilla, esto no debió de haber pasado. Conozco al piloto que lanzó la segunda bomba, ¿cómo se debe sentir el pobre? Qué horrible.

—Michael, no es tu culpa. Todos sabemos de qué pasta estás hecho tú —recalcó Cesco también totalmente apesadumbrado.

—Se inició una nueva era, una era de horror. Lo que hablamos hace poco se cumplió. Hoy el mundo está de luto. Vamos a la capilla a rezar y a pedir perdón —sentenció Joe levantándose de su silla.

—Hasta yo quiero rezar hoy. *Necesito* rezar —señaló Cesco—. He matado, Dios me perdone, pero jamás mataría a alguien desarmado. Jamás he disparado sobre civiles y jamás lo haré, aunque me maten. Matar a inocentes es una vergüenza mayúscula.

*No hay bandera lo suficientemente larga para cubrir
la vergüenza de matar gente inocente.*
Howard Linn

Minutos después estaban ya los cinco en la capilla de la base, arrodillados frente a una cruz con las cabezas bajas, las manos levantadas y los ojos cerrados, rezando en voz baja. Estuvieron arrodillados por casi una hora. Cuando se levantaron para sentarse, voltearon y vieron la capilla completamente llena de oficiales y clases que rezaban, también sumergidos en un profundo silencio.

—Joe, quiero que leas lo que escribiste delante de todos —pidió Michael tomando por el brazo a Joe antes de hacer señal a todos los presentes para que escucharan lo que su querido amigo había escrito.

—Claro —y tomó la palabra—. Hermanos, a partir de hoy, debemos hacernos esta pregunta: ¿qué haremos con este mundo? Construir un mundo mejor o uno peor depende sólo de nosotros, depende únicamente de lo que los hombres determinemos. Dios nos da los medios, pero somos nosotros los que tomamos las decisiones. Dios quiere que hagamos un mundo de amor, un mundo de paz, un mundo de justicia y pureza, pero los hombres nos empeñamos en nuestra siembra de odio, de violencia y de maldad.

"Todo lo que ha pasado en estos largos años de guerra ha sido horrible y lo que ha pasado en estos días ha sido mucho peor. Se recordará siempre en los anales de la historia como un día nefasto, aquel cuando el hombre abrió sus labios para ordenar que el infernal artefacto creado por el mismo hombre desatara su furia asesina sobre una indefensa población y tres días después, no contento, volvió a abrir sus labios para que otro artefacto volviera a sembrar de muerte otra población inocente y ahora nos llena de espanto pensar que otros artefactos están allí y otros lo estarán también esperando que el hombre vuelva a ordenar que la diabólica fuerza destructora se desate no sobre una ciudad, sino sobre toda la humanidad y al fin arrase con todo vestigio de civilización.

"Después de esta macabra catástrofe, aquellos que en este mundo amamos la paz y deseamos un mundo regido por el amor, y no por el odio, tenemos que enfrentarnos a la ingente y agotadora tarea de crear la buena voluntad entre todos los que nos rodean. Si nuestro esfuerzo resulta demasiado pequeño para una labor tan gigantesca, no importa, no nos detengamos, sigamos siempre adelante. Seamos pacificadores. Sembremos a partir de hoy la semilla de la paz, del amor y de la buena voluntad. Hagamos todo lo que esté a nuestro alcance para ser pacificadores: desde una sencilla palabra que dicha en el momento oportuno puede cambiar el curso de toda una vida hasta un gran gesto. No nos hagamos cómplices de odios con nuestro silencio cobarde, no seamos cobardes para luchar contra todo lo malo, contra las injusticias y contra todo lo que vaya en contra de la humanidad porque, si este mundo ha de ser un mundo mejor, lo será no porque unos lo dispongan, sino porque todos nos demos a la tarea de realizarlo".

Los presentes oyeron las palabras de Joe mirando al suelo, sumidos en una profunda culpa. Las palabras de Joe eran muy duras, pero eran la verdad. El hombre ha sido quien ha buscado siempre su propia destrucción. La historia ha sido escrita por los hombres, por sus actuaciones dentro de la historia misma, por sus avenencias, por sus desavenencias, por sus buenas acciones, por sus malas acciones, por su amor, por su odio y Dios ha sido siempre testigo de todo con Su divina voluntad. Esa divina voluntad con la cual está siempre listo y dispuesto a ofrecernos la salvación siempre y cuando reconozcamos nuestros pecados y le pidamos perdón.

> *Escucharé lo que hablará Jehová Dios;*
> *Porque hablará paz a su pueblo y a sus santos,*
> *Para que no se vuelvan a la locura.*
> *Ciertamente cercana está su salvación a los que le temen,*
> *Para que habite la gloria en nuestra tierra.*
> *La misericordia y la verdad se encontraron;*
> *La justicia y la paz se besaron.*
> *La verdad brotará de la tierra,*
> *Y la justicia mirará desde los cielos.*
> *Jehová dará también el bien,*
> *Y nuestra tierra dará su fruto.*
> *La justicia irá delante de él,*
> *Y sus pasos nos pondrá por camino.*
> Salmo 85 : 8-13

OCTUBRE 1945

Con la llegada del otoño, el grupo de Joe es destacado en el norte de Italia, en una base cerca de Venecia. Paulatinamente su grupo es equipado con los poderosos Mustang y los vetustos pero eficaces P47 Thunderbolt. Los excelentes Veltros son mantenidos en línea y, junto a los cazas, cedidos por la fuerza aérea americana conforman, para la época, una aceptable línea de vuelo para la nueva fuerza aérea que se forma. La guerra apenas ha terminado y ya se asiste a una nueva escalada de tensión que puede desembocar en una guerra con la Yugoslavia del mariscal Tito por la reivindicación de los territorios italianos de Istría y Dalmacia ocupados por las tropas yugoslavas. Para evitar la guerra tiene que intervenir el Consejo Supremo de las Naciones Unidas, destacando tropas en las zonas desmilitarizadas de la frontera entre los dos países.

Ya en su nueva base, Joe y sus amigos, en una fría y húmeda mañana, en compañía de Michael, conversaban al borde de la pista, observando los nuevos aviones agregados a la línea operativa del grupo.

—La guerra terminó hace sólo unos pocos meses y ya estamos preparándonos para otra. De verdad que los hombres nunca aprenden —comentó Joe, preocupado, en medio de la conversación.

—Entiendo. Pero esta vez, sin lugar a dudas, la razón es nuestra: esos territorios son nuestros —afirmó Cesco secamente.

—Cesco, los yugoslavos han de decir lo mismo.

—Joe, *son* nuestros. Bastante sangre costó cuando se recuperaron en la Primera Guerra Mundial. Nuestros socios británicos tienen la culpa por no haberlos ocupado como estaba previsto en los términos del armisticio antes que terminara la guerra porque siempre nos han odiado.

—Italia acaba de iniciar la reconstrucción; hay que concertar, negociar, agotar todos los esfuerzos.

—Lo siento, pero con los comunistas se puede concertar sólo con esto —rebatió Cesco colocando una vez más, como usualmente hacía, la mano sobre su pistola.

—Lo que dice Joe es verdad, hay que concertar. Italia y Yugoslavia son vecinos y los vecinos deben mantener buenas relaciones, no se puede vivir al lado de un vecino con un cuchillo entre los dientes. Una guerra engendraría sólo odio y más odio.

—Está bien, Michael. Espero entonces que se llegue a un entendimiento, pero yo estaré listo, tengo deudas que cobrar en Yugoslavia por todo lo que hicieron los seguidores de Tito en esas zonas hace unos meses.

—Cesco, basta ya. Olvida la guerra, estamos en paz y la paz necesita hombres honestos y justos como tú —le pidió Nando.

—Está bien, Enano. ¿Será entonces que debo entrar en la política?

—No, no, no, no, no. ¿Tú con políticos, Cesco? Claro que no. Terminarías matándolos a todos —comentó el Poeta, soltando una gran carcajada, y se levantó para encender un cigarrillo.

Pasados unos minutos, Michael, con cara triste, se levantó y se dirigió a todos.

—Hermanos, escuchen, tengo algo que decirles. Lo que les anuncié hace unos meses está por suceder.

—Habla claro. ¿Será que Rosina está esperando un bebé? Aaaaaaah, Michael, tenía tiempo que no habías visto a una mujer, ¿verdad?

—No bromees, Cesco, no se trata de un bebé —Michael suspiró—. Hermanos, me mandan de vuelta a mi país en cuanto termine la conversión de los pilotos con los nuevos aviones. O sea, en poco más de un mes.

Las caras de los cuatro amigos se tornaron tristes, se quedaron en silencio hasta que Joe habló.

—¿No hay vuelta atrás? ¿Estás seguro que es definitivo?

—Sí, Joe, ya lo intenté: nada que hacer. Por tanto, necesito reunirme con ustedes. Me gustaría que tomaran muy en serio la opción de ir a vivir a mi país. Yo los ayudaría en todo, ustedes escogerían si iniciar alguna actividad comercial o convertirse en pilotos comerciales. En mi país se necesitan pilotos experimentados… y está demás decirles que tanto para mí como para Rosi sería muy duro dejarlos.

—Para nosotros sería muy duro también verlos partir. Vamos a conversar y evaluar las posibilidades —respondió comedidamente Joe, dirigiendo la mirada sobre Cesco, Gianni y Nando.

—Esto será un duro golpe para Gina también, ella se ha integrado muy bien con Rosina.

—Lo sé, Nando. Será un duro golpe para todos.

Los cinco amigos lucían preocupados. Hasta ese momento no habían pensado realmente en la posibilidad de separarse. Lo habían previsto, pero no tocaban el tema porque temían que esa posibilidad se acercara, y ese día lo que tanto temían estaba ya por suceder.

DICIEMBRE 1945

Una fría aguanieve caía copiosa sobre la ciudad de Génova mientras centenares de soldados y oficiales esperaban ser embarcados en el gran trasatlántico fondeado en el muelle principal del puerto para salir con destino a los Estados Unidos. Entre los que esperaban estaban Michael y Rosina rodeados de sus queridos amigos.

Joe, Cesco y Nando habían decidido irse con Michael para intentar la aventura americana, pero al solicitar la baja esta no les fue concedida porque la nueva aeronáutica militar italiana que estaba por nacer en el próximo junio los necesitaba aún. Sus líneas estaban cortas de pilotos y se necesitaban a los de experiencia para formar los nuevos cuadros. Michael sabía que sus amigos lo habían intentado y regresaba a su país con la esperanza de volverlos a ver en un futuro próximo. Cuando llegó la hora de embarcarse, luego de sonar la sirena del gran barco que anunciaban el embarque, ninguno quiso ser el primero en despedirse. Se habían abrazado ya varias veces, pero todos seguían en la rada como queriendo alargar el tiempo hasta que, cuando volvió a sonar la sirena de llamado, Cesco, con los ojos llenos de lágrimas, se adelantó y abrazó a Michael y a Rosina.

—Hora de partir. Les deseo un feliz viaje. Por favor, cuídense mucho y recuerden que me prometieron que su segundo hijo se llamaría como yo: Francesco o Francesca.

—El primero se llamará Joe y el segundo como tú, será un honor. Pero dime, ¿por qué lloras? Nos vamos a ver pronto, si Dios quiere.

—Lloro porque los amo —respondió Cesco alejándose rápidamente para que no lo vieran llorar.

A Cesco le siguieron Gianni, Nando y Gina, quienes, llorando, también abrazaron y le desearon lo mejor a los que partían. Joe quedó al último como a propósito.

—Michael, hermano, no sé qué decirte. En momentos así no hay palabras por más que se busquen, sólo puedo decirte que te amo —miró también a Rosina—, los amo. Sólo puedo decirte que desde el primer momento en que te vi en ese avión, sentí que eras el hermano que perdí y que Dios me estaba regresando.

—Soy tu hermano, Joe, el hermano que perdiste —Michael estalló en llanto y abrazó a Joe mientras el aguanieve que se había convertido en nieve abundante los cubría, bendiciéndolos.

Aprecia al amigo que te tiene en su agenda para recordarte, pero aprecia mucho más al amigo que no necesita de una agenda para no olvidarte.
El autor

Días después, el espíritu de la Navidad alumbró la tristeza de Joe con la llegada de su hermano Saverio quien, después de un largo cautiverio con muchos sufrimientos y un largo viaje, regresó a casa. El hermano de Joe, después de haber sido aprisionado en Túnez a finales de 1942, había sido internado en un campo de trabajo en la lejana Sudáfrica. La cruel guerra devolvía a otro valeroso combatiente, esta vez afortunadamente vivo, mientras otros jamás pudieron volver a ver a sus familiares bien sea porque habían muerto o porque no fueron liberados, tal como ocurrió con el otro hermano de Joe, desaparecido en Rusia, del cual aún no se sabía nada.

Ese año la Navidad trascurrió serena y tranquila. Joe, después de un largo viaje desde el norte, pudo por fin pasar la Nochebuena con su familia. Su amado padre ya no estaba, pero pudo sentir el amor de todos sus hermanos. Nando con su joven esposa, Gina, había viajado con él mientras Cesco y Gianni viajaron a ver a sus padres también. Joe y Nando se sentían extraños en su propio pueblo. La última vez que habían visitado a su familia había sido en plena guerra, cuando estuvieron destacados en el cercano aeropuerto de campaña que fue cerrado poco después de la invasión a Sicilia, y la última Navidad al lado de los suyos databa del lejano 1939.

Un día antes de finalizar el año, en una fría y lluviosa mañana, Joe y Nando, junto a Gina, decidieron dar un paseo por el acostumbrado mercado semanal mañanero en la pequeña plaza del pueblo. Joe, mientras caminaba entre los puestos de venta, se detuvo a ver un cinturón que le llamó la atención cuando oyó una voz de mujer a pocos pasos detrás de él. La voz le parecía conocida y en cuanto se volteó para ver quién era, vio a una hermosísima joven de cabello negro que estaba de espaldas, comprando unas medias. No podía verle la cara, pero la observaba desde atrás con curiosidad. Esperó con el cinturón en la mano a que se volteara. Ella se volteó para seguir su camino y quedaron ambos totalmente de frente, cara a cara, en el estrecho pasillo de los puestos de venta.

—¡Concetta! —dijo Joe sorprendido, viéndola a los ojos.

—¡Joe! —exclamó, sorprendida también ella.

—Cómo has crecido, Concetta. ¡Estás bellísima!, inmensamente bella. ¿Cómo estás? ¿Cómo están tus padres? Ha pasado mucho tiempo desde la última vez que nos vimos. ¿Por qué estás vestida toda de negro?

—Gracias, Joe. Sí, ha pasado mucho tiempo. Mis padres están bien, pero mi cuñado falleció hace un mes, tan joven. Llegó de la guerra con una extraña enfermedad y en solo tres días murió, y lo peor, lo peor es que mi primera sobrina, su hija de tan sólo seis años, se murió poco después por falta de un antibiótico. Fue duro, muy duro.

—Lo siento mucho, hay que ser fuerte. Yo también he sufrido mucho, ¿sabes?, la guerra...

—Nosotros tuvimos que vivir por más de tres meses en una cueva cercana a la casa para protegernos de los bombardeos, fue horrible.

Concetta terminó de hablar y desde atrás se oyó la voz de su padre que la llamaba.

—Tu padre te llama. Yo sé que a él no le gusta que hables con extraños y yo soy un extraño para él. Salúdalo de mi parte, pero te aseguro que nos veremos pronto. Tenemos tanto de qué hablar.

—Sí, Joe, cuídate. Estoy segura que nos veremos pronto.

Concetta lo había sorprendido. Desde la última vez que la había visto había crecido, antes era poco más que una quinceañera, pero en ese momento, en su mayoría de edad, era una bellísima joven de estatura mediana, de larga cabellera negra, ojos estupendos y un cuerpo esbelto. Era ya toda una mujer.

—Joe, qué bella se puso Concetta. No te la dejes escapar, hacen una pareja perfecta —dijo Nando.

Gina agregó:

—Sí, Joe, es muy bella. Piénsalo.

—Veremos. Lo consultaré con mi viento amigo —replicó Joe, y alzó la mirada hacia una profunda niebla que los estaba envolviendo en su blanco manto.

JUNIO 1946

El segundo día del mes todo el país se llenó de júbilo y se volcó cívicamente a las calles para celebrar las primeras elecciones generales después de la guerra. Los electores tenían dos opciones de voto, una para elegir a los miembros del nuevo gobierno y otra para elegirla la forma institucional del estado, o sea, república o monarquía. Las elecciones fueron ganadas por una coalición de centro derecha y el pueblo decidió por república, tomando el país desde ese momento el nombre oficial de República de Italia.

Todos los esfuerzos que se habían conjugado con dedicación y sacrificio ese día dieron los resultados y, de hecho, a partir de ese momento el país inicio una escalada hacia el futuro que lo llevó a ser en pocos años una de las potencias industriales del mundo. Esos esfuerzos habían sido también los esfuerzos de Joe y de otros miles y miles de personas como él que con su sacrificio había llegado hasta a ofrecer su vida para lograr un futuro mejor.

A mitad de mes, Joe y sus tres amigos, ya con el nuevo distintivo <AM>, por "aeronáutica militar", en sus uniformes, y sendas medallas en sus pechos, paseaban por la vía de los foros imperiales en Roma, en dirección al Coliseo, el antiguo Anfiteatro Flavio. Caminando observaban a su derecha las ruinas del foro romano y luego más adelante se detuvieron frente a un gran mural con el mapa de lo que había sido el gran Imperio Romano.

—Miren lo que era Roma antes, miren al más grande imperio que jamás haya existido. Ahora somos sólo de Sicilia a los Alpes, qué tristeza —comentó en voz alta Cesco, señalando el mapa que representaba la vastedad del gran imperio.

—Las malas políticas y los errores, Cesco —respondió Joe—. Pero seremos grandes otra vez, quizás no como poder militar, pero sí como país con una fuerte economía, con unas fuertes instituciones de estado fundamentadas sobre la democracia participativa, el estado de derecho, la justicia y la paz, un estado que sea respetado por su apego a la paz y no a las armas.

—Oh Joe, entonces me quedaré sin trabajo —bromeó Cesco, que desde la muerte de sus padres hace pocos meses se había vuelto comedido, menos agresivo y más concertador.

El día antes, los cuatro hombres de azul habían asistido a la ceremonia de la creación de la nueva fuerza aérea, donde fueron condecorados juntos a otros miembros de la antigua fuerza aérea cobeligerante. Joe, por su lado, había recibido en la misma ceremonia una medalla de bronce por parte del agregado militar americano con una inscripción que decía:

<El hombre fue más importante que la máquina.
Con honor y orgullo a un oficial y caballero, United
States Air Force, Cielos de Italia, *Febrero 1943*.>

Con la medalla había recibido también una cartulina blanca con letras en oro, firmada por Michael, quien había sido ascendido de grado y decía: <Hermano, mi grado es tuyo también. Para mi será siempre un honor haber volado con un caballero del aire como tú. Dios te bendiga.> Al recibirla, Joe pensó, *los caballeros del aire nunca mueren porque dejan siempre su nombre en la historia, y dan la vida a la patria.*

Dejaron atrás el mapa del Imperio Romano y se sentaron en una cafetería frente al majestuoso Coliseo. Mientras esperaban unos aperitivos, Joe levantó la mirada y admirado dijo:

—Esta magistral obra del hombre tiene que ser un monumento que nos deje olvidar la maldad y los odios, un monumento que nos recuerde que el amor debe ser siempre el único fuego que arda en nuestros corazones.

Joe no escatimaba palabras cuando se trataba de alabar el bien, el amor, la humildad y la paz. Para él, esas palabras habían sido siempre lo imperativo en su vida y lo iban a seguir siendo. Era tanto su amor por el bien que a principios de mes, a costo propio, había escrito y mandado a imprimir unas hojas para todo su grupo, que decían:

<Hagamos siempre que en nuestras oraciones el fuego arda incesantemente y echemos sobre las brasas todo aquello que nos separa de Dios.

Que se queme en el fuego todo lo impuro y pecaminoso que hay en nosotros.

Que ardan en el fuego nuestros malos pensamientos, nuestros deseos egoístas y avaricias.

Que nuestros celos mezquinos y mediocres
se destruyan en sus llamas.

Que de nuestro rencores y resentimientos
no quede el más leve rastro.

Que se queme toda la maldad que hay
dentro de nosotros.

Que en la misma forma en que el humo sube hacia
las alturas suban también al trono de la gracia los
anhelos y los deseos más hondos de nuestro ser.

Que todo aquello por cuanto hemos clamado
haga de nosotros mejores personas.

Que las peticiones de nuestros corazones sean for-
taleza para nuestras tristezas, sean claridad divina
para nuestras debilidades y sean amor, mucho
amor, para nuestras visiones oscurecidas.

*Que todo en nuestras vidas se conjugue con Aquel
que es fuente eterna de vida.* Sólo así los corazones
en zozobra y las mentes atormentadas encon-
trarán la paz y sólo así las bendiciones del cielo
se derramarán sobre nosotros.>

La tarde era bellísima, era una típica tarde romana de junio.
Las heridas de la guerra estaban cicatrizando poco a poco y

ya en la ciudad se observaba un numero siempre mayor de visitantes. En los alrededores del Coliseo varios grupos de turistas con niños llamaban la atención, algunos observaban las ruinas de la antigua arena que fue testigo de tantas luchas y de tantos emperadores. Otros posaban para fotos mientras los niños corrían detrás de las palomas que se posaban suavemente sobre el antiguo pavimento. Joe, Cesco y Nando conversaban animadamente mientras Gianni, el Poeta, observaba abstraído el correr de dos niños y trataba de inmortalizar esos bellos momentos en un poema. Siguió el andar de los dos pequeños hasta que los dos corrieron a los brazos de su padre que los llamaba. Al ver a los dos niños en brazos de su padre se inspiró aún más y cuando estaba a punto de escribir algo en su cuaderno de notas, se dio cuenta que el alegre padre era ni más ni menos que el mismo Otto, quien había estado destacado con ellos en la base de Pisa tres años atrás.

—Amigos, miren, es Otto, nuestro amigo Otto.

—¿Dónde, Gianni? —preguntó Joe.

—El que tiene a los dos niños en brazos, cerca de la joven rubia —Gianni indicó con su dedo al alemán.

—¡Es él! —afirmó Cesco.

—Gracias a Dios que está vivo —añadió Joe, levantándose para dirigirse hacia él.

—¡Joe, a dónde vas! Si la última vez que lo vimos quería matarnos... —le gritó Cesco.

—Cesco, la guerra terminó —observó Nando—, vamos a saludarlo.

Joe cruzó la calle y a los pocos segundos estaba ya frente a Otto que, al verlo, exclamó contento:

—¿Joe? Qué sorpresa, qué gusto verte.

—Para mí es un gusto verte también, Otto.

—Estos son mis hijos, y esta es mi esposa Helen.

—Te felicito, tienes una bella familia. Que Dios los bendiga.

—Amén —respondió Otto que al ver a Cesco, Gianni y Nando acercándose les tendió la mano y agregó—: Amigos, ¡gracias a Dios que estamos todos vivos!

Se unieron en un efusivo abrazo, un abrazo sin banderas, un abrazo sincero entre antiguos compañeros de armas. Después de saludarse se sentaron todos en la misma mesa y conversaron amigablemente, recordando todos los momentos vividos hasta que la cruel guerra los había separado tres años antes.

Fritz estaba en Roma porque había sido citado por un tribunal italiano para declarar en un juicio que se le seguía a un comandante alemán acusado de crímenes de guerra que luego fue declarado exento de toda culpa.

—Quiero pedirles disculpas por la última vez que nos vimos. Nuestros superiores nos habían llenado de odio y además estábamos actuando bajo la amenaza de un consejo de guerra. Si veían que éramos indulgentes… pero yo quiero decirles ahora, y doy gracias a Dios que me ha permitido encontrarlos para decirlo, que yo nunca hubiera ordenado dispararles cuando ustedes estaban saliendo de la base esa mañana. Nunca hubiera permitido que les hicieran daño alguno, se los juro por mi honor —observó Otto cuando llegó el momento de la despedida.

—Querido Otto, no tienes que jurar. Tú eras y serás siempre nuestro amigo. Tuvimos contrariedades, pero, como te dije una vez, en la base las contrariedades están hechas para ser resueltas, para eso existe la concertación. Para nosotros está todo olvidado —afirmó Joe.

Cesco, Gianni y Nando asintieron sin comentar nada.

—Joe, una última cosa.

—Dime, amigo.

—¿Me habrías disparado cuando me pusiste tu MAB en el pecho?

Joe se quedó pensando, no respondió. Le estrechó la mano y luego lo abrazó.

—Otto, él no te hubiera disparado, él jamás le ha disparado a alguien indefenso, pero yo si lo hubiera hecho. Te tenía en la mira con mi fusil —le aseguró Cesco, sonriendo—. Pero no lo hice ya que en ese momento imperó la famosa concertación de Joe.

—Me alegro, Cesco. Fue sólo una pregunta. Ahora me despido, fue un placer haber volado con ustedes —respondió Otto también con una sonrisa antes de saludar militarmente y retirarse con sus dos hijos en brazos y su feliz esposa a su lado.

Joe lo observó alejarse, cerró los ojos por unos segundos y pensó en Concetta. Se dijo a sí mismo: *Qué bella es la familia. Quiero casarme y tener hijos.* No había visto a Concetta desde la primera semana del año cuando, al partir, por la prisa, no había tenido siquiera la oportunidad de saludarla, pero, como todo un caballero, se había excusado con una carta. La primera carta de una larga lista de correspondencia que se cruzaban mensualmente. Ya Concetta estaba más que en su corazón y deseaba verla lo más pronto posible, así que, junto con Nando, solicitó una licencia y planeó un viaje para el mes de agosto.

AGOSTO 1946

La esperada licencia por una semana fue aprobada y Joe, acompañado de Nando, y esta vez también de Cesco, pudo viajar a su pueblo natal para disfrutar de unos bellos días del verano que estaba por terminar.

Joe estaba ansioso por ver a Concetta. Durante el largo viaje de casi dieciséis horas no había hecho otra cosa que pensar en ella, deseaba apretar su mano y abrazarla. Así que a la mañana siguiente, a su llegada, se preparó y se dispuso a encontrarse con ella en la plaza del pueblo durante el acostumbrado mercado mañanero de los fines de semana. Caminó entre las personas que hacían sus compras hasta llegar a la plaza y al dirigir su mirada a una escalinata lateral vio a Concetta cruzada de brazos con Gina, que caminaba hacia él acompañada de Nando y Cesco. El plan de Joe había funcionado, ya que la familia de Concetta conocía a Nando y este y Gina la habían invitado a dar un paseo y luego a almorzar en la casa de sus padres. Se dirigió hacia ella, le tendió la mano y se acercó para abrazarla. Ella inmediatamente se puso tensa, se sonrojó y miró hacia los lados como temiendo ser vista, pero luego se acercó también y ambos se fundieron en un rápido y enternecedor abrazo.

—Concetta, no he dejado de pensar en ti —dijo Joe sin soltarle la mano.

Ella replicó, incómoda y todavía sonrojada:

—Yo también he pensado mucho en ti.

Ataviado con su bello uniforme azul cielo con corbata azul oscura y dos medallas que pendían de su pecho, Joe llamaba la atención de todos y Concetta se sentía nerviosa e inquieta. Gina, al darse cuenta, la tomó por el brazo.

—Vamos a caminar. Acompáñanos Joe.

Nando, cruzándose de brazos con Joe, replicó:

—Vamos al lago, es un lindo paseo.

—Muy bien, amigos, diviértanse. Yo iré a esa taberna por un buen vaso de moscatel —dijo Cesco en voz baja, al ver que su presencia sobraba.

La vía que conducía al pequeño lago estaba cerca de la plaza y bordeaba unos imponentes picos de color caoba claro que contrastaban con el verde de la frondosa vegetación de las montañas que los rodeaban. El paisaje era imponente, el silencio era total, sólo se oía el silbido de una ligera brisa y el sonido de un riachuelo que desembocaba en un bellísimo lago de aguas color turquesa.

Una vez frente al lago, Nando y Gina se alejaron para tomar agua de una helada fuente que brotaba de una roca cercana mientras Joe se sentó junto a Concetta sobre una gran piedra en la orilla del riachuelo y apoyó su mano sobre la de ella, no encontrando resistencia alguna. En ese momento los verdes ojos de Joe se iluminaron más con el reflejo del lago. Concetta no había visto jamás unos ojos tan verdes y los miraba sin pronunciar palabra alguna. Pasados unos minutos, Joe, que había estado hablando sobre lo ocurrido en los últimos tres años durante el camino, con voz suave y acompasada se acercó aún más y dijo:

—Quiero casarme contigo. Creo que te he amado desde el mismo momento en que te vi en casa de mi papá hace tres años. Quiero hablar con tu padre para pedir tu mano. Luego de casarnos nos iremos. Estoy estudiando varias opciones: quizás Estados Unidos, quizás Canadá, quizás Sudamérica, no sé aún, pero mi viento amigo me guiará.

Concetta volvió a sonrojarse, bajó la mirada, mantuvo silencio por unos largos segundos y respondió:

—Yo también me enamoré de ti cuando te vi esa vez, y te tuve en mi corazón como un sueño de juventud. Pensaba que eras sólo eso, pero ahora me he dado cuenta que eres real. Yo también te amo y en estos ocho meses que hemos estado en contacto escribiéndonos aprendí a quererte en silencio, aprendí a quererte con todos los sentidos.

Joe acercó aún más y la besó tiernamente mientras la suave brisa, convertida ya en viento, los bendecía con el melodioso ruido del riachuelo como música de fondo.

Cuando regresaron al pueblo era ya más de medio día y la plaza estaba casi vacía, sólo Cesco los esperaba sentado en un banco de la plaza, rodeado de varios niños que gritaban alegres.

—¡Es un piloto, un piloto! ¡Tiene alas en su uniforme!

—Veo que has estado bastante entretenido —le dijo Joe al verlo repartiendo una gran cantidad de caramelos y chocolates.

—Como tú dices, no hay nada más grande que la alegría de los niños.

***

Pasadas las 13 horas llegaron a la casa de Nando, donde los esperaba un suculento almuerzo ya servido. Durante el almuerzo la conversación fue muy placentera.

Joe y Concetta, sentados uno al lado del otro, lucían felices y hablaban libremente de sus planes futuros. Habían decidido que, antes de partir, Joe hablaría con su padre para pedir su mano y para definir cuándo realizar la boda.

El día siguiente siguió nuevamente alegre, ya que Cesco se fue de cacería con el padre de Nando y las dos parejas fueron a una playa cercana para disfrutar de un bello día de sol.

Concetta estaba sorprendida, era la primera vez que veía el mar. Hasta ese momento lo había visto sólo desde lejos y sólo en su imaginación. No dejaba de contemplarlo: su azul, sus suaves olas, su brisa, su fina línea sobre el horizonte. Le parecía inmenso, interminable, infinito, todos los adjetivos no eran suficientes ante tal magna grandeza. Joe la abrazó y le dijo:

—Un día lo atravesaremos juntos para construir una nueva vida, en un nuevo mundo.

A finales de la tarde, ya de regreso, se encontraron a Cesco fuera de la casa cortando con maestría un gran jabalí que había cazado.

—Hijo, ¿dónde aprendiste a cortar así? ¿Acaso eras carnicero? —le preguntó el padre de Nando al ver tanta maestría.

—No, pero en Cerdeña hay muchos jabalíes y mi padre me enseñó a cortarlos. Todos los sardos somos expertos en el uso de todo tipo de cuchillos, especialmente este —respondió Cesco lanzando el filoso puñal sobre un pequeño insecto que estaba sobre un tronco a más de diez metros de distancia.

—¡Mi madre! Eres peligroso, hijo.

—Cesco, deja de sorprender a mi papá con las artes de la guerra, él es muy pacífico —le pidió Nando, quien luego se dirigió a su padre y le dijo—: Y eso que no has visto nada, papá. Cesco donde pone el ojo pone la bala.

—Ya me di cuenta, Nando —replicó el buen padre, señalando una gran cantidad de liebres apoyadas sobre una mesa.

—¿Qué vas a hacer con toda esa carne? —preguntó Joe.

—La voy a repartir entre quienes tienen muy poco para comer.

—Dios te bendiga, hermano, eres un campeón de generosidad —afirmó Joe y luego le susurró a Concetta—: Cesco es la persona más generosa que he conocido, lástima que aún no ha aceptado a Dios completamente dentro de él.

—¿Por qué, Joe?

—Hay una lucha dentro de su corazón: él cree en Dios, pero no cree en los hombres.

—Razones no le faltan.

Dos días antes de partir, Joe visitó a los padres de Concetta y pidió su mano. Acordaron en casarse en cuanto estuviera lista la casa donde vivirían, la cual iba a ser construida en un terreno recibido como herencia de su padre en la entrada del pueblo. Joe, además, prometió pedir la baja en los próximos tres años para luego partir hacia el país que representara la mejor opción para él y para Nando, que había decidido partirjunto a su amigo del alma.

El hombre no podrá descubrir nuevos océanos
a menos que se atreva a perder de vista la costa.
André Gide

SEPTIEMBRE 1946

Concluida la licencia, nuevamente en la base, al cabo de unos días Joe recibió una carta más de las tantas ya recibidas de Michael. La alegría del hermano americano era incalculable: Rosina estaba esperando un hijo que nacería en el próximo mes de mayo. Después de leer la carta, Joe corrió a informarle a sus tres amigos, pero ellos ya habían recibido la misma carta.

—Nuestro hermano americano nos quiere a todos por igual, Joe.

—El quisiera tenernos a todos en América, lo haría muy feliz.

En el último trimestre del año, la actividad en la base había sido escasa. El país atravesaba una etapa de austeridad y se volaba poco, sólo unos pocos vuelos matutinos al borde de la línea desmilitarizada entre Italia y Yugoslavia para recordarle al odioso mariscal Tito que se abstuviera de cualquier idea de anexarse más territorios que no le pertenecieran y otros tantos vuelos para poner a punto unos cazas repotenciados que un país del Norte de África estaba por adquirir. La nueva aeronáutica se optimizaba con aviones más modernos y procedía a vender los excedentes de guerras a otros países. Los días se habían vuelto monótonos y a veces Joe y sus amigos se aburrían. Los sueldos no alcanzaban, la otrora poderosa lira había perdido su valor, el país se encontraba en reconstrucción y los amigos seguían en la aeronáutica sólo por el inmenso amor que le tenían.

Faltando unos días para terminar el mes, en una húmeda mañana, aprovechando su día libre, Joe, Cesco, Gianni y Nando decidieron visitar la cercana Venecia. La habían visto infinidad de veces desde el aire y siempre habían querido visitarla, pero siempre sucedía algo imprevisto hasta que por fin, esa mañana, había llegado el momento.

Ciudad encantada, ciudad embrujada, ciudad de peatones, ciudad cristiana, ciudad pagana que ganó su fama por el comercio en los años del Medioevo, cuando sus comerciantes no le ponían límite a su voluntad de riqueza y la ciudad llamada Serenísima, con su flota, dominaba el Mediterráneo. Después de caminar toda la mañana por sus plazas y pequeños puentes, al medio día llegaron a la majestuosa plaza San Marco con sus pisos de antiguas baldosas y su incorruptible mármol. Se sentaron en una cafetería con una espectacular vista sobre el Canal Grande.

—Marco Polo posiblemente atravesó esta plaza antes de embarcarse en 1260, en un día como hoy, para ir en busca de fortuna más allá de las fronteras del mundo conocido. Amigos, quizás hoy no estamos aquí solo por casualidad, quizás esta plaza es una invitación para nosotros también partir.

—Quizás lo sea para ustedes, porque hoy yo tengo que informarles, como ya se los había anunciado, que dejo la aeronáutica. La dejo porque voy a entrar en la universidad para terminar mi carrera de filosofía. Quiero ser maestro, quiero escribir libros, quiero dar lo mejor de mi para las generaciones futuras, además, quiero casarme y tener hijos. Pero no sé cómo voy a hacer sin ustedes, ustedes son mi familia —respondió Gianni, adelantándose a una respuesta de sus amigos para Joe.

— Gianni, sabemos cuáles son tus sueños y la vida tiene que continuar. Te deseamos lo mejor, pero, como ya lo sabes, siempre estaremos a la vuelta de la esquina,disponibles para ti —replicó Joe mirando a Cesco y a Nando, que afirmaron con la cabeza.

—Bueno, ¿entonces qué vamos a hacer nosotros? Hay una organización en Paris que se encarga de contratar pilotos a nivel civil y militar, ofrecen muy buen dinero. Conocí a un piloto canadiense que va a empezar a volar con la recién creada fuerza aérea de Israel.

—Cesco, nosotros no somos mercenarios y nunca lo seremos. Yo no pienso disparar sobre más nadie —dijo Joe.

—No voy a intervenir en ningún conflicto que no sea mío —acotó Nando.

—Yo tampoco soy mercenario, pero no sé hacer otra cosa. Yo sólo sé pilotear.

—Encontraremos otra cosa. Quizás como instructores de vuelo o en otro ramo… quizás como comerciantes, o a lo mejor nos vamos a algún país de los que tenemos vistos. Vamos a esperar un año más para tomar una decisión.

—Pero, Joe, yo quiero ayudar a construir un mundo mejor: sin injusticias, sin maldad, sin odios y, por supuesto, sin comunismo.

—Hay que construir un mundo mejor con amor y paz. Todos los hombres tenemos que encontrarnos con nosotros mismos y botar todo lo malo que hay en nuestros corazones porque la mayor victoria es la que se gana sobre uno.

En los meses siguientes, el tiempo pasó rápido. Pasó el lluvioso otoño, pasó el frío invierno, pasó la templada primavera y la rutina de Joe, Cesco y Nando había sido la misma, sólo visitas a Concetta, visitas a Gina y visitas a Gianni en Roma, en su nueva faceta de estudiante.

En mayo les llegó la noticia del nacimiento del primer hijo de Michael, que, para beneplácito de Joe, fue llamado Joseph. Joe, en una de sus cartas, le había hecho saber sobre su compromiso con Concetta y de la intención de casarse en un futuro próximo. Además le había pedido que él y Rosina fueran el padrino y la madrina de su boda, a lo cual el hermano americano respondió con un corto telegrama: <Será un verdadero honor para mí y para Rosi ser tu padrino y madrina de bodas, Joe.>

El caluroso verano paso rápido también, pero, al llegar el otoño con su carnaval de colores, Joe, Cesco y Nando recibieron órdenes de preparar maletas. Su destino: un legendario país del Norte de África.

OCTUBRE 1947
EGIPTO

Italia vendió sesenta cazas Macchi 205 Veltros a Egipto y los tres amigos aterrizan en el país de los faraones como instructores de vuelo para la capacitación de los jóvenes pilotos egipcios en la operatividad de esos aviones.

Volvieron a volar sobre el desierto, pero esta vez no vieron tanques ni tropas sobre la polvorienta arena, aunque todavía se sentían aires de guerra. La tensión entre el recién formado estado de Israel y sus vecinos árabes era altísima y aumentaba día a día. La guerra estaba a la vuelta de la esquina y los instructores tenían órdenes precisas de no involucrarse en ningún tipo de enfrentamiento que pudiera llevar a un conflicto.

Los vuelos de practica se realizaban al oeste de un base aérea ubicada al sur de la capital, El Cairo, y algunas veces se volaba también sobre el golfo de Suez y sobre el extremo sur de la península del Sinaí, bordeando el golfo de Aqaba. Al volar sobre el inmenso desierto, Joe, Cesco y Nando revivieron lo que habían vivido seis años antes. Recordaron la sangre, los cuerpos destrozados, el olor a muerte. El odio y la violencia volvieron a sus mentes, pero esta vez eran huéspedes de un país que, después de veinticinco años de haberse liberado del colonialismo británico, trataba de abrirse camino hacia un nuevo futuro.

Las autoridades los recibieron efusivamente, los sabían caballeros del aire curtidos con la experiencia, y su país necesita urgentemente de pilotos como ellos, incluso les ofrecieron un jugoso contrato como mercenarios. Fueron muchas las reuniones y los agasajos para tratar de convencerlos, pero ellos no quisieron verse envueltos en una guerra que no les pertenecía. Los jóvenes guerreros del aire descendientes de los faraones eran muy voluntariosos y estaban ávidos por aprender y ellos disfrutaron al máximo dar a conocer sus conocimientos y su mejor paga fue el agradecimiento que recibieron, de hecho, todos los admiraban con una sencillez y humildad que les tocó el corazón. Ellos, como italianos, eran muy bien vistos en el país, al contrario de los británicos, que eran considerados explotadores.

Una templada tarde del final del mes de noviembre con el horizonte completamente anaranjado por el sol apenas caído y una fresca brisa soplando desde poniente, Joe, Cesco, Nando y dos pilotos egipcios degustaban unas deliciosas berenjenas fritas acompañadas de cremas y pan de pita.

Sentados en la terraza del último piso de un icónico y precioso hotel, gozaban de una vista espectacular. En primer plano el Nilo con su lento andar, y como fondo las majestuosas pirámides. Ante tanta majestuosidad, los tres amigos se sentían grandes entre tanta inmensidad y se impresionaban al pensar que esa misma vista había sido observada por miles y miles de años. Imaginaban, con pesar, que hace seis años ellos habían llegado a tan solo veinte kilómetros de ese lugar y que, de haber triunfado, en ese momento estarían viendo toda esa inmensidad desde otra perspectiva, la perspectiva de los vencedores.

En las primeras horas de ese día, en compañía de los dos egipcios, visitaron la localidad del Alamein para rendir honores y rezar ante ese inmenso cementerio de héroes, de jóvenes de muchas naciones que murieron para defender sus creencias en una de las batallas más cruentas de la Segunda Guerra Mundial. También visitaron la bella ciudad de Alejandría, fundada por el gran Alejandro Magno para luego llegar a El Cairo antes del atardecer.

Los dos pilotos egipcios, de nombre Nahim e Ismail, eran dos jóvenes tenientes que amaban a su país, eran muy conservadores en sus creencias, creían firmemente que era posible dialogar con el nuevo Estado judío y, por supuesto, convivir con ellos como buenos vecinos. Pero los dirigentes políticos y el alto mando militar, alimentados por un exacerbado fanatismo radical, deseaban la guerra para expulsar a los judíos del territorio que les había sido concedido y alentaban una especie de cruzada del mundo árabe en contra del nuevo estado para lograr su cometido. Engendraban un odio histórico y era evidente que todo odio generaba violencia. Joe y Nando estaban completamente de acuerdo con Ismail y Nahim y esta vez hasta el explosivo Cesco también.

—El pueblo judío ha sufrido mucho y merece que haya regresado a la tierra de sus ancestros. Esta vez yo abogo por la paz y el entendimiento —manifestó Cesco a Ismail y Nahim.

—Creo que habrá guerra. Hay mucha discordia, mucho odio entre las partes y creo, además, que con el apoyo de occidente al nuevo Estado judío, los árabes muy pronto caerán bajo la órbita soviética.

—Oh Joe, entonces estoy en el bando equivocado —replicó Cesco antes de darle una palmada en la espalda a Ismail y a Nahim, provocando que ambos respondieran casi al unísono:

—No te vayas a cambiar de bando, Cesco. Contigo no queremos pelear ni en broma, no queremos tenerte de adversario ni siquiera en un juego de futbol.

—No se preocupen, ya rechacé dos ofertas para volar con la nueva fuerza aérea de Israel. No me podrán ver como adversario —respondió Cesco soltando una gran carcajada.

—No te rías, esto es un polvorín. Cualquier chispa puede desencadenar una reacción que llevará a una escalada bélica en toda la región. Hay que tener mucho cuidado en no caer en provocaciones mientras se vuela —argumentó Nando.

—Así es, y no provocar también. Hay que usar la valentía para tratar de hacer siempre lo correcto. Aunque se esté asustado, la plausibilidad y la razón ante todo. La valentía es también la capacidad de hacer lo correcto incluso cuando se está asustado —concluyó Joe.

***

En los meses de noviembre, diciembre y enero, los vuelos de práctica continuaron sin ningún problema. Los jóvenes pilotos asimilaban rápido las técnicas y se compenetraban siempre más con las nuevas máquinas. Para ese entonces ya se habían formado varias escuadrillas completamente operativas y listas para el combate en cuanto fueran requeridas. El trabajo de los instructores se apreciaba y se agradecía y esa era la satisfacción más grande para ellos.

Joe estaba ansioso por regresar a Italia, no había visto a Concetta desde el mes de septiembre pasado. El único contacto había sido a través de cartas que seguían en su ir y venir como con Michael, que seguía atento la situación en esa complicada área.

<Hermano, la situación en el medio oriente es crítica, la tensión es alta; muchos incidentes, muchas provocaciones, mucho odio. Espero que terminen y salgan de allí lo más pronto posible. Cuídense, los quiero.>, había escrito Michael en una de sus tantas cartas y Joe, Cesco y Nando lo sabían, pero querían terminar su trabajo porque independientemente de cumplir órdenes, ellos eran unos profesionales en todo el sentido de la palabra.

Con la llegada de febrero, la noticia del regreso a casa no se hizo esperar y a finales de mes, con la tensión ya por las nubes, llegó una comunicación que informaba que la "participación técnica" para la capacitación de pilotos llegaría a su término en la segunda mitad del mes de marzo.

Una semana antes de la fecha de regreso, en una bellísima mañana con el cielo completamente azul, Joe y Cesco despegaron para un vuelo de entrenamiento avanzado seguidos de Ismail, Nahim y otros cinco pilotos más. Esa mañana el vuelo sería corto, los cazas debían volar en línea recta hasta el extremo sur de la península del Sinaí en la entrada del golfo de Aqaba para luego atacar simuladamente una supuesta formación de tanques con bombas de señalización y, al terminar la misión, harían un giro de 180° para regresar a su base.

Después del despegue con las pequeñas islas en la entrada del golfo de Suez a la derecha, se dirigieron directamente sobre el área designada. La visibilidad era total, Joe y Cesco iban a la cabeza del grupo, ellos serían los primeros en efectuar la picada sobre los objetivos mientras el resto de los pilotos tenían que emularlos. A los pocos minutos de vuelo, la península del Sinaí apareció imponente frente a ellos. Joe recordó la epopeya del pueblo judío después de la huida de Egipto, recordó los cuarenta años que pasaron en el desierto antes de llegar a la tierra prometida, recordó a Moisés... hasta que la voz de Cesco en el radio lo regresó a la realidad.

—Joe, los blancos están al frente, abajo, a las 11 horas. Yo te sigo, mi capitán. Vamos a recordar los viejos tiempos.

—Bien, bajemos a nivel doscientos, sobre el mar, y luego nos lanzamos sobre los blancos. Que los muchachos hagan todo lo que nosotros hacemos.

Los cazas volaban a cuatrocientos metros de altura y a la orden de Joe todos se lanzaron en una picada hasta los doscientos. Mantuvieron esa cota hasta llegar a la costa y, en cuanto vieron los blancos, se lanzaron sobre ellos casi al ras del suelo y lanzaron sendas bombas de humos. Las bombas de Joe y Cesco cayeron sobre los blancos con extrema precisión y los egipcios hicieron lo propio.

—¡Estos muchachos valen oro! —exclamó Cesco al observar el excelente accionar de los jóvenes pilotos después de ascender y girar a su izquierda sobre las abruptas y escarpadas montañas de esa parte sur de la península para dar tiempo a que los aprendices ascendieran también e iniciaran el regreso a la base.

Joe hizo lo mismo y efectuó un amplio giro a la derecha sobre el mar para esperar el paso de los pilotos y después seguirlos, pero justo en el momento en que giraba, vio a su izquierda, procedentes del noroeste, sobre el golfo de Aqaba, tres puntos negros que se acercaban. Acto seguido suspendió el viraje a la derecha y giró a la izquierda para no presentar la espalda en el mismo momento en que radiaba a Cesco.

—Tres puntos no identificados a tus 18 horas. Sigue tu camino, yo te sigo.

—Muy bien, jefe —respondió Cesco con voz pausada.

Joe, al voltear sobre su derecha, vio a dos cazas que se dirigían sobre Cesco y uno hacia él. Eran tres P51 Mustang con los distintivos del Estado judío. Los dos primeros dispararon sobre el Veltro de Cesco y el tercero, aún lejano, voló directamente hacia Joe. Cesco, al ver que los dos cazas le disparaban, efectuó un rápido tonel hacia su derecha y los dos cazas pasaron de largo. Le quitó los seguros a sus gatillos e inició una serie de maniobras de enganche.

Parece que los cachorros de león quieren jugar, pues vamos a jugar, se dijo a sí mismo mientras efectuaba una maniobra en espiral.

El habilidoso y experto sardo en pocos minutos estaba ya detrás de uno de los P51, listo para disparar en posición de persecución retrasada mientras Joe, al ver la actitud hostil del tercer caza, mediante una hábil maniobra, invirtió su ruta para evitar la confrontación, ya que por ningún motivo estaba dispuesto a presentar batalla. Los dos primeros pilotos judíos, por sus maniobras, demostraron que eran novatos mientras el tercero parecía un piloto experto por la calidad de las maniobras que efectuaba, a todas luces era un instructor.

—No dispares por ningún motivo, Cesco. Vamos a seguir nuestro camino —radió Joe al ver a Cesco en posición de disparo.

—Lo siento, ellos me dispararon primero. Los voy a llenar de agujeros —replicó el sardo y soltó la primera ráfaga de sus Breda-Safat de 12.7 milímetros, que impactaron sobre la parte trasera del Mustang que inmediatamente empezó a despedir humo y a perder velocidad.

Cesco se preparó para abrir fuego con sus dos cañones de 20 milímetros, pero antes de que soltara la mortal ráfaga oyó un nuevo grito de Joe.

—Cesco, suspende la acción inmediatamente, no dispares. ¡Es una orden!

—Obedezco.

—A toda velocidad rumbo a la base —agregó Joe después de unos segundos colocándose detrás de Cesco.

Los pilotos judíos se habían dado cuenta que Joe y Cesco no eran principiantes y seguramente dedujeron que debían ser instructores extranjeros y, después de alabear las alas como en señal de desagravio, invirtieron su ruta con uno de ellos aún volando, pero envuelto en humo.

—¿Dónde se metieron? Pensábamos que se habían detenido a tomar sol —preguntó Ismail en compañía de Nahim y Nando cuando Joe y Cesco cortaron los motores después de aterrizar.

—No precisamente, Ismail. Tuvimos un encuentro con tres vecinos, pero afortunadamente todo salió bien. A excepción de uno de ellos, al cual Cesco dejó como un colador. Espero que llegue bien a su base. Ahora tengo que hacer un informe de lo ocurrido, no quiero que luego se diga otra cosa —respondió Joe mirando a Cesco con cara acusadora.

Nando se dio cuenta.

—Siempre tú. ¿Qué hiciste ahora?

—Yo no hice nada, ellos me dispararon primero y me vi obligado a responder porque temí que me abatieran

El informe de Joe quedo únicamente escrito en la bitácora del día, ya que ese incidente había sido sólo uno de una larga lista de provocaciones de lado y lado que a veces no ocasionaban muertes y otras lamentablemente sí.

Días después, precisamente el 20 de marzo, se dio por terminada la misión y Joe, Cesco y Nando regresaron a Italia. En el aeropuerto, para despedirlos, estaban Ismail, Nahim y otros pilotos que hasta el momento de abordar los llenaron de agradecimientos. Los tres, emocionados, les extendieron los mejores deseos de paz; esa paz que tan sólo dos meses después fue rota al explotar la primera guerra árabe-israelí, esa paz que en esa área sería siempre una quimera. En cuanto a los amigos egipcios de Joe, Nahim murió en un enfrentamiento aéreo poco después de explotar la guerra mientras Ismail llegó a ser uno de los oficiales de más alta graduación en la fuerza aérea egipcia. Joe nunca los olvidó, quedaron vivos en su memoria, como vivos quedaron todos aquellos a quienes él llamó amigos.

La valentía es la resistencia ante el temor, es el dominio
sobre el temor, pero no es la ausencia del temor.

El autor

ENERO 1949
PENSACOLA, ESTADOS UNIDOS DE AMÉRICA

Joe, Cesco y Nando volvían a aterrizar en un país extranjero, en la tierra de los sueños, en la tierra de las oportunidades donde llegaron antes millones y millones de emigrantes procedentes de muchos países del globo. Tierra maravillosa y grande que se pobló con un conglomerado de razas, tierra de libertades, tierra del gran Lincoln. Esta vez fue Italia quien adquirió una cierta cantidad de nuevos aviones y los tres amigos junto a otros pilotos llegaron para la capacitación operativa. La alegría de Michael era indescriptible. Sus amigos del alma y su hermano del alma estaban por fin en su país, en su amada y soleada Florida, en sus ciudad natal.

Era una soleada pero fría mañana cuando el avión con el grupo de pilotos italianos aterrizó en la base aérea de la ciudad ubicada en el "mango de sartén" de la Florida. Michael, con el pequeño Joseph de veinte meses en sus brazos, acompañado de Rosina, los esperaba ansioso en la pequeña terminal de la base. Vio salir del avión a Joe y sus dos amigos y su corazón se llenó de alegría. No los había visto desde hace cuatro largos años.

Su emoción era tan grande que no esperó a que bajaran y salió de la pequeña sala para recibirlos a los pies de la escalerilla del gran cuatrimotor de transporte. En cuanto los tres pusieron pies en el suelo, Michael le dio a Joseph a Rosina y se confundió en un largo y caluroso abrazo, primero con Joe y después con Cesco y Nando.

—Hermano, este es tu sobrino. Bienvenido a mi país. Me imagino que deben de estar muy cansados, el vuelo fue muy largo —dijo Michael y colocó en los brazos de Joe al pequeño Joseph luego de haberlo tomado de los brazos de Rosina.

—¡Se parece a Rosina! El vuelo, muy largo. Hicimos escalas en Alemania, en Islandia, en Canadá y en Boston. Estamos muy cansados, Michael, pero muy contentos de verlos. ¡Qué alegría! —dijo Joe, encantado con Joseph, que, riéndose, balbuceaba:

—Jo, jo, jo...

—Tenemos tanto de qué hablar —agregó Cesco abrazando a Michael y a Rosina al mismo tiempo.

—Gracias por la bienvenida. Y muchos saludos de Gina, ella hubiera querido venir, pero... —dijo Nando—. Cesco no ha hecho otra cosa durante el vuelo que hablar de hamburguesas y salchichas.

—Les preparamos una sorpresa. Esperen a que lleguemos a casa, María y Carmelo, nos están esperando —respondió Michael dirigiéndolos al estacionamiento.

Cesco, al ver centenares de automóviles estacionados, preguntó:

—¿Dónde está tu automóvil, Michael? Quiero verlo. En la foto que me mandaste lucía espectacular.

—Es el convertible estacionado al final de la línea, al lado de la cerca metálica —respondió Rosina adelantándose e indicando con su dedo.

Cesco, como buen amante del automovilismo, aceleró sus pasos y en pocos segundos llegó frente a un flamante convertible Ford Victoria de color rojo y beige con la tapicería interna en semi-cuero también rojo.

—¡Esto es América! ¿Me puedo llevar uno igual a Italia? —comentó Cesco mientras inspeccionaba milimétricamente el largo y curvilíneo automóvil.

—Sí, claro, pero vas a tener que andar con un barril de gasolina en el maletero —acotó Nando riéndose y señalando un indicativo V8 en uno de los parafangos del lujosos convertible.

Poco después llegaron a una bella casa de un piso, típicamente floridiana, con una gran extensión de terreno y con una vista posterior sobre el mar donde destacaba un pequeño muelle en madera con un precioso bote de treinta y dos pies amarrado a un costado del entablado.

—¡Qué vista! —dijo Cesco—. Bella casa, Michael, y precioso el bote. Vamos a pescar, ya no estoy cansado.

—Primero a comer. Vamos adentro, Cesco.

Entraron y fueron recibidos por María y Carmelo, quienes ya tenían más de dos años viviendo en América. Michael los llevó a una espaciosa habitación con tres camas con vista al mar y les dijo:

—Hermanos, esta va a ser su casa los próximos cuatro meses. Ahora relájense, comeremos dentro de una hora. Todo típicamente americano. Los esperamos en el patio trasero.

Pasada una hora salieron al patio y se encontraron con una gran cantidad de deliciosas hamburguesas, grandes trozos de solomillo y salchichas de diferentes tipos que se rostizaban sobre un humeante asador colocado al lado de una larga mesa con ensaladas, papas fritas, aros de cebolla y salsas, conjugado todo con la espectacular vista sobre el mar.

—¡Madre mía, Joe! Mira esos cortes de carne, nunca los había visto.

—Son cortes de punta trasera y solomillo, Cesco. Te vas a deleitar —respondió Michael y les señaló las sillas a sus amigos para que se sentaran.

Esa tarde, Joe, Cesco y Nando quedaron fascinados. Comieron hasta mas no poder. Acostumbrados a la cocina mediterránea, esto era nuevo para ellos, en especial las hamburguesas y las salsas. Entre risas y recuerdos, terminaron de comer pasadas las 17 horas.

Michael puso sobre la mesa una botella de un afamado ron puertorriqueño, varios paquetes de cigarrillos Pall Mall, que Cesco adoraba, y a partir de ese momento la conversación siguió larga, sin pausa alguna. Los tres invitados se habían olvidado del cansancio, tenían tanto que contarse y tanto que agradecer que, aún llegadas las 23 horas, las palabras no alcanzaban, armonizadas por una gran cantidad de pequeñas llamas que como antorchas iluminaban las caras de los cuatro amigos unidos en ese momento por el fuego ardiente de la amistad verdadera.

A la mañana siguiente, los recién llegados se despertaron muy temprano y antes del amanecer recorrieron trotando más de veinte kilómetros para luego regresar a la casa donde Michael y Rosina los esperaban con un suculento desayuno típicamente americano compuesto por panqueques y huevos revueltos. A media mañana Michael los llevó a la base a conocer los nuevos aviones y en la tarde, al llegar nuevamente a la casa, se sentaron todos en la orilla de la playa a conversar sobre los diversos acontecimientos que se estaban dando a nivel mundial, como la formación de la Organización y Tratado del Atlántico Norte, OTAN, la nueva alianza militar que sería oficialmente creada el próximo mes de abril, integrada inicialmente por once países fundadores con el fin de defender a sus miembros en caso de ser atacados por cualquier amenaza externa. Para ese fin era necesaria la integración de las fuerzas de los países miembros para que, en caso de conflictos, pudieran coordinarse y responder rápidamente a cualquier tipo de amenaza, especialmente de los países de la naciente órbita soviética. Italia sería uno de los países fundadores de la alianza y por eso también los tres hombres de azul, en unión de los otros, habían sido mandados a los Estados Unidos. Sentados sobre la fría arena, una vez que llegó la noche, e iluminados por una bellísima luna llena, discernían sobre lo que podía ser el futuro del mundo a partir de ese momento.

—Joe, lo que hablamos hace cuatro años se está cumpliendo. Teníamos razón, el mundo se está dividiendo entre oeste y este, entre la democracia y el comunismo, y ahora a nosotros nos llaman fascistas. Con la creación de la OTAN ya verán que los comunistas muy pronto crearán también su propia alianza.

—Así es, Michael, y así asistiremos a dos bloques que trataran de aumentar su hegemonía en el mundo. No descarto que estalle una nueva guerra —respondió Joe mientras, saboreando un fino whisky con sabor a canela.

—Aquí se habla ya de un conflicto en Corea, y luego estoy seguro que vendrán otros —dijo Michael.

—Lamentablemente, pienso lo mismo. Los hombres definitivamente no aprenden, el mundo está aún en reconstrucción y ya se piensa en nuevas guerras, pero lo preocupante ahora es el fantasma de una guerra atómica, tal como dije en la base luego de las bombas sobre Japón: ¿se atreverá el hombre a abrir la boca una vez más para ordenar el lanzamiento de otra bomba todavía más poderosa? Dios nos ampare, Dios cuide a nuestros hijos.

Cesco y Nando oían atentos la conversación.

—Yo siempre dije que el error histórico fue haberse detenido en Berlín, no había que parar, había que seguir y sacar a los rusos de Europa Central, había que aprovechar el momento. Eso es lo que quería hacer el general Patton y por eso lo sacaron de circulación. Siempre dije que los comunistas son una plaga, son peor que una peste. Lo único que hacen es criticar y adoctrinar al pueblo para quitarle la posibilidad de pensar, lo único que hacen es ponerle gríngolas al pueblo como se le ponen a los caballos para no dejarlos ver en otra dirección para que sus degenerados dirigentes puedan robar a su antojo, por eso hay que destruirlos de raíz —argumentó Cesco.

—Por favor, no sigas, ya no se puede volver atrás. Ahora se necesita sólo paz —replicó Nando para evitar que el sardo se exaltara más.

El irreducible Cesco tenía razón, ya que, una vez ganada la guerra, Europa del Este cayó en manos comunistas mientras que Europa del Oeste tuvo, en los Estados Unidos, el garante de las nuevas libertades liberales. En ese entonces se estaba asistiendo ya al inicio de la Guerra Fría, que no era otra cosa que una *paz armada* y, previendo ese escenario, uno de los que más alzó la voz fue el general Patton al ver que se les estaban dejando las manos libres a los rusos para apoderarse de Checoslovaquia, Polonia, Hungría y otros países de la Europa del Este. Los americanos habían sido muy indulgentes con los rusos, al contrario del primer ministro británico Churchill, quien no confiaba en los comunistas y se oponía a la línea tenue de sus aliados estadounidenses. Patton, el amado soldado de la soldadesca, sostenía que continuar luchando por la libertad era una cuestión de honor y, además, que a esos países se les había prometido, antes del fin de la guerra, su liberación y libre autonomía. Pero la administración de su país y la oficina de asuntos estratégicos OSS, la precursora de la central de inteligencia americana CIA, pensaba que Patton estaba loco y lo consideraban una amenaza para la paz con los rusos, y por supuesto el totalitario Stalin lo quería ver muerto.

No solamente Stalin lo quería ver muerto, también en los Estados Unidos el general Dwight Eisenhower se quitaría un gran peso de encima y un poderoso rival en sus futuras aspiraciones políticas. El temido general Patton, durante la guerra, había sufrido ya las decisiones políticas de sus superiores, como en el otoño de 1944, cuando queriendo llegar antes que los rusos a Berlín había visto destruido su propósito en el momento en que Eisenhower, el mismo que había cometido el error de anunciar antes de tiempo el armisticio de Italia en septiembre del 1943, le entregó el combustible que necesitaba para envolver la zona francesa de Falaise al engreído general británico Montgomery. En esa ocasión, Patton, al no recibir el combustible necesario para aprovisionarse, se vio obligado a detener su avance permitiendo a centenares de miles de soldados alemanes escapar y ese gravísimo error del calculador y desinteresado Ike trajo como consecuencia que esas mismas tropas, poco después, volvieran a luchar en la contraofensiva alemana del Bulge, que provocó miles de bajas estadounidenses y evidentemente retrasó de manera considerable la toma de Berlín. Patton nunca le perdonó ese error a Eisenhower porque pensaba que no había sido casual que le ordenara parar en su avance hacia el corazón de Alemania. De haber llegado a Berlín primero, los comunistas no hubieran podido poner sus asquerosas botas en el Este Europeo.

En la campaña de Túnez y en la invasión a Sicilia también había habido desavenencias entre los dos generales por las malas decisiones de Eisenhower que casi siempre favorecían a los británicos y así de desavenencia en desavenencia se llegó a la mañana del 9 de diciembre de 1945, cuando sus soldados tuvieron la desgracia de ver cómo el Cadillac de su querido general impactaba contra un camión conducido por un despavorido sargento, muriendo luego supuestamente por un edema pulmonar y un fallo cardiaco en el hospital. Sin lugar a dudas, por la gran cantidad de interrogantes y la gran cantidad de informes desaparecidos de los archivos oficiales, la muerte del general Patton supuso uno de los misterios más grandes y duraderos de la Segunda Guerra Mundial, ya que la duda siempre fue: ¿fue asesinado o fue víctima de la mala fortuna?

Joe, y el mismo Michael, que habían tenido oportunidad de conocer al gran general durante una visita de un día que este realizo a la base donde ellos estaban destacados en enero de 1944, se inclinaron siempre por la teoría de la conspiración. Los dos amigos ese día habían compartido un desayuno y un almuerzo con Patton junto a una gran cantidad de oficiales y quedaron gratamente sorprendidos por las palabras y su forma de actuar, especialmente de la forma en que se expresaba de sus hombres. En esa ocasión les había llamado la atención sobremanera cuando Patton había dicho:

—Mis plegarias al levantarme van dirigidas a mis soldados, porque los amo.

Él amaba a sus soldados y sus soldados, aunque él fue un duro, lo adoraban porque lo consideraban el mejor pasaporte para salir con vida de las batallas y le tenían una fe ciega porque los conducía de victoria en victoria con un bajo número de pérdidas. Joe y Michael, como muchos otros, sostenían que el accidente no había sido fortuito y pensaban que Patton había sido envenenado posiblemente por agentes del servicio secreto ruso NKVD, padre de la KGB, ya que, según testigos, los oficiales americanos presentes en el hospital se hicieron de la vista gorda ante la presencia de esos agentes.

Conspiración, mala fortuna o lo que haya sido, lo único que resultaba evidente era que con su muerte muchos respiraron mejor en los Estados Unidos y en la Unión Soviética.

Esa noche, igual que la noche anterior, la conversación siguió larga y fue sólo un poco antes de las 24 horas que Michael, Cesco y Nando se fueron a dormir, mientras Joe se quedó solo sentado frente al mar. Hacía frío y una madrugadora brisa empezaba a soplar fuerte sobre su cara.

—Dios mío, ilumíname. Dime qué tengo que hacer. Te ruego: aclárame las ideas, ayúdame, Padre Santo —suplicó con los ojos cerrados, respiró profundo y levantó sus manos.

Se quedó en silencio por largos minutos, observando el oscuro perfil de la costa y oyendo el ruido de las pequeñas olas que caían sobre la orilla. Estaba completamente abstraído hasta que oyó la voz de Michael, llamándolo.

—Pescarás un resfriado, entra. ¿En qué estás pensando?

—Consultaba algo con mi viento amigo.

—Espero que la consulta haya sido positiva, entonces.

—Completamente, Michael.

La consulta de Joe había sido más que positiva. Ahora tenía la mente clara y había decidido pedir la baja de su amada arma azul a fin de año, casarse el siguiente año y luego atravesar el mar para iniciar una nueva vida, pero, como a él no le gustaban las previsiones futuras, había ya puesto todo en manos de Dios en quien tenía una fe ciega.

Es, pues, la fe la certeza de lo que se espera,
la convicción de lo que no se ve.
Hebreos 11:1

MAYO 1949
APULIA

Los cuatro meses en Pensacola pasaron rápido, muy rápido. Era tanta la alegría de los cuatro amigos por disfrutarse recíprocamente que se hizo honor al dicho que afirma que el tiempo es demasiado corto cuando se disfruta.

A su llegada a Italia, Joe, Cesco y Nando siguieron con su rutina de maniobras en conjunto con otros países de la recién creada Organización Defensiva del Atlántico Norte. La integración era muy importante y además había que mantener la operatividad y la combatividad y por eso fueron destacados durante los siguientes tres meses en una gran base cerca de la ciudad de Bari que operaba ya en conjunto con las fuerzas de la OTAN. Joe y sus dos amigos estaban entusiasmados con las nuevas tareas encomendadas, pero ya habían decidido que a fin de año pedirían su baja.

El mundo estaba nuevamente en zozobra, se respiraban aires de guerra una vez más, el conflicto árabe-israelí ya había iniciado, la guerra en Corea era inminente, el diferendo con Yugoslavia por Dalmacia seguía latente, la tensión con la Unión Soviética era altísima y el anticolonialismo empezaba a asomarse en África y Asia. Joe y Nando amaban a su país, pero no estaban dispuestos a inmiscuirse en ningún otro tipo de conflicto: estaban cansados, la larga guerra los había consumido. En sus caras se notaba la madurez que les había costado su juventud de forma muy rápida.

Quien no sentía cansancio era Cesco, que estaba siempre listo y dispuesto a luchar. Todos los esfuerzos de Joe y Nando para que abandonara las armas se habían demostrado infructuosos y los dos amigos estaban muy preocupados, ya que el sardo pensaba enrolarse como mercenario para combatir a lo que él consideraba injusticias.

NOVIEMBRE 1949
FERRARA

La lluvia no cesaba, varias ciudades y pueblos estaban bajo el agua. Las pérdidas habían sido incalculables para un país aún en fase de reconstrucción posguerra. Los muertos flotaban sobre las aguas y entre el lodo, miles de sobrevivientes esperaban ser rescatados sobre los techos de las casas, el frío era intenso, se corría el riesgo de que las víctimas aumentasen y los soldados compartían labores de rescate con los bomberos.

Joe, Cesco y Nando trabajaban en turnos de veinticuatro horas sin parar. Volaban y ayudaban a descargar víveres y todo tipo de ayuda en lo que era una carrera contra el tiempo.

A la semana de haber llegado a un aeropuerto cercano, en un fría mañana llena de la acostumbrada neblina que usualmente cubre esa área de la Padania, estaban descansando sobre los asientos de un bote en la orilla de uno de los tantos ríos del delta del rio Po, el más grande de Italia. Habían recién ayudado a descargar centenares de cajas de víveres y estaban exhaustos. Joe, con los ojos cansados, observaba el ir y venir de unos soldados de un batallón de ingeniería del ejercito que desembarcaba a los sobrevivientes que recogían de los techos de las casas. Esos jóvenes que no habían parado desde el inicio de las inundaciones eran los verdaderos héroes de la lucha sin cuartel, librada contra las inclemencias de la naturaleza. Con una taza de café caliente en la mano, trataba de ver los rostros de esos voluntariosos héroes de paz y cuando sus ojos estaban a punto de cerrarse por el sueño, de repente, entre el rumoreo a su alrededor, oyó una voz que le llamó la atención, era una voz conocida, una voz que recordaba haber oído antes, una voz que gritaba:

—¡Rápido, rápido! Hay más personas que están esperando, tenemos que salvarlos.

Oyó la voz por segunda vez, se levantó y corrió hacia el embarcadero.

—¿Joe? ¿Qué pasa? —preguntó Nando, que descansaba a su lado.

—Conozco esa voz, la he oído antes. Estoy seguro —gritó Joe mientras se abría paso entre la gran cantidad de personas que estaban cerca del improvisado embarcadero de campaña instalado sobre el río.

Al llegar frente al entramado se detuvo para tratar de oír la voz una vez más. No podía ver por la niebla, pero después de unos segundos la voz volvió a sonar alta y en ese momento no le quedaron dudas: conocía esa voz. Se dirigió gritando hacia un bote de rescate que estaba atracando.

—¡Stefano! ¿Eres tú?

—¿Quién me llama?

—Stefano, soy yo, soy Joe.

—¿Joe? —preguntó la silueta entre la niebla—. ¡Joe, mi amigo! Un momento, estamos atracando.

Mientras Joe esperaba ansioso el momento para saludar a quien hace seis años los había acogido en su casa con tanta generosidad, un sargento que había asistido al intercambio de voces se acercó a Joe y después de saludarlo militarmente le preguntó:

—Capitán, ¿conoce usted a ese joven?

—Lo conozco, sargento. Lo conocí en los días posteriores al armisticio.

—Ese joven es un héroe, ha salvado a más de cien personas. No ha parado, nunca he visto a alguien con tanta generosidad, coraje, valor y desprendimiento. Mi comandante lo va a proponer para una medalla al valor civil.

—Los héroes al valor civil son los que más hacen falta, hacen falta hombres que salven vidas, no que las destruyen —le respondió Joe.

Unos tacones sonaron a sus espaldas y, al voltearse, en posición de firme, ya no estaba un quinceañero, estaba todo un alto y apuesto joven que con sus ojos azules llenos de lágrimas le dijo:

—Joe, qué alegría verte.

—Stefano, te dije que mi viento amigo nos permitiría vernos de nuevo. ¿Pero qué haces en posición de firme? Descansa.

Quien debería estar en posición de firme soy yo, ahora eres un héroe de vida, un héroe de paz. Tu sargento me contó lo que has hecho desde que empezó la emergencia. Dios te va a llenar de bendiciones —repuso Joe antes de que los dos se fundieran en un caluroso abrazo.

—Luces cansado, necesitas una buena taza de café caliente, y quizás un panino. Ven conmigo, tenemos mucho que hablar, y además vas a ver a Cesco y a Nando.

—Me gustaría, Joe, pero estoy en servicio. Será luego.

—Tienes el permiso, Stefano. Necesitas descansar y comer algo. Voy a mandar un relevo en tu lugar. Acompaña al capitán —interrumpió el sargento al oír lo que Joe acababa de decir.

—Gracias, sargento, usted es muy amable —dijo Joe.

Se retiraron y se dirigieron hacia donde estaban Cesco y Nando.

—Despierten, flojos. Miren quién está aquí.

—Oh Joe, tengo sueño, no he dormido desde hace dos días —replicó con voz de cansado Cesco y a los pocos segundos Nando, con su cara apoyada sobre el brazo y con los ojos cerrados, agregó:

—Déjame descansar. Más bien, tráeme un café.

—Despierten. Stefano está aquí.

—¿Stefano?

Abrieron los ojos y se encontraron con la imponente figura de Stefano al lado de Joe, que sonriéndole les dijo:

—¿No me quieren saludar, amigos?

—¡Qué sorpresa! Bendito sea Dios. Claro que queremos saludarte amigo —respondió Nando y le dio una palmada en la espalda a Cesco para que reaccionara.

—Cesco, es Stefano. Levántate.

El sardo se levantó, tomó por el brazo a Stefano y lo abrazó.

—Stefano, nunca te hemos olvidado. Ni a ti ni a tu familia. Hemos llevado siempre el agradecimiento dentro de nosotros. Pensábamos visitarte en cuanto nos dieran la baja. Ahora somos sólo Joe, Cesco y yo, Gianni vive en Roma.

—Fue un verdadero placer haberlos ayudado, pero no tienen nada que agradecer.

—Nunca perderemos el agradecimiento, Stefano, nunca.

—Así es, querido amigo, el agradecimiento tiene que mantenerse siempre vivo en los corazones. Vamos por un buen café y un panino a la tienda de servicio, debes de estar hambriento —propuso Cesco.

—Estoy hambriento. Un café y un panino me caerán muy bien.

En la tienda de servicio que fungía de cocina también, tomaron cuatro bolsas con sendos paninos, se sirvieron café y se sentaron en un gran banco con sillas colocado frente a la tienda, donde en ese momento comían algunos damnificados.

—Tiene mortadela. No me gusta, Cesco.

—Come, Enano. La situación está muy mal, pero agrégale esto y te sabrá mejor —Cesco sacó de su mochila un frasco de deliciosos hongos curtidos en aceite de oliva.

—Ser tu amigo trae ventajas.

—¿Contrabando, Cesco?

—No, Joe, los preparé yo. Los recogí en la montaña cuando estuve en tu pueblo.

Los cuatro amigos devoraron los paninos en pocos minutos. Era tanta el hambre que al terminar hubieran querido repetir, pero ninguno se atrevía a entrar nuevamente a la tienda a tomar otros, así que siguieron bebiendo sus cafés. Mientras conversaban desde la tienda, una joven voluntaria que estaba colaborando en la distribución de los alimentos y los había estado observando, al deducir que aún tenían hambre, tomó otras cuatro bolsas de paninos y se dirigió hacia Joe para entregárselos, pero él la vio y adivinó su intención. Se levantó y con gentileza le dijo:

—Gracias, señorita, usted es muy amable, pero no podemos aceptarlo, hay muchas personas con hambre aquí.

—Capitán, por favor acéptelos. Hay para todos. Ustedes merecen esto y mucho más, todos en la zona estamos profundamente agradecidos. Dios los bendiga. Su generosidad no tiene límites.

—Gracias, Dios la bendiga.

—Estas personas están muy agradecidas. He visto las caras de los rescatados, y nunca en mi vida voy a poder olvidarlas, nunca. Me siento como su hubiera vuelto a nacer, es una sensación indescriptible. No hay nada mejor que ayudar a quien lo necesita —señaló Stefano una vez que la joven se retiró.

—¿Recuerdas cuando te dije que era mejor ser héroe de vida? Es mejor ser héroe de vida que héroe de muerte porque cuando se hacen cosas buenas para los demás sientes que vuelves a nacer, pero, cuando haces cosas malas, esas cosas quedan dentro de ti y a veces pedir perdón no basta, a veces las cosas malas te persiguen toda la vida aunque se hayan hecho en defensa de unos principios, como en las guerras, donde los hombres han inventado el honor para asesinar en paz.

—Tienes toda la razón, Joe, pero, cambiando de tema… me caso en cuanto termine el servicio militar y luego parto para Venezuela. Ese país me atrae, me llama la atención.

—Yo me caso el año que viene también, y también atravieso el océano. Pero aún no sé a qué país iré: Estados Unidos, Canadá, Perú, Venezuela… no sé. Veremos, tengo ofertas de trabajo.

—Ojalá decidas irte para Venezuela, así podremos vernos. Yo pienso trabajar duro para luego regresar a mi pueblo ¿Y tú, Joe, piensas regresar también?

—Yo pienso regresar, pero no sé cómo ni cuándo. Yo nunca he confiado en el día que no he visto: Dios proveerá.

Cesco y Nando asistían en silencio a la conversación, pensando también en cómo sería su futuro. Nando sabía que partiría con Joe, pero Cesco era un mar de dudas. El sardo era ya conocido por todos por lo que era, su lado bueno era encomiable, incalculable en cuanto a generosidad, más él era un guerrero nato, siempre listo para reaccionar ante cualquier injusticia, y seguía justificando la violencia aunque era profundamente religioso.

Esa mañana las palabras no fueron suficientes, como nunca son suficientes cuando uno se encuentra con un amigo que duplica las alegrías y a la vez divide las angustias, un amigo que muestra el rumbo y recorre con uno una parte del camino, un amigo que en definitiva es tu amigo porque realmente sabe quién eres.

Un verdadero amigo es quien bucea en el fondo de nuestro corazón para conocer nuestras necesidades, ahorrándonos el tiempo de tener que descubrirlas por nosotros mismos.
Jean de la Fontaine

Concluidas las labores de rescate de las que habían sido las peores inundaciones del siglo, después de dos meses, Stefano fue condecorado con la cruz al mérito civil, la máxima condecoración que se otorga sólo a los héroes de vida, la condecoración que se otorga al desprendimiento, al coraje, al valor y a la entrega desmedida de quienes son capaces de ofrecer su vida con tal de salvar a otros.

Stefano, en los veinte días que duró la emergencia, salvó a ciento dieciocho personas de morir ahogadas, entre ellos niños, mujeres y ancianos. Antes de la condecoración, sus compañeros testificaron que muchas veces lo vieron lanzarse al agua, muchas veces lo vieron lanzarse al lodo, muchas veces lo vieron subirse a techos y árboles, arriesgando su vida para salvar a quienes luego lo llenaban de bendiciones y agradecimientos mientras él respondía con una dulce sonrisa para luego voltearse y gritarle a sus compañeros una vez más:

—¡Rápido, rápido! Hay más personas que están esperando, tenemos que salvarlos.

HONOR A QUIEN HONOR MERECE

Stefano

FEBRERO 1950
CALABRIA

Primer sábado del mes. El frío era intenso, la mañanera niebla lo envolvía todo y Joe, en la pequeña plaza del pueblo, ataviado con un elegante traje negro con estrechas rayas grises, observaba entre el fino blanco manto a las apresuradas personas que efectuaban sus compras entre los vendedores ambulantes del semanal mercado. En su traje negro se sentía extraño, por primera vez en doce largos años su traje no era el azul de su amada aeronáutica. Había recibido su baja hace sólo una semana y al momento de recibirla las lágrimas habían sido abundantes, sus azules ojos lloraron más de una vez en la oscuridad de la noche. Su otrora Regia Aeronautica, su más reciente Aeronáutica Militar, habían sido su familia y su casa. Ahora se encontraba solo entre la niebla, tratando de iniciar una nueva vida.

Para ese momento su pequeña casa estaba casi lista, se casaría en cuatro meses y luego dejaría su país, la tierra que lo había visto nacer para partir hacia Sudamérica, específicamente a Venezuela, Colombia, Perú y Chile, de donde había recibido ofertas de trabajo. Visitaría esos países y luego decidiría dónde residenciarse.

La semana siguiente a su llegada se dedicó a digerir su nueva vida de civil y a visitar a su futura esposa para finiquitar detalles de la boda y después se dio por entero a la terminación de su casa con Nando que, como siempre, lo ayudaba en todo momento. Esa pequeña casa era su orgullo, se había edificado piedra por piedra y representaba la culminación de un sueño que día tras día se estaba concretizando con el paso del crudo invierno, con el paso de la bella primavera hasta llegar a la primera semana de junio, fecha en que sus amigos del alma, sus hermanos Michael, Cesco y Gianni llegaron al pueblo.

Michael y Rosina llegaron con su pequeño hijo para ser padrinos de la boda mientras Cesco, Gianni y su flamante novia, Manuela, serían parte del corteo. Todos ellos habían llegado de Nápoles con Cesco al volante de un largo automóvil marca Chevrolet con la tablilla de la Marina Americana que casi no cabía en las estrechas calles del pueblo. El lujoso automóvil, al cruzar a duras penas por las estrechas calles, causaba asombro por su gran tamaño. Estaba pintado de azul oscuro y una estrella blanca con la palabra <Navy> destacaba en las dos puertas delanteras.

—Cesco, ¿y ahora de dónde sacaste este camión? ¿Mario de nuevo? ¿O será que te enrolaste en la Marina Americana? —preguntó Joe bromeando después de darle la bienvenida a sus amigos.

—Esta vez no fue Mario, fue Michael quien lo consiguió con un oficial de la marina destacado en Nápoles.

—El grado a veces da acceso a ciertas facilidades —agregó Michael con una amplia sonrisa.

Tres días después, el domingo 11, finalmente llegó el ansiado día para Joe. El cielo estaba completamente azul y el fresco sol del primer mes de verano brillaba alto sobre la pequeña iglesia ubicada en el centro del milenario pueblo. Joe, frente al púlpito, esperaba a la bella Concetta que con su traje blanco como la nieve se dirigía cruzada de brazos con Michael hacia él.

—Hermano, un día tú me entregaste a Rosina y hoy yo te entrego a Concetta. Felicidades. Dios los bendiga.

—Gracias, Michael.

Joe tomó a Concetta de la mano para luego voltearse hacia el sacerdote que oficiaría la ceremonia que fue corta, pero conmovedora.

El sueño de Joe se había cumplido y a partir de ese momento iniciaba para él una nueva vida en feliz comunión con su esposa. La alegría de Joe era inmensa, pero un ligera tristeza invadía su corazón porque se acercaba el día en que se tendría que despedir nuevamente de sus amigos, que eran una parte de su vida. Sabía que partiría hacia lejanas tierras y no sabía cuándo los volvería a ver.

Dos días después, al llegar el triste día, el primero en despedirse fue Gianni, quien se confundió con Joe en un enternecedor abrazo lleno de lágrimas y buenos deseos; el segundo fue Cesco, quien lloraba como un niño: el duro, el irreducible, el terrible Cesco en ese momento no paraba de llorar, no atinaba a decir palabra alguna, estaba abrazado a su capitán del alma y no lo soltaba, sólo después de unos larguísimos minutos le susurró en el oído:

—Joe, si no nos volvemos a ver, si yo muero antes, te esperaré en la eternidad.

El último en despedirse fue Michael, quien también se confundió en un larguísimo abrazo con su hermano del alma.

El hermano americano tenía la esperanza viva de poder ver nuevamente a su hermano italiano por la cercanía de su natal Pensacola con el norte de Sudamérica, pero, a la vez, ambos amigos estaban sumamente preocupados debido a que una nueva guerra estaba a punto de estallar de un momento a otro en la lejana península de Corea y Michael había recibido ya el aviso para ser destacado en Japón.

La amistad es un alma que habita en dos cuerpos
y un corazón que habita en dos almas.
Aristóteles

OCTUBRE 1950

Después de pasar un caluroso verano con Concetta y toda su familia, Joe, el último día de septiembre, parte en un viejo barco con Nando para Sudamérica. Hubiera querido pasar más tiempo con su esposa, pero la difícil situación económica de Italia lo obliga a partir. Sus pocos ahorros le alcanzan para sufragar los gastos de viaje del itinerario previsto y para subsistir sólo unos pocos meses, por tanto es imperativo visualizar las ofertas para así poder decidirse por la que más les conviene.

Ambos amigos parten con las manos vacías, pero con una férrea voluntad y un gran espíritu de sacrificio porque para un emigrante ha sido siempre difícil abandonar su tierra, sus costumbres, su idioma y más aún a su familia.

Pasados dieciséis días de viaje llegan a la pujante Venezuela de los años cincuenta. Su primer destino: la bellísima tierra a la que el gran navegante Amerigo Vespucci le puso el nombre de la Pequeña Venecia al ver los palafitos construidos por los indios sobre el lago de Maracaibo en 1499. En Venezuela se quedan un mes para visualizar la oferta de trabajo que han recibido por parte de la fuerza aérea y luego parten para Chile vía mar con paradas en Colombia y Perú.

En esos tres países son tratados maravillosamente bien, especialmente en Perú, donde les ofrecen residencia inmediata con casa y gastos pagados. Sus fuerzas aéreas saben, por sus referencias, que ellos son pilotos con una gran experiencia y quieren hacerse de sus servicios, ya que están urgidos de instructores calificados.

Joe y Nando agradecen enormemente todas las atenciones que les dispensan, pero deciden aceptar la oferta de la Fuerza Aérea Venezolana, no porque la oferta sea la mejor, ya que de hecho la mejor es la peruana, se deciden por la venezolana porque la tierra del gran Simón Bolívar los cautiva.

A su regreso a Venezuela, a finales de diciembre, les bastan unas pocas semanas para terminar de enamorarse de esa tierra bendecida donde se conjugan la belleza de sus playas, de sus montañas, de sus selvas, de sus llanos y de sus ríos con las inmensas riquezas en recursos naturales. En las primeras cartas que le escriben a Concetta y a Gina no tienen palabras para calificar esa maravillosa tierra hasta el punto de estar seguros de haber llegado a una de las sucursales del cielo, tal como se le denomina a la ciudad capital, Caracas.

A partir de ese momento, para Joe y Nando la vida es una espiral de éxitos conjugados siempre con el sacrificio, la honestidad y la buena voluntad. Además del trabajo como instructores de vuelo, paralelamente se dedican a la compra venta de propiedades y en sólo cinco años logran acumular una atractiva cantidad de dinero, envidiable para la época, y se aprestan a regresar a Italia, a sus esposas.

Deja a tu familia y a tu gente y ve a la tierra que te mostraré.
Genesis 12:1

DICIEMBRE 1955
NÁPOLES

Joe y Nando llegaron al gran puerto abarrotado de transatlánticos y pusieron pies en su tierra natal después de casi dos semanas sobre el mar. Apenas desembarcaron, antes de partir para su pueblo, se dirigieron a una cafetería cercana para comunicarse vía telefónica con Michael, Gianni y Cesco. No habían tenido forma de comunicarse desde el barco y estaban ansiosos por recibir noticias sobre sus queridos amigos.

Michael acababa de llegar de Corea, había participado en la guerra, finalizada hace dos años sin vencidos ni vencedores. Esa guerra que Joe calificaba como "la guerra tonta" donde sólo se jugó al verbo invadir: yo te invado, tú me invades, nosotros nos invadimos, pero todos regresamos felices nuevamente al paralelo 38, que era el mismo borde de cuando Corea del Norte invadió a Corea del Sur en junio de 1950. Como siempre, el único triunfador fue el verbo morir porque una vez más los cobardes gobernantes mandaron a matarse a centenares de miles de hermanos en nombre de la libertad. Corea del Norte había invadido a Corea del Sur en junio de 1950, conquistando toda la península hasta la ciudad de Inchon, en el extremo sur, y luego las tropas de las Naciones Unidas, lideradas por los Estados Unidos en septiembre del mismo año, en sólo un mes repelieron a las tropas del norte, ocupando toda la península hasta la frontera con China. Pero luego, por diferentes errores de gobierno y presiones políticas internacionales, se retiraron hasta la antigua frontera donde el frente se consolidó y se tuvo que asistir a dos años de carnicería por parte y parte sin que nada se resolviera.

En cuanto a Gianni, este se había integrado completamente a la vida civil y se había casado con Manuela después de graduarse ambos en filosofía. Para ese momento se dedicaba, tal cual habían sido sus deseos, a escribir libros. Cesco, por otro lado, después de haber trabajado como instructor de vuelo por cuatro años en Argentina y en Turquía, se disponía a partir hacia un país del centro de África como mercenario para combatir contra las guerrillas comunistas y estaba entusiasmado porque volaría en un moderno caza a reacción F86 Sabre.

Para ese entonces la estrategia de la guerra en el aire era otra, hace pocos años había iniciado la era de los reactores. Las nostálgicas hélices eran sólo un recuerdo, las velocidades no eran las mismas, se volaba casi a la velocidad del sonido, los patrones de combate aéreo eran diferentes y las fuerzas aéreas a nivel mundial se equipaban con los nuevos aviones.

Al día siguiente, al llegar al pueblo, la alegría de los dos compañeros del alma era inmensa, ya que después de cinco largos años volvían a ver a sus esposas. Pensaban quedarse un año solamente antes de volver a Venezuela con ellas, pero la suerte les jugó una mala pasada, ya que a los pocos días fueron invitados por unos amigos a participar como socios en el cultivo de naranjas en la isla de Sicilia. El negocio lucía rentable. Italia era el primer país de Europa en la exportación de cítricos y los riesgos eran mínimos. Joe y Nando, atraídos por la rentabilidad, aceptaron y colocaron casi la totalidad de sus ahorros en la plantación que debía dar sus frutos al año siguiente. Pero, con la llegada del crudo invierno, una cruda adversidad se abatió sobre ellos.

El invierno de 1956 fue el más crudo invierno de los últimos cien años en Italia y ese crudo invierno destruyó la casi toda la plantación. En la Italia del 1956 aún no existían las ayudas gubernamentales para la agricultura en caso de pérdida de la producción por inclemencias de tiempo y los dos amigos perdieron en pocos meses los sacrificios de cinco años. Joe se sintió destruido, afligido, no lo podía creer. Lo único que lo alegró fue el nacimiento de su primer hijo y esa felicidad la compartió con Concetta, pero en el mes de abril diez y seis meses después de haber llegado, se vió obligado a dejar nuevamente a su amada esposa, esta vez con su pequeño hijo de tres meses.

La grave situación económica le exigió una vez más un sacrificio, y en esa ocasión Nando tuvo que quedarse por problemas de salud de sus padres. Joe partió para Venezuela con la firme determinación de vencer la adversidad.

*Las adversidades tienen el poder de despertar los talentos
que en la prosperidad permanecen dormidos.*
Quinto Horacio

MAYO 1962
CARACAS

Joe, sentado en el balcón de su casa, observaba la maravillosa vista de la montaña que separa la ciudad capital del mar Caribe con su imponente Pico del Ávila y el bellísimo hotel Humboldt que se había convertido en el icono moderno de la bella ciudad llamada la Sultana del Ávila. Faltaba un día para la llegada de Concetta y su hijo, y su felicidad era indescriptible.

Habían pasado cinco años desde su regreso a Venezuela y en esos cinco años, a fuerza de sacrificios, triunfó nuevamente. Con una humeante taza de café recién preparada en su mano y con la mirada sobre los cambiantes colores de la montaña, recordaba los acontecimientos de las dos últimas décadas partiendo de 1943. El verde fondo de la montaña era como una pantalla de cine donde se proyectaba lo vivido: la guerra, el duelo con Michael, la muerte de su padre, de Mauro, de Salvatore, de Nicola, el encuentro de vida con Michael, Elisa, la barbarie de las bombas atómicas, el fin de la guerra, Egipto, su boda, sus viajes, su llegada a Venezuela, sus triunfos, sus adversidades, el nacimiento de su hijo y por fin la paz, la ansiada paz conjugada con la alegría. Aunque se sentía inmensamente feliz esa mañana, estaba también cansado por haber pasado toda la noche en vela esperando la llamada de Nando para recibir noticias de Cesco, del cual no se sabía nada desde hace casi un año. Mas tarde, entre recuerdos, se quedó profundamente dormido y cuando despertó habían pasado ya más de cinco horas.

Se levantó de su cómoda poltrona, se preparó algo de comer y volvió a sentarse en su balcón. La inquietud lo atormentaba. Las horas pasaban con los colores de la montaña que asumían una tonalidad siempre más oscura y Nando no llamaba. A las 23 horas, preocupado porque tenía que levantarse temprano para ir al puerto, se fue a la cama, pero dos horas después el fuerte chirrido del teléfono lo despertó. Era Nando que desesperado, entre sollozos, no paraba de decir:

—Joe, murió, murió…

—¿Quién, Nando? ¿Quién murió? —respondió Joe, aletargado por el sueño.

—Cesco murió.

Nando no podía hablar, lloraba como un niño y Joe salió de su letargo y se quedó en silencio también. Ninguno de los dos pudo pronunciar palabra alguna hasta que Nando, con voz apesadumbrado, logró contar lo sucedido.

Cesco había salido para una misión de ataque al suelo contra un campamento de guerrilleros en la selva del inmenso país del África Central. Después del ataque su avión sufrió un desperfecto mecánico que lo obligó a efectuar un aterrizaje de fortuna sobre una meseta rocosa rodeada de alta vegetación. Antes de aterrizar, el sardo logró radiar su posición a la base y dos helicóptero con comandos habían salido prontamente en su rescate, pero en el aparatoso aterrizaje su flamante caza quedó completamente destruido y él se partió la pierna derecha, quedando atrapado en lo que quedaba de la cabina. Sabía que esa zona estaba infestada de guerrilleros y a sabiendas de que el helicóptero tardaría más de una hora en llegar, se preparó para repeler un eventual ataque. Cesco, además de su pistola, llevaba siempre consigo una nueva versión del afamado MAB38 con culatín plegable en la estrecha cabina de su avión.

Después de una hora, como era de esperar, desde su posición divisó unas dos decenas de guerrilleros que trepaban una escarpada para acercarse a él. Su posición era muy buena, pero si no llegaba ayuda sabía que le sería difícil salir con vida, así que a duras penas se zafó del asiento y se arrastró a una gran roca donde había impactado el ala del caza en su loca carrera antes de prácticamente desintegrarse, sin incendiarse, porque él hábilmente había vaciado el poco combustible que quedaba antes del aterrizaje forzoso. Los guerrilleros llegaron rápidamente a los restos de la cabina, armados con fusiles AK47 y filosos machetes. Obviamente, la intención era capturar a Cesco para luego utilizarlo como rehén, cosa muy usual en ellos.

Les fue muy fácil localizar la posición del sardo por los rastros de sangre y lo rodearon sin saber que ese cliente sería un hueso muy duro de roer. Los dos primeros que se acercaron recibieron cada uno dos certeros disparos en el pecho y otros dos recibieron una corta ráfaga a la altura del cuello y en ese momento se dieron cuenta que el que estaba parapeteado detrás de la roca no era un simple piloto, sino un experto combatiente. Los inexpertos revolucionarios, sin ninguna estrategia que seguir, al ver a sus compañeros caídos se lanzaron hacia la posición de Cesco y fueron cayendo de uno en uno hasta quedar seis. Los que quedaban se lanzaron al piso y después de unos minutos, más enardecidos que antes, se lanzaron nuevamente al ataque como hienas sobre su presa. La refriega fue tan grande que se confundieron las ráfagas de los guerrilleros y las de Cesco con el ruido de los dos helicópteros que se acercaban. En cuanto estuvieron a tiro, los helicópteros empezaron a disparar sus ametralladoras pesadas, haciendo que los pocos guerrilleros que quedaban vivos huyeran lanzándose por la misma escarpada por donde habían subido. Uno de los helicópteros aterrizó enseguida y cuatro comandos belgas, seguidos de dos paramédicos, bajaron rápidamente para auxiliar a Cesco que yacía tendido, mortalmente herido, detrás de la gran piedra con su MAB en la mano derecha y su pistola en la izquierda. Los paramédicos lo atendieron de inmediato, pero sus esfuerzos fueron en vano, ya que a los pocos minutos expiró con los ojos abiertos, mirando el azul del cielo, ese azul que tanto amaba. Antes de morir había alcanzado a decirle a uno de los paramédicos que tomara un papel recién escrito que tenía en unos de los bolsillos de su braga de vuelo.

—No puedo creer que un sólo hombre hizo esto —señaló un comando al colocarlo sobre una camilla.

El sargento a su lado dijo:

—Yo conocía a este hombre, era un valiente, era un veterano de la Segunda Guerra Mundial, un hombre de honor. No se hubiera rendido jamás.

Cesco había vendido muy cara su vida. Alrededor de él yacían más de una docena de jóvenes guerrilleros que había abatido. Jóvenes que perdieron la vida absurdamente, siguiendo ideales seguramente inculcados por líderes deseosos de poder, líderes mediocres, engañadores de pueblos que llevaron a millones de jóvenes a la muerte.

Una vez que terminó de contar la historia, Nando leyó el papel que el sardo había escrito antes de morir.

—"Joe, Nando, Gianni, Michael, hermanos míos, me llegó la hora final. Me voy con la plena certeza de que siempre combatí lo que yo consideraba injusticias y maldad. Nunca hice daño a quien daño no hizo. Acabo de arrodillarme a pedir perdón. Espero que Dios me perdone y que ustedes y sus hijos puedan ver un mundo mejor que el que yo vi. Pero quédense tranquilos, aún no me iré del todo, estaré patrullando como lo están Mauro y Nicola, partiré hacia la última misión sólo cuando estemos todos juntos. Los amo".

Cesco fue tremendamente generoso, unos meses después de su entierro sus amigos se enteraron de que el 70% de sus ingresos, desde el mismo momento en que había empezado a trabajar como mercenario, estaban siendo depositados en la cuenta de una organización internacional que se hacía cargo de niños huérfanos en África.

El valor no es simplemente una virtud; el valor
es el punto de partida de todas las virtudes.
C.S. Lewis

SEPTIEMBRE 1963
CARACAS

La ciudad despertaba con sus ruidos después de una plácida noche. Era el primer día del año escolar y Joe, en el tráfico, observaba con orgullo por el retrovisor a su hijo sentado en el asiento posterior de su deportivo Ford Falcon color azul. Estaba alegre, Gianni acababa de ser padre de una preciosa niña al igual que Nando, meses antes, de un bello niño.

Caracas era ya una ciudad congestionada y después de casi una hora llegaron al colegio. Su hijo, al ver a la gran cantidad de niños aglutinados en la puerta, quiso bajar rápido. Una niña en especial le había llamado la atención y a los pocos segundos, sin esperar a que Joe se terminara de estacionar, empezó a gritar, impaciente:

—Sabina. Sabina. Sabinaaa.

Joe le preguntó a quién llamaba y el pequeño diligentemente le indicó con un dedo a una bella niña pecosa de cabello rubio que estaba de manos con su padre. Por la gran cantidad de niños, en un primer momento a Joe se le dificultó ubicarla, pero cuando la ubicó se dio cuenta que la persona que acompañaba a la niña era nada más y nada menos que Stefano, el mismo generoso quinceañero que los acogió con sus compañeros en el ya lejano 1943, el mismo joven soldado, héroe de vida, que volvió a encontrar en 1949. Para ese momento ya era todo un hombre.

Antes de estacionarse le preguntó a su hijo de dónde conocía a Sabina y este le respondió que la había conocido en el barco, en las fiestas infantiles que le organizaban todas las tardes a los niños.

—Dios es grande —dijo Joe para sí mismo y bajó el vidrio del coche para llamar a Stefano.

Stefano volteó y reconoció a Joe. Corrió hacia él y los hombres se confundieron en un caluroso abrazo.

Stefano, al dejar el servicio militar, se había casado y poco después había partido para Venezuela en 1953. En el 1957, casualmente en el mismo mes que nació el hijo de Joe, había nacido su hija, y después de tres años, antes de nacer su segunda hija Rita, regresó a Italia para unas vacaciones. Pasados unos meses, por razones de trabajo, se vio obligado a regresar a Venezuela mientras su esposa Antonieta, con las dos pequeñas hijas, regresaron luego y viajaron en el mismo barco donde viajaba la esposa de Joe con su hijo.

—Amigo mío, Dios nos ha permitido encontrarnos una vez más. Han pasado catorce años desde la última vez que nos vimos. Definitivamente las montañas no se encuentran, pero los hombres sí —acotó Joe.

—Y ahora nuestras manos no están vacías, están llenas de nuestros mejores frutos, los frutos del sacrificio —respondió

Stefano, recordando lo conversado la última vez que se habían visto.

Tenían mucho que contarse y una vez que dejaron a sus hijos fueron a una renombrada cafetería, ubicada a pocos pasos del colegio, y acompañados por dos tazas de buen café recorrieron todos los senderos de la vida por donde habían caminado. Nada quedó exento desde la guerra hasta ese momento, todo se conjugó en la inmensa alegría que se siente cuando la amistad verdadera se vuelve a encontrar.

A partir de esa ocasión Joe y Stefano no se volvieron a separar, ni tampoco sus familias. Reuniones, fiestas, celebraciones, viajes, fueron siempre queridos y deseados motivos de encuentro.

He tenido muchos amigos en mi vida, pero puedo decir con orgullo que mis amigos verdaderos han hecho la historia de mi vida porque han convertido en muchas ocasiones mis limitaciones en hermosos privilegios.
De las memorias de Joe

FEBRERO 1967
CARACAS

Son las 13 horas, el aeropuerto es una efervescencia, decenas de vuelos aterrizan procedentes de diferentes lugares del mundo. Venezuela es uno de los primeros exportadores de petróleo del mundo y los ingresos son tan altos que el país vive un periodo de bonanza y prosperidad impresionante y sigue siendo el país donde es posible hacerse rico de la noche a la mañana. Joe, Concetta y su hijo ya de diez años esperan en la gran sala de llegadas internacionales. Están esperando a Michael, Gianni y Nando.

Los primeros en llegar en un bello Boeing 707 de Pan AM procedente de Miami son Michael y Rosina, mientras dos horas más tarde llegan Gianni y Nando con sus esposas y sus hijos en un elegante DC8 de Alitalia. Los amigos, después de la muerte de Cesco, decidieron volverse a encontrar cada cierto tiempo para celebrar que estaban vivos, tal como lo hacían antes del término de la guerra. El antiguo grupo de Joe se había reducido y querían disfrutar de cada momento cada vez que se encontraban.

El encuentro de Caracas estuvo, como siempre, lleno de una gran alegría. Visitaron diferentes ciudades, disfrutaron de playas, montañas, y dos días antes de partir, en un bello restaurante ubicado en una zona montañosa cercana a la ciudad, entre la niebla, juraron encontrarse nuevamente en un próximo futuro y ese futuro próximo llegó a causa de una fatalidad del destino tres años después.

NOVIEMBRE 1970
PENSACOLA

Joe, acompañado de su hijo, viajó nuevamente a la ciudad americana que le traía tantos recuerdos para visitar a Michael que estaba gravemente enfermo. Las dolencias que lo habían obligado a pedir la baja de la fuerza aérea hace varios años habían aflorado nuevamente y Michael tuvo que ser hospitalizado, sin poder caminar. La penosa enfermedad que le había sido diagnosticada en su páncreas lo acechaba y le minaba las fuerzas cada vez más.

Horas más tarde Gianni y Nando llegaron también para tratar de darle ánimo. La visita de los tres amigos fue para Michael como un misterioso brebaje de vitalidad y en pocos días su estado de salud mejoró notablemente. Los mismos médicos estaban sorprendidos por la mejoría y lo mandaron a casa antes del tiempo. Durante los quince días que los tres italianos estuvieron en Pensacola, Michael volvió a sentirse vivo. Una linfa nueva recorría su cuerpo, el tratamiento médico respondía y la sonrisa había vuelto a sus labios.

Un día antes del regreso, después de haber disfrutado de un delicioso asado al aire libre mientras Gianni y Nando observaban el sol que caía detrás de la fina línea del horizonte,

Michael se les acercó y les agradeció por haber estado presentes en un momento tan delicado para él. Luego llamó a Joe a un lado, le entregó un sobre y le dijo:

—Hermano mío, quiero que abras este sobre después de mi muerte.

—¿Qué dices, Michael? Tú no te vas a morir. Ya estás bien, tienes mucha vida por delante —Joe le dio una palmada en la espalda.

—Gracias por tus palabras, pero por favor conserva este sobre.

—Así lo haré. No te preocupes, nos vemos en Italia el año que viene, tal como acordamos.

La amistad verdadera multiplica
las alegrías y divide las angustias.
El autor

Joe llega a Caracas la tercera semana de noviembre, después de haber pasado varios días de angustia que luego, afortunadamente, se convirtieron en momentos de alegría como de alegría serían también los próximos días.

Stefano, su ya inseparable amigo, acaba de ser padre de otra bellísima niña a quien llama María en honor a su querida Virgen de las Nieves, patrona de su pueblo natal, que visita todos los años en ocasión de las fiestas patronales. Stefano irradia felicidad, su familia crece y sus negocios prosperan como así también prosperan los de Joe. Definitivamente, los sacrificios de Joe y Stefano dan sus frutos y Dios los sigue favoreciendo y llenando de bendiciones.

JUNIO 1970
NÁPOLES

Joe desembarcó en la ciudad donde entre 1944 y 1945 vivió tantos sueños. Desembarcó en la ciudad que en el lejano 1951 lo vio partir con las manos vacías y el corazón lleno de esperanzas.

No es rico, pero por fin ha logrado esa paz que tanto anhelaba. Del gran barco desembarcó también un lujoso Mercedes Benz con el cual pensaba mostrarle a su hijo los diferentes lugares que jugaron un papel determinante en su juventud. También tenía previsto un nuevo encuentro de vida con sus queridos Gianni, Nando y Michael en el mismo restaurante en Trastevere, en Roma, que sirvió de marco para el último encuentro en tierras italianas, en 1945, al término de la guerra. Esta vez tenían la intención de visitar a Cesco, Nicola y Salvatore, que están enterrados en un cementerio militar al sur de la ciudad eterna.

Después de un mes de su llegada, con su hijo, con Nando y el hijo de Nando partieron y en dos semanas recorrieron todos los sitios donde estuvieron destacados después de llegar de África en enero de 1943. Desde su escuela de vuelo en la península de Otranto hasta Treviso, en el norte de Italia, pasando por las bases de Foggia, de Nápoles, de Pisa y visitando las zonas donde se vieron envueltos en escaramuzas con los alemanes. Terminado el largo recorrido, se reunieron en Roma con Michael y Gianni en la vieja *trattoria* de Trastevere donde el camarero no era el mismo, pero los recuerdos sí. Pasaron dos días en la ciudad de los césares y luego visitaron el gran cementerio militar, lleno de miles de tumbas, lleno miles de sueños truncados por las miserables guerras.

Se detuvieron primero delate de la lápida de Salvatore, el gigante todo fuerza y corazón; luego frente a la tumba de Nicola, el apuesto Nicola que parecía hablarles; y finalmente frente a Cesco, coraje y generosidad a la máxima potencia. Lamentablemente faltaba Mauro, cuyo violín aún no dejaba de sonar: el cuerpo del músico nunca fue encontrado.

Antes de despedirse con un saludo militar, Joe colocó una pequeña foto de Mauro al lado de la de Cesco, con una pequeña flor, y le dijo a sus amigos:

—Aún está patrullando. El motor de su avión no se ha detenido.

Al día siguiente se detuvieron en Nápoles y fueron a la misma cafetería que fue testigo de tantas conversaciones y sueños. Les parecía que el tiempo no había pasado, como si se hubiera detenido, pero al dirigir la mirada sobre sus hijos sentados en la misma mesa volvieron a la realidad. El tiempo había pasado para ellos, algunas veces lento, algunas veces rápido, sus hijos habían crecido y seguirán creciendo.

Hubieran querido tener una familia numerosa, especialmente Michael, quien siempre dijo que quería tener muchos hijos, pero las circunstancias jugaron un papel predominante y se tuvieron que conformar con los que muy pronto, después de ellos, tendrían que llevar la luminosa antorcha de la vida para pasarla a las próximas generaciones.

OCTUBRE 1977
CARACAS

La inmensa amistad de Joe y Stefano estaba por convertirse en parentesco. Su hijo, después de un largo noviazgo, contraería matrimonio con la bella primera hija de Stefano en el próximo mes de abril. El amor imberbe de los primeros años de vida se había convertido en un intenso amor de juventud. Por la inminencia de la boda, se efectuaban todos los preparativos para la ceremonia religiosa y lo que sería la recepción en un bello salón de fiestas.

La lista de invitados era larga y entre los invitados estaban también, para un nuevo encuentro, Gianni, Nando y Michael con sus familias. Joe acababa de formalizar la invitación a sus tres amigos y estos habían aceptado con inmenso placer. Pero en una soleada mañana de la tercera semana del mes, el teléfono sonó.

Joe no había dormido bien esa noche y se había levantado muy temprano. Bebía su cotidiano café cuando oyó la llamada y se dispuso a tomar la bocina del teléfono. En un primer momento titubeó, pero se armó de valor y respondió. Era Rosina, que llorando entre sollozos le dijo:

—Joe, Mich nos dejó.

Michael, su hermano americano, había partido en la noche sin despedirse. La penosa enfermedad le había ocasionado una falla renal que le produjo la muerte, una muerte serena. Rosina, al despertarse, lo había encontrado con los ojos cerrados y con los dedos entrelazados, como rezando.

Joe, entristecido, llamó a su agencia de viajes y compró un boleto para esa misma tarde a Pensacola con escala en Miami, pero no sin antes comunicarse con sus amigos en Italia. La primera llamada fue para Nando, quien también se dio a la tarea de conseguir un vuelo para tratar de llegar antes del entierro. Luego llamó a Gianni, quien no estaba localizable por estar de viaje con su esposa para la presentación de un libro en Londres.

En la tarde, una vez que el espacioso Boeing 747 despegó, Joe abrió su maletín de mano y sacó el sobre que Michael le había entregado en vida hacía ocho años. Dentro del sobre había un distintivo de la Fuerza Aérea Americana con el grado de coronel y una carta escrita a mano.

"Joe, hermano, cuando leas esta carta ya habré partido. Conserva el distintivo con mi último grado porque ese grado te lo debo a ti, ese grado, como los anteriores, es tuyo. Ese grado era ya tuyo cuando en una bellísima tarde en los bellos cielos de tu país nos enfrentamos en un duelo en el cual uno de nosotros debía morir. Pero no fue así porque nuestro Padre Omnipotente esa tarde no quiso que un hombre destruyera a otro. Esa tarde esas blancas nubecillas que llenaban el azul del cielo tenían que ser testigo de un acto de paz y frater- nidad. Esa tarde mi Padre Celestial me permitió volverme a encontrar con lo humano y con la compasión que había extraviado en los cielos del Pacífico. Joe, fue un inmenso placer haber volado contigo y fue un placer aún más grande haber compartido la fraternal amistad que nos unió y, tal como escribió Cesco en su carta, yo también te esperaré para volar nuestra última misión. Tu hermano Michael".

Para cuando el gigantesco avión aterrizó en Miami a las 18 horas, Joe aún estaba sumido en el recuerdo de todos los momentos vividos con su hermano americano, ansioso por verlo.

Era lunes y el entierro estaba previsto para el viernes a las 12 horas, así que en cuanto aterrizó en Pensacola tomó un taxi y se dirigió directamente a la funeraria. Apenas entró, Rosina y Joseph fueron a su encuentro y luego de un largo abrazo lo condujeron frente al ataúd donde reposaba el buen Michael, ataviado con su bello uniforme azul de gala y todas sus condecoraciones en el pecho. Joe lo besó en la frente, luego puso la mano sobre la de él y pasados unos largos minutos se dijo a sí mismo: *Nos veremos en la eternidad, Michael.*

Al día siguiente, a las 20 horas, después de un larguísimo viaje, llegó Nando, quien también se unió al velorio de su querido amigo. Joe y Nando esa noche tuvieron mucho tiempo para recordar y entre café y café mucho tiempo para hablar mientras repasaban los momentos al lado del hermano americano. El viernes, como previsto, se efectuó el entierro después de una emotiva homilía en la que el trompetista sonó las notas tristes del "Silencio".

Rosina, con la muerte de Michael, había quedado destrozada, muy dolida, pero soportó con estoicismo la partida de su amado esposo. En su corazón se apagaba una vela y se encendía otra más luminosa. La joven esposa de Joseph, a la semana del entierro, daba a luz un bello niño a quien le pusieron por nombre Michael.

Joe y Nando partieron a destinos diferentes, pero en el aeropuerto, antes de abordar sus vuelos, como siempre se prometieron volverse a encontrar.

Joe estaba cansado y apenas abordó se dispuso a dormir y al cerrar los ojos se acordó de la pequeña tarjeta que había puesto en el bolsillo de la chaqueta de Michael momentos antes de que cerraran el ataúd. En esa pequeña tarjeta había escrito unos versos tomados de la Biblia.

Luego nosotros, los que vivimos, los que hayamos quedado, seremos arrebatados junto con ellos en las nubes para recibir al Señor en el aire y así estar siempre con Él.
Tessalonicenses 4:17

MARZO 1982
CARACAS

Cinco días antes del final del mes, un viernes, casi las 19 horas.

Joe ha esperado prácticamente todo el día sentado en la recepción de la clínica junto a Concetta y su hijo. Su nuera, Sabina, acaba de dar a luz, pero el médico no sale. Los nervios aumentan hasta que de la puerta del quirófano se asoma una enfermera.

—Es una preciosa niña.

La alegría es incontenible. Stefano, Antonieta y sus otras dos hijas se unen a la algarabía. Después de los abrazos y las felicitaciones, Joe se aleja del grupo, va al balcón, mira al cielo y susurra:

—Gracias, Dios mío.

Le vienen a la mente los ojos de Santa Barbara, que lo miraron en la iglesia que lleva su nombre, en Roma, cuando se casó Michael.

—Nació mi Barbarita.

Su primera nieta, Barbara, que fue la niña de sus ojos, como también lo fueron sus otras dos nietas y su nieto, tremendamente parecido a él.

> *La alegría más grande de ser abuelo es volver*
> *a ver al mundo a través de los ojos de un niño.*
>
> De las memorias de Joe

JULIO 1995
SIBARI, ANTIGUA MAGNA GRECIA

Eran las primeras horas de una bella mañana de verano. Joe observaba el mar que por la alta temperatura y el fuerte brillo del sol parecía un titilante espejismo que lo invitaba a refrescarse en sus claras aguas. Se dispuso a levantarse cuando oyó el sonido de su teléfono celular. Era Gianni que lo llamaba para informarle que la cruel guerra le estaba regresando, después de cincuenta y tres años, los restos de su hermano Ángelo, desaparecido en Rusia durante la batalla de Stalingrado.

Ángelo, de grado sargento, hasta ese momento se consideraba desaparecido porque nunca se supo nada de él y se presumía que había muerto en el ataque ruso al frente norte italiano, que fue el último en caer durante esa batalla. Como en el caso del pobre Ángelo hubo miles y miles de soldados de diferentes nacionalidades de los que nunca se había podido saber nada por el hermetismo soviético que siempre se negó miserablemente a dar razón alguna sobre ellos. Pero a partir del ascenso al poder del renovador Mijaíl Gorbachov, con su reformas llamadas Perestroika, el comunismo había caído, produciendo una apertura al mundo occidental y ya, desde el primer año de la caída, el gobierno italiano había solicitado información y colaboración para conocer la suerte de esos pobres soldados. Después de varios años de investigaciones, por fin, en 1994, se pudo conocer lo que había ocurrido. Los miles y miles considerados desaparecidos una vez capturados fueron mandados a campos de trabajo regados en la inmensidad de la Unión Soviética y no fueron entregados a final de la guerra ni después. El miserable, perverso y sangriento sistema soviético los había abandonado por años en sus campos de trabajo hasta la muerte.

Los restos de Ángelo fueron encontrados en un cementerio en las afueras de Moscú y la fecha de su muerte era 1956. La guerra había terminado en 1945 y el pobre Ángelo se había muerto once años después, y así miles y miles también, lo que daba un ejemplo claro de lo que era esa nefasta y malvada ideología soviética. Los soviéticos firmaron la Convención de Ginebra sobre los prisioneros de guerra, pero evidentemente, como en muchos otros casos, se les habían perdido las hojas donde firmaron.

Joe, al enterarse de la noticia, en un primer momento recordó el odio de Cesco hacia las elites comunistas, pero después de recibir la caja con los restos de su hermano cubierta con una bandera, soportó con estoicismo y perdón la tristeza porque él no podía odiar, el odio no estaba en su código de vida y nunca lo había estado.

El odio es la cólera de los débiles.
A. Daudet

DICIEMBRE 1998
CARACAS

El pueblo de Venezuela está de fiesta, se acaban de celebrar las elecciones presidenciales que arrojan como ganador por una gran cantidad de votos al candidato de la oposición el excomandante golpista Hugo Chávez Frías.

Chávez, en febrero de 1992, había intentado derrocar al gobierno democráticamente electo del anticomunista Carlos Andrés Pérez, quien antes de ser presidente, como ministro del interior, combatió con firmeza y determinación las guerrillas fomentadas por el loco endemoniado de Fidel Castro, que intentaban llevar al país a un caos generalizado para así luego tomar el poder. Desde la salida del llamado "dictador" Marcos Pérez Jiménez en 1958 hasta 1998 todos los gobiernos se habían caracterizado por una marcada corrupción y una gran cantidad de desaciertos económicos. En esos cuarenta años de democracia, dos partidos se habían repartido el poder, dilapidando los inmensos recursos del estado, endeudando al país y hundiéndolo en la miseria hasta el punto en que en 1988 había explotado una revuelta social que ocasionó una gran cantidad de muertos y heridos. Esa revuelta fue a su vez ocasionada por el descontento de la población de menos recursos y evidentemente orquestada por los seguidores de Chávez bajo la anuencia obvia y segura del comandante de comandantes en Cuba.

Fidel Castro, al fracasar la intervención armada mediante guerrillas en los años sesentas y setentas, inteligentemente se dio a la tarea de infiltrar a un grupo de cadetes de la escuela militar para adoctrinarlos en su ideología para algún día tomar el poder aprovechando el desgaste de la agonizante democracia venezolana. Castro no podía perder a Venezuela, ya que esta, por su riqueza, representaba la linfa nueva que necesitaba después de la aparatosa caída de la Unión Soviética que marcó el fin del comunismo en el mundo entero. Así que, cuatro años después de la sangrienta revuelta, el día llegó en una fría mañana de febrero en que un grupo de cinco comandantes liderizados por un tímido y asustado Hugo Chávez trataron de efectuar un golpe de estado contra Carlos Andrés Pérez.

La intentona golpista fue sofocada en pocas horas y los comandantes fueron encarcelados, pero después de dos años el engreído presidente de turno, Rafael Caldera, en su segundo mandato, irresponsablemente los indultó. Chávez Frías quedó libre y se lanzó como candidato presidencial para las elecciones de 1998, vendiéndose como un ejecutivo moderno, como un demócrata nacionalista amante de los principios del gran Simón Bolívar y ganó las elecciones con el voto de muchas personas cansadas de los malos gobiernos y corruptelas. Esa noche triunfó Chávez y triunfó el Loco Fidel también, porque lo que no pudo tomar con sus nefastas y funestas revoluciones lo estaba tomando en ese momento en las urnas de votación con el otro loco, el Loco Chávez, como todos lo llamaron al quitarse la careta de demócrata sólo unos meses después de tomar posesión del gobierno.

El día de las elecciones, Joe, acompañado de su hijo, estuvo toda la tarde preocupado frente al televisor, siguiendo el proceso de elecciones que era trascendental para el país, y en la noche, en cuanto informaron el resultado oficial, su hijo le comentó:

—Parece que por fin Venezuela va a tener un presidente nacionalista que le duele el país. Espero que Chávez haga un buen gobierno, porque las tendrá todas a su favor.

Joe, con cara preocupada, respondió con la experiencia de alguien que había vivido tanto.

—Espero, pero tengo mis dudas. Tengo un presentimiento desde que he venido oyendo a Chávez: me parece que es un falso. Cuando oigo lo que dice me recuerda al Loco Fidel antes de su estúpida revolución. Además ese tipo de discurso lo he oído ya muchas veces en mi vida, este señor a todas luces ha sido adoctrinado por Castro y, como dicen aquí en Venezuela, "es astilla de un mismo tronco". Ojalá me equivoque, pero creo que va a hundir al país en una fosa muy profunda.

Joe no se equivocó en lo absoluto. Chávez hubiera podido hacer un buen gobierno si hubiera querido, pero no lo hizo. Despilfarró una vez más los recursos del estado como despilfarró su talento utilizándolo para fines de discordia y generación de odios sociales. Lo arreglable no lo arregló y el buen Joe asistió impávido al hundimiento paulatino de su amada Venezuela.

Muchas veces lloró en su balcón frente a ese mágico cerro del Ávila, frente a esa bellísima montaña que había sido para él una inmensa pantalla donde observaba y añoraba los gentiles años vividos en esa maravillosa tierra de su admirado libertador Simón Bolívar.

El talento sin probidad es un azote.
S. Bolívar

OCTUBRE 2007
CALABRIA

La amistad verdadera es una sagrada alianza basada
en el amor, el desprendimiento y el respeto mutuo.
Marco Aurelio

Eran las 07 horas de una fría mañana de otoño azotada por un fuerte vendaval de lluvia y viento. Joe, como todas las mañanas, estaba en la cocina esperando el deliciosos aroma que su fiel cafetera estaba a punto de despedir. Su mente ya no era la misma, su andar era lento, sus 90 años le pesaban. La fastidiosa isquemia cerebral que se había presentado hace siete años durante un viaje con sus hijo a las montañas de Carolina del Norte lo atacaba casi a diario, afectando su poderosa memoria y sus reflejos. Mientras esperaba el café sonó el teléfono y, como otras tantas veces, vaciló antes de responder, previendo alguna mala noticia, pero después de unos segundos reaccionó y lentamente tomó la bocina, tal como había pasado antes, cuando recibió las noticias sobre la muerte de Cesco y de Michael. Una vez más, sus sentidos no lo habían traicionado. Era Manuela que llorando desconsoladamente le informó sobre la muerte de Gianni, el Poeta, el apacible, el comedido Gianni había partido víctima de un infarto fulminante. Joe no pudo emitir palabra alguna, se sentó en su poltrona y después de varias horas llamó a Nando y con aletargada voz le dijo:

—Hermano, ya Gianni está en patrulla también.

Nando no respondió. Apoyó el teléfono en la mesa. Joe no habló tampoco, se quedó oyendo el silencioso llanto de su amigo mientras recordaba versos de algunos de los poemas que Gianni pronunciaba a menudo.

A partir de ese otoño, la salud de Joe se fue deteriorando progresivamente. Su isquemia cerebral le provocaba pérdidas de memoria por días enteros. Concetta se prodigaba en su cuidado, no lo dejaba un sólo segundo, le administraba con precisión absoluta todas sus medicinas y lo ayudaba en sus terapias de movimiento.

En algunas oportunidades era completamente lúcido. Como en un húmedo día de la primavera del 2008 cuando su hijo, que había llegado de los Estados Unidos, lo llevó a visitar a Stefano que estaba de vacaciones en su pueblo natal. En esa ocasión, Joe se acordó de todos los detalles de cuando fue acogido junto a sus compañeros por la inconmensurable generosidad de su querido amigo la primera vez que se vieron. Ese día Joe y Stefano, luego de un suculento almuerzo, con el hijo de Joe al volante recorrieron la misma sinuosa carretera de montaña que los condujo frente a la bellísima Capilla de Santa María de la Nieves donde un lejano día de octubre de 1943 Joe se había arrodillado con sus amigos.

Con la llegada del 2009, la salud de Joe siguió empeorando. Sus momentos de lucidez se habían reducido a unos cuantos minutos al día, le costaba mucho caminar y mantenerse de pie, se caía frecuentemente. La isquemia cerebral se había convertido en una demoledora demencia senil. Nando, quien podía caminar a medias con unas muletas, lo visitaba frecuentemente y pasaba largas horas con su capitán del alma. Le hablaba mientras Joe lo observaba con la mirada perdida. A veces, cuando entendía, las lágrimas caían abundantes sobre sus mejillas y su buen sargento cariñosamente se las secaba. Esos momentos eran los que quedaban de una larga simbiosis vivida por décadas donde florecían los recuerdos como las flores en un jardín.

Para la Navidad de ese mismo año, Joe tuvo una ligera mejoría. Parecía que su memoria se estaba aceitando nuevamente y tenía muchos momentos de lucidez, pero con la llegada de la primavera del 2010 no se volvió a levantar de la cama. Había que alimentarlo con líquidos y sus brazos parecían un colador por la gran cantidad de vías que le colocaban para suministrarle medicinas y sueros. Parecía un bebé. Cuando le hablaban sólo sonreía y a los pocos segundos cerraba los ojos. Todos asistían a esa caída en picada, todos sus órganos estaban dejando de funcionar poco a poco hasta que Concetta, desesperada y resignada a la vez, una calurosa tarde del último día de agosto, llamó a su hijo en los Estados Unidos y le dijo que Joe estaba a punto de morir.

Este inmediatamente tomó un avión y el día siguiente ya estaba al lado de su padre. Con la llegada de su hijo, Joe tuvo nuevamente momentos de lucidez y preguntaba por sus nietas y reconocía a Concetta que lo había cuidado como se cuida a un bebé. Pero la mañana del día 17 de septiembre volvió a empeorar y ese día los motores de Joe, que habían volado tanto, se empezaron a apagar hasta que a las 17 horas, en brazos de Concetta y de su hijo, su corazón dejo de latir y su último suspiro fue una de esas silenciosa sonrisa que lo distinguían.

Joe había fallecido por una falla renal, la misma falla renal por la cual había dejado de existir Michael y casualmente ambos cerraron los ojos un día 17 como diecisiete era el número de los versos bíblicos que Joe había puesto en la chaqueta de Michael antes de que este fuera sepultado.

Nando había asistido desde la mañana a la agonía de Joe y al medio día le había entregado a su hijo una carta para que se la leyera a su padre en unos de los momentos de lucidez. Cuando este la recibió, le dijo:

—¿Por qué no se la lees tú?

Y, Nando, el fiel sargento de tantas batallas, le respondió:

—Porque no puedo, no me salen las palabras.

Esa carta, escrita en puño y letra por Nando, decía:

"Joe, hermano mío, ha llegado la hora también para nosotros que hemos vivido tanto. No te vayas sin mí. Mauro, Nicola, Cesco, Michael y Gianni están volando en círculos, esperándonos. Nuestros aviones están en la pista, los motores están encendidos, sólo tenemos que soltar los frenos y despegar para volar nuestra última misión: esta vez hacia la eternidad".

Una semana después, los motores de Nando se detuvieron también y, como él quería, pudo partir para seguir a su capitán.

De todos los amigos, faltaba uno por partir, el más joven, el que no había volado con Joe. Faltaba el que había compartido con él los mejores frutos de la vida: los nietos y los bisnietos. Faltaba Stefano, que unos años después cerró los ojos en un frío día de febrero para también cumplir su última misión.

Joe, 1938, tras recibir sus alas de piloto

Grande es el Señor Jesús y digno de toda alabanza.
Su grandeza es insondable.

Aventuras estelares con el abuelo
ISBN: 978-1-63765-446-0

El Triángulo del Mal
ISBN: 978-1-63765-547-4

ACERCA DE LEONE ALFANO G.

Descubre más sobre el autor.

Email:
lawriter5178@gmail.com